Roger Aeschbacher

Schweizer Ware

Der Autor

Roger Aeschbacher wurde 1961 in Basel geboren. Der promovierte Molekularbiologe, der drei Jahre lang in New York forschte und auch ein Diplom als bildender Künstler der heutigen Hochschule für Gestaltung und Kunst in Basel besitzt, ist seit 2003 als Texter und Kommunikationsberater in Basel selbstständig tätig. 2010 erschien sein erfolgreiches Krimidebüt *Kommt Schnee* bei Prolibris. *Schweizer Ware* ist der zweite Band in der Serie mit Kommissar Baumer.

Roger Aeschbacher

Schweizer Ware

Basel Krimi

Prolibris Verlag

Alle Figuren dieses Romans sind vom Autor frei erfunden. Jegliche auch nur entfernte Ähnlichkeiten mit realen Personen – lebenden oder toten – wären reiner Zufall. Die beschriebenen Schauplätze, Gebäude und Institutionen existieren. Alle dort stattfindenden Handlungen sind hingegen frei erfunden. Der Autor hat sich zudem die Freiheit genommen, die Beschreibung einiger Prozeduren den erzählerischen Erfordernissen der Geschichte unterzuordnen.

Originalausgabe
1. Auflage 2011
2.Auflage 2012

Tel.: 0561/766 449 0, Fax: 0561/766 449 29

Lektorat: Anette Kleszcz-Wagner
Korrektur: Christiane Helms
Titelfoto: © PantherMedia/Patrick C.
ISBN: 978-3-935263-82-5

www.prolibris-verlag.de

Danksagung

Der Autor dankt folgenden Personen
für ihre freundschaftliche Unterstützung:

Maja Bottoni, Ursula Bühler, Anne Kuhlmeyer,
Elke Pistor, Melanie Richter.

Ein herzliches Dankeschön
geht an Rolf Wagner.

Ein besonderer Dank
geht an Dr. Anette Kleszcz-Wagner.

PROLOG

Die alte Amadio-Meier saß stillvergnügt an ihrem filigranen Salontisch aus Kirschbaumholz. Sie schmunzelte. Vor ihr lag das korrekt ausgefüllte Sudoku Rätsel der Gratiszeitung *Baslerstab*. Das hatte sie soeben gelöst.

»Bravo, Helen«, lobte sich die 85-Jährige selbst. »Hast du es wieder einmal geschafft!«

Eine innere Stimme antwortete: »Du, das war dann gar nicht so einfach heute.«

Prompt lächelte die vitale Rentnerin noch erfreuter und lobte sich gleich noch mehr. »Merci«, bedankte sie sich höflich bei sich selbst und strampelte mit den Füßchen.

Helen Amadio-Meier war kleingewachsen und ihre Zehen berührten nicht einmal den Boden, wie sie so dasaß auf einem gutbürgerlichen Stuhl am gutbürgerlichen Tisch in ihrer gutbürgerlichen Wohnung, dort an der Rotbergerstraße, im ruhigen und wohligen Bachlettenquartier in Basel. Um ihre steifen Gelenke weiter zu lockern, schlenkerte sie mit den Beinen. Sie hatte beinahe eine Stunde lang ohne Unterbrechung am Tischchen gesessen, nachdem sie den Baslerstab wie jeden Dienstag am Einkaufsladen ein paar Straßen weiter aus der Verteilbox gefischt und nach Hause getragen hatte. Unterwegs hatte sie Frau Bitterlin getroffen und sich ein wenig mit ihr unterhalten. Man kannte sich und redete über dies und das und jenes und noch vieles mehr.

Zurück daheim hatte sie sich rasch einen Salbeitee gebrüht. Salbei lindert Zahnschmerzen. Auch für Schürfungen im Zahnfleisch, wie sie bei künstlichen Gebissen gerne vorkommen, tut diese Medizin gut. Den Tee hatte die alte Frau in exquisitem Teegeschirr von Rosenthal zusammen mit ein paar Süßigkeiten an den Tisch getragen. Eigentlich waren ihr solche Leckereien verboten. Aber auf diesen Genuss hätte sie niemals verzichtet. Auch heute hatte sie sich zur Sicherheit bereits einen kleinen Nachschlag an Teegebäck dazugelegt, noch bevor sie mit dem Sudoku begonnen hatte.

Jetzt war sie mit dem Rätsel fertig und wollte – ja musste – hin zum Telefontischchen, um dort ein Telefongespräch zu führen. Vor einer Stunde hatte sie bei der Kantonspolizei Basel angerufen. Sie hatte Kriminalkommissar Baumer verlangt – dringend! Mehrmals hatte sie ihn schon zu erreichen versucht an diesem Tag. Doch immer hatte es geheißen, der Kommissar sei noch nicht zurück in seinem Büro. Weil sie die Nummer seines Mobiltelefons nicht bekam, hatte die Rentnerin warten müssen. Nun würde sie erneut anrufen. Es musste sein. Kommissar Baumer musste unbedingt informiert werden, denn schließlich hatte sie einen schrecklichen Verdacht. Den wollte sie Herrn Baumer – und nur ihm – anvertrauen. Er würde wissen, was zu tun wäre. Bevor sie sich aber auf ihre Füße stellen und sicheren Schrittes gehen konnte, musste sie ihre Muskeln aufwärmen. Das linke Bein machte Mühe, immer beim Anlaufen. Wenn es aber einmal in Bewegung war, dann ging es ordentlich.

Helen Amadio-Meier störte sich nur wenig an den kleinen und manchmal größeren Gebrechen, die treue Begleiter ihres Daseins geworden waren. Sie lebte noch, und sie lebte gut. Ihre Tage waren denn auch ausgefüllt mit hundert Sachen, die es zu erledigen gab. Einkäufe etwa, die in ihrem Alter gut geplant und mit Umsicht durchgeführt werden mussten. Oder Besuche bei Freundinnen, die meist im Spital oder im Altersheim auf die liebe Helen warteten. Die alte Dame war selbstständig und wollte das so lange als möglich bleiben. »Wer rastet, der rostet«, sagte sie jedem, der es hören mochte und ließ dabei ihre Arme um den Kopf tanzen, um zu beweisen, wie rüstig sie noch immer war.

Als die Beine bereit waren, machte sie sich umständlich ans Aufstehen. Im selben Moment kratzte es am Türschloss. Die alte

Dame erschrak, und ihr Oberkörper fuhr kerzengerade im Stuhl auf. Sie hatte niemanden die Treppe im Hausflur hochkommen hören.

Jetzt knackte es.

Helen Amadio spitzte die Ohren, riss die Augen auf.

An der Wohnungstür splitterte Holz.

Rasch stemmte sie sich auf und bewegte sich mit vor Angst geweiteten Augen vorwärts in Richtung der Tür. Ihre ersten Schritte waren stakelig und unsicher wie die eines neugeborenen Fohlens. Mit wilden Ruderbewegungen musste sie das Gleichgewicht halten.

Noch bevor sie an der Wohnungstür war, drückte sich eine dunkle Gestalt in ihre Wohnung, sprang unvermittelt auf sie zu.

Helen wollte schreien, aber der irre Blick des Einbrechers erschreckte sie zu Tode, ließ nur noch einen einzigen Gedanken zu.

Flüchten!

Helen Amadio-Meier fuhr herum, wurde durch den Schwung beinahe umgeworfen, wollte fliehen, nur weg. Endlich konnte sie die Starre ablegen, wollte schreien. Schreien!

Doch da packte sie die dunkle Gestalt bereits von hinten und drückte ihr den Mund zu.

Dann.

1

Baumer erwachte.

Zuerst spürte er in seinen Fingerspitzen ein sanftes Prickeln. Dann wurde er sich seiner Handgelenke bewusst. Es waren faustgroße Kanonenkugeln, die schwer in tiefen Morast drückten. Zugleich nahm er seine pelzige Zunge wahr, die an die Mundhöhle stieß und Halt suchte. Baumer hörte ein starkes Motorrad, wie es mit bestialischem Lärm näher ratterte und mit schrillem Heulen vorbeijagte.

Baumers Gefühle wurden nach und nach eingeschaltet wie Lichter in einem erwachenden Wohnhaus. Die trockene kretische Luft klopfte in seiner Nase an, im Gepäck einen Hauch von Meer und stechende Gerüche von krummgewachsenen, aber umso zäheren Kräutern.

Dann kam der Schmerz in seinem rechten Oberschenkel, dort wo ihn eine Revolverkugel vor drei Monaten getroffen hatte. Baumer tastete sich mit den Kuppen von Zeige- und Mittelfinger der einen Hand sofort hin zur rosettenförmigen Fleischblüte, die an der Eintrittsstelle der Kugel gewachsen war. Da, wo das zerfetzte Fleisch wieder zusammengefügt worden war und vernarbte. Diese Blüte würde nie verwelken.

Wie eine gute Mutter dem Kind sanft über den Kopf streicht, fuhr Baumer tastend über die Narbe. Fast schien es, als wolle er ihr mitteilen, er verstehe, dass sie ihn schmerzen müsse. Vorsichtig versuchten seine Finger, die Pein aufzusaugen und so im ganzen Körper zu verteilen. So floss sie aus dem Bein von Andreas Baumer, Kommissar der Kantonspolizei Basel-Stadt, grad so wie der Rhein aus Basel strömt und sich nach langer Reise im dunklen Meer verliert.

Auf einmal erinnerte sich Baumer wieder daran, wo er war. Er lag in einem Zweierbett im Hotel Delphina in Kreta. Gestern war er angekommen. Ein Extremely-Last-Minute-Flug hatte ihn hergebracht. Es war eine beschwerliche Reise gewesen. Seine Beinverletzung hatte ihn in der engen Kabine, im sperrigen Sitz, behindert. Die Busfahrt zum Hotel? Eine einzige Tortur. Todmüde war er ins Bett gefallen.

Dann erinnerte er sich an seine Begleitung. Sie waren gemeinsam auf die Insel geflogen. Wie hieß sie schon wieder?

Immer noch hatte Kommissar Baumer die Augen geschlossen, doch spürte er in allen Fasern seines Körpers, dass diese bestimmte Frau neben ihm im Bett lag. Gerade eben hatte sie sich leicht bewegt. Sein Bein hatte eine leise Erschütterung des Bettgestells gespürt wie ein Seismograph die geringsten Erdstöße wahrnehmen kann. »Aua«, dachte er, mehr aus Angst vor einem kommenden Schmerz denn vor tatsächlicher Pein. Die starken Medikamente ließen ihn nicht zu. Und er war ja auch nur ganz leicht bewegt worden. Zugleich war er einiges schwerer als seine weibliche Begleitung. Sein träger Körper würde jede Bewegung nur zur Hälfte mitmachen.

Der Basler Kommissar mit den kurzgeschorenen mahagonifarbenen Haaren ließ vorsichtig ein wenig gleißendes kretisches Sonnenlicht in seine Augen, das am zu knapp bemessenen Blendschutz vorbei ins Zimmer eindrang. Zögerlich schlug er seine Lider auf, bis er ihn endlich sah, diesen Frauenkörper, der neben ihm ruhte.

Anna.

Seine Krankenschwester. Sie hatte ihn im Kantonsspital Basel gepflegt. Man mochte sich sogleich, hatte sich angefreundet, war sich immer näher gekommen. Nun waren sie zusammen – irgendwie – und lagen beieinander in einem harten Hotelbett auf der großen Insel im Mittelmeer.

Baumer blickte auf diese nackte, blonde Frau, die ihm ihren Rücken zugewandt hatte und deren Körper eine Kontur bildete wie die eines Schweizer Jurahöhenzuges. Weich. Sanft abgerundet. Ihre Schultern, die entblößte Hüfte sowie die Wölbungen des Oberschenkels lagen im Licht. In den Tälern ihres Körpers lagen Schatten, die umso dunkler wurden, je tiefer das Tal reichte. Zwischen den Beinen, unterhalb des Bauches, vermutete er, lag ein enges Tal ganz in Schwarz.

Jetzt atmete Anna ein, musste einatmen, und Baumer sah, dass der Oberkörper seiner neuen Freundin sich in seinem Bett wie in Zeitlupe in alle Richtungen vergrößerte. Dann fiel der Rücken wieder in sich ein. Anna atmete aus. Völlig geräuschlos.

Unvermutet begann Baumers rechtes Bein, stärker zu schmerzen. Vielleicht lag es daran, dass das Medikament, das er spät in der Nacht noch eingenommen hatte, in der Wirkung allmählich nachließ.

Baumer lag verkrümmt im Bett, weil sich sein Oberkörper im Schlaf gedreht hatte, aber das geflickte Bein diese Bewegung nicht hatte mitmachen wollen. Auch getraute er sich noch nicht in größere Nähe zur Schlafenden neben ihm. Ihre Liebesbeziehung – war es eine? – war neu und vieles noch nicht selbstverständlich. Unbewusst hielt er selbst im tiefsten Schlummer einen Sicherheitsabstand ein. Auch daher hatte er in der Nacht keine erholsame Ruhe gefunden. Doch noch mehr hemmte ihn, dass er nicht von der Frau an seiner Seite geträumt hatte, sondern von Maja, seiner ewigen Liebe. Seiner verflossenen ewigen Liebe. Seiner verflossenen, ihn ewig quälenden Liebe.

Maja.

Maja. Warum mischte sich die zierliche Französin, mit der er nur wenige Jahre zusammen gewesen war, immer wieder in seine Träume? Sie hatte ihn vor Jahren verlassen und war doch unaufhörlich in seinem Körper, in seinem Wesen präsent – eine offene Wunde.

Baumer lag in diesem viel zu harten, viel zu kleinen und viel zu engen Hotelbett in Kreta und konnte sich keinen Reim auf seine Gefühle machen.

Er machte die Augen zu, wurde sogleich dösig und schlief doch nicht wieder ein. Er blieb gefangen zwischen Nacht und Tag.

*

Der Speisesaal war nur mäßig besucht. Frau Anna Helbling und Herr Andreas Baumer, Touristen aus der Schweiz, kamen im letzten Moment zum Frühstück. Begrüßt wurden sie von einem dominanten Geruch von getoastetem Weißbrot und starkem Kaffee, sowie einem Hauch von scharfem Putzmittel.

Die blonde Frau und ihr Begleiter waren tief in der Nacht mit dem Nachtflug aus Basel-Mulhouse in Kreta gelandet und erst weit nach Mitternacht im Hotel eingetroffen. Die ganze Reise war spontan aufgegleist worden. Baumer hatte zuerst an der Idee gezweifelt, gemeinsam Urlaub zu machen, und hatte sogar einen Versuch gestartet, Anna davon abzubringen. Ich bin Kommissar und habe nie Ferien, vielleicht braucht es mich gerade jetzt, um ein Verbrechen zu verhindern. Das war sein Argument gewesen, aber seine neue Partnerin war stärker. Basel sei eine friedliche Stadt. Die könne ohne Probleme auf seinen Spürsinn verzichten, da es nichts aufzuspüren gab.

Schließlich hatte Andi nachgegeben. Er mochte Anna und wusste, dass er kaum etwas zu verlieren hatte, wenn er der Reise zustimmen würde. Wer weiß, vielleicht würden gemeinsame Ferienerlebnisse die Zuneigung füreinander noch weiter wachsen lassen. Irgendwo tief in sich drin wünschte er sogar, dass sie einmal so eng miteinander stehen würden, dass nichts und niemand dazwischengepasst hätte, auch nicht die Erinnerung an seine kleine Maja. Wahrscheinlich hatte er deshalb prompt wieder von seiner Französin geträumt, ihrem bezaubernden Lächeln und ihren schwarzen Haaren, von ihrem Schmunzeln und den weichen Armen um seinen Hals. Von ihren Lippen. Ihren blutroten Lippen.

Nach dieser zu kurzen Nacht standen sie jetzt im Durchgang zum Speisesaal und zogen alle Blicke auf sich. Anna, weil sie hübsch und selbstbewusst war. Baumer, weil er an Stöcken hinkte. Und alle beide, einfach weil sie neue Gäste waren und von den Anwesenden gemustert werden mussten. Zwei Personen, die sich zusätzlich am typisch kargen Büffet des griechischen Hotels bedienen würden, einem vielleicht das letzte Stück mageren Hinterschinkens streitig machen könnten.

Baumer spürte die Blicke auf sich und fühlte sich unwohl. Sonst war er es, der die anderen musterte und bedrängte. Das Beobachten und Analysieren von Personen war sein Beruf. Das Klassieren von Menschen gehörte zu seinem Handwerkszeug, wie der Bolzenschneider zu Slavko, dem Einbrecherkönig von Basel-West. Nun war er es selbst, der untersucht und taxiert wurde.

Der Kommissar war genau 1 Meter und 80 Zentimeter groß. Er schien hingegen kleiner als er für seine Größe hätte wirken müssen, denn an Krücken gehend, hielt er den Kopf oft gesenkt, wirkte in seiner Haltung wie geknickt. Da Baumer sehr sportlich war, sah man ihm den Mittvierziger nicht an. Er hatte Muskeln wie ein Zehnkämpfer, war also ein wohlgeformter Leichtathlet. Einzig seine Oberschenkel waren arg mächtig. Ein Überbleibsel aus seiner Zeit als Handballtorhüter beim RTV Basel. Andreas Baumers Gesichtszüge wiederum waren angenehm. Es war das typische Gesicht eines Durchschnittsschweizers, krude zusammengemischt aus latinischen und germanischen Zutaten; nicht unhübsch, Nase und Kinn schön gezeichnet, eher rund denn spitz. Wenn er lächelte, war es ein freundliches Lächeln, das aus dem Grunde seines Herzen kam. Selten - eigentlich nie - lachte er polternd oder gar schadenfreudig.

Das einzig wirklich auffallende Merkmal an Andi Baumer waren seine Füße. Sie waren groß. Er selbst empfand sie sogar als riesig, überdimensioniert. Beim Kampf um das Büffet würden sie ihm nicht von Vorteil sein. Sowieso hatten ihn die anderen Touristen bereits in die Kategorie der ungefährlichen Hotelgäste eingeordnet. Es war offensichtlich, dass dieser Mann mit der starren Beinschiene kein ernsthafter Konkurrent um die besten Stücke sein würde.

»Soll ich dir ein Tablett holen?«

»Was?«, fragte Andi. Sein Blick war an einem Rentner in Shorts und Khakihemd hängen geblieben. Der starrte ihn unverhohlen über den Rand seiner goldgerandeten Lesebrille an, während er einen Zwieback in den Mund schob.

»Soll ich dir helfen?«, suchte Anna seinen Blick.

»Ja, danke«, murmelte Baumer und bewegte sich humpelnd vorwärts.

Jetzt hatte auch die grauhaarige Frau, die bei der Lesebrille saß, ihren Zwieback mit bitterer Orangenmarmelade beschmiert und konnte sich wieder der Musterung des Mannes mit den Riesenfüßen hingeben. Ihre neugierigen Augen blieben wie Kletten am quallenweißen Pärchen hängen.

»Das kann ja heiter werden«, begann sich der Kommissar ob seiner ungewollten Attraktivität zu ärgern. »Wäre ich doch nur in Basel geblieben«, dachte er. »Irgendein Mord passiert doch immer irgendwo.«

Was er nicht zugab – vielleicht würde Maja ihn brauchen, gerade jetzt. Sie würde sicherlich an seiner Haustür läuten, wenn sie Schwierigkeiten hätte. Würde einfach dastehen, womöglich weinend, schluchzend. Jetzt, in diesem Moment. Jetzt! Und er wäre nicht da.

Andi Baumer schüttelte sich, versuchte, seine Schultern zu lockern. Es gelang nicht.

Vom Durchgang zur Küche kam die Bedienung auf die beiden zu. »Sie müsse sein die neue Gäste. Herzlich willkomme hier in Hotel Delphina. Ich bin Roswitha. Ich bin die Bedienung am Morge hier. Soll ich Sie erkläre?«

»Ja, gerne, das ist nett von Ihnen«, antwortete Anna der Küchenhilfe, die – so nahm sie an – wahrscheinlich aus Portugal stammte. Die Frau sah den Portugiesinnen im Kantonsspital, die Anna von ihrer Arbeit her kannte, sehr ähnlich. Und sie sprach mit demselben Akzent.

Roswitha hatte eine Zeitlang als Zimmermädchen in Zermatt gearbeitet, wie sie bereitwillig erzählte, als sie erfuhr, dass die neuen Gäste aus der Schweiz kamen. Freudig beteiligte sich Anna am Gespräch. Baumer interessierte sich hingegen zuallererst für den Kaffee. Er fragte sich, ob die schwarze Brühe überhaupt genießbar sein würde.

Als hätte die Bedienung die Sorgen ihres Gastes geahnt, führte sie das Schweizer Paar zum Buffettisch mit den Getränken. »Hier

Sie können Kaffee nehmen. Es hat bis 10 Uhr 30, immer frisch. Wenn Sie wolle, Sie können selber mache.«

Baumer reckte sich sofort. »Selber Kaffee machen? Wie geht das?«

Die Bedienung erklärte ihm die Prozedur. Es gab kupferne Kännchen, die man selbst mit Pulver füllen und aufkochen konnte.

»Super!«, freute sich der Kommissar wie ein Kind. »Echter griechischer Kaffee. Das mache ich. Ich pfeife auf alle Mörder. Sollen die doch zu Hause machen, was sie wollen«, kam bei Andi das erste Mal so etwas wie echte Urlaubsstimmung auf. In Basel begann Baumer seinen Tag sonst meist mit einem Espresso bei Gianni im ilcaffè. Ein selbstgebrauter Griechenkaffee versprach Ablenkung von daheim bei fast genauso viel Freude.

Baumer wollte seine Entzückung mit Anna teilen, doch die war bereits wieder mit der Küchenhilfe ins vergnügte Gespräch vertieft. Da wollte er nicht stören. Er war sowieso kein Plauderer. Zwar war er nett, höflich, durchaus interessiert an seinen Mitmenschen, aber er sprach selten ausgiebig mit den Leuten, beobachtete umso mehr. Warum immer reden? Es hört ja selten einer wirklich zu.

*

Später, als sie nach dem Frühstück noch am Esstisch saßen und die verschmierten Teller und das Besteck zur Seite geschoben hatten, legte Anna ihre Hand auf die von Baumer. So, wie sie es immer an seinem Spitalbett getan hatte, als er rekonvaleszent dalag, an Körper und Seele geknickt.

»Was hast du Lust zu tun heute, Andi? Wollen wir baden gehen?«

»Lust?«, dachte er. »Wozu habe ich wirklich Lust?«

Prompt kam ihm Maja in den Sinn. Er sah Erinnerungsfetzen von glücklichen Momenten mit ihr wie im Schnelldurchlauf vorbeiziehen. Rasch zog er seine Hand aus Annas Griff zurück, wischte sich grob über sein Gesicht, immer auf und ab, als wäre es hartnäckig verschmutzt und er müsste es waschen.

»Ich weiß nicht«, brummte er schließlich. »Vielleicht sollte ich mal in Basel anrufen, schauen was läuft.«

Anna verdrehte die Augen.

Schnell fügte er an: »Wobei, ich hätte durchaus auch Lust, im Meer zu schwimmen.« Er reckte sich. »Aber vielleicht ist es einfacher, hier am Swimmingpool zu bleiben, auch wenn er nicht genial ist.«

»Das ist mir egal, Andi. Mir ist es recht. Ich muss nicht an den Strand. Ich habe feinen Sand sowieso nicht so gern. Da ist man dann überall voll davon und kriegt ihn nicht mehr weg.«

»In Kreta gibt es nur wenige Sandstrände. Hier hat es meist nur Kies«, erklärte Andi, weil er vor über zwanzig Jahren das erste Mal auf dieser Insel war und sich an schroffe, felsige Buchten erinnerte. Damals war er mit seiner ersten richtigen Freundin in einer uralten Caravelle der AirInter in Kreta gelandet. Gemeinsam hatten sie ganz Kreta als Rucksacktouristen erkundet. Baumer erinnerte sich an völlig unbeschwerte Ferien.

Drei Baileys und dann Liebe.

Das war lange vor seiner Zeit mit Maja gewesen. Er dachte immer gerne an dieses unschuldige Leben zurück. Damals, als ihnen alle Türen offen standen und der Himmel so unendlich blau war wie sonst nur im bekannten Baslerlied.

Jetzt war Baumer erneut auf Kreta, mit Anna, mit seiner ehemaligen Krankenschwester. Er machte sich Sorgen, ob er sich nicht zu voreilig auf diese Reise eingelassen hatte. Immerhin ging er noch an Stöcken. Er käme wohl nur selten dazu, im Meer zu schwimmen. Das würde dem sportlichen Andi Baumer sehr fehlen.

Auch auf die in seinen Badeferien gern geschlürften ein oder zwei coolen Sommerdrinks würde er verzichten müssen. Darauf würde seine Begleiterin achten, schon wegen seiner Schmerzmittel. Bereits im Flugzeug hatte sie ihn gescholten, dass er einen Baileys trank – ein Ritual, dem er bei Reisen nach Griechenland nicht entsagen konnte.

Und der Sex? Vielleicht käme es ja tatsächlich einmal dazu, auch wenn der logistische Aufwand aufgrund der behindernden Beinschiene von Andi die Lust wohl dämpfen würde. Es könnte dennoch schön sein. Er würde auf dem Rücken liegen bleiben und müsste sich nicht bewegen. Anna würde mit ihrem weichen Körper sanft über seinen Lenden kreisen, wie eine grazil sich windende Schlange, die allen Bewegungen der Flöte eines indischen Fakirs nachkommt. Möglicherweise würde sein verletztes Bein auch Einspruch gegen allzu viel Intimität erheben.

Was würde er sonst tun können? Wohl nicht allzu viel. Erneut dachte Baumer, dass er in seiner jetzigen Verfassung in seinem Bürostuhl in Basel wohl eine bessere Façon machen würde. Sowieso. Dort hätte er zu tun, könnte sich dank seiner Arbeit stärker ablenken.

Vergessen.

Maja vergessen.

Maja.

»Woran denkst du, Andi?« Anna hatte ihren Kopf zu ihm hingedreht.

Er fühlte sich ertappt. Er schämte sich, dass er jetzt in diesem Moment nicht ehrlich genug zu seiner neuen Freundin sein konnte. War sie überhaupt seine neue Freundin? Er konnte dazu noch nichts Genaues sagen, wollte nichts sagen. Noch nicht. Also gab er keinen Laut von sich.

Die junge Frau insistierte nicht länger, drehte ihren Kopf zurück. Ihre Enttäuschung war ihr nicht anzusehen, aber Baumer spürte ihre Gefühle, einfach weil er Polizist war und Übung darin hatte, feinste Regungen in der Stimmung einer Person zu erspüren.

Augenblicklich tat es ihm leid. Er wollte seine Begleiterin nicht verletzen. Anna war immer nett zu ihm. Im Spital war sie tatsächlich seine Lieblingskrankenschwester gewesen. Nicht ein

Trampel wie ein paar der anderen Schwestern, die ihre Arbeit grob verrichteten. Im Gegensatz zu solchen kanadischen Holzfällerweibern war sie eine französische Landschaftsgärtnerin aus dem Rokoko. Und Anna war hübsch. Viele sagten, bezaubernd. Sie hatte eine hinreißende Figur und zärtliche Hände. Ihre Lippen waren die einer Mona Lisa. Anna lächelte immer. Auch Andi fand sie wunderhübsch. Sie war die schönste Frau der Welt.

Fast.

Eines Nachts, sie hatte Spätdienst, kam sie zu ihm ins Krankenzimmer geschlichen, wieder einmal. Diese Besuche waren das kleine Geheimnis der beiden. Doch dieses Mal schien sie anders. Scheu wie ein Reh und zugleich zielstrebig wie ein Tiger näherte sie sich. Sie setzte sich direkt neben ihn, wie schon in so manchen Nächten zuvor. Aber an diesem Abend war es intimer. Sogleich begann sie ihn sanft zu streicheln. Was hatte sie dabei gesagt? Es waren zärtliche Worte gewesen. »Ich mag dich, Andi.« Dieser Satz hatte sich für ewig in seine Hirnwindungen gebrannt. Sie sprach ihn nochmals und küsste mit ihren feuchten Lippen seinen Bauch. Dann tastete sie sich mit ihren Lippen, leise weitere Zärtlichkeiten flüsternd, hin zu seinen Brustwarzen, während ihre Hand sich zugleich suchend nach unten bewegte.

Baumer erinnerte sich, wie er von dieser Begegnung überrascht worden war, obwohl er Anna mittlerweile recht gut kannte. Sie hatten geredet – geredet! – und sogar gelacht. Baumer mochte Anna, sehr sogar. Sie war blond, eher groß, lieb zu den Mitmenschen und durchaus gebildet. Er war gerne mit ihr zusammen. In vielen Momenten in ihrer Nähe hatte er ganz einfach vergessen, dass es irgendeine andere Frau auf der Welt gab.

Zuvor hatte ihn Anna höchstens einmal liebevoll am Oberarm berührt, als sie bei ihren heimlichen Treffen miteinander scherzten. Baumer hatten diese ungewollten, und daher umso romantischeren, Berührungen natürlich sehr erregt. Aber der Mann mit den großen Füßen war erwachsen genug, dass er sich nichts vorgemacht hatte: Anna war seine Krankenschwester und sie verhielt sich nur aus beruflichen Gründen so fürsorglich. Anna würde sich wohl gegenüber jedem einigermaßen anständigen Patienten nett und freundlich verhalten. Für sie war er nichts Besonderes, hatte er sich eingeredet.

Doch jetzt war sie unter seiner Bettdecke, aus freien Stücken, und fuhr mit ihrer Zungenspitze über seine Brustwarzen. Ihre Hand hatte schon seinen Penis umfasst und streichelte ihn. Zart. Aber nicht zu sanft, das hätte ihn nur gequält. Ihren Kopf, ihre Wange hatte sie auf seine Brust gelegt, murmelte berauschende Komplimente. Dann, endlich, bewegte sie ihre Hand schneller, griff fester zu. Ihr Atem fegte heiß über seine Brust und ihr suchendes Schnaufen trieb Andis Lust an, wie der Wind die lose Glut zur Flamme bringt. Annas Bewegungen wurden immer geschwinder, schließlich unaufhaltsam, bis Andi stöhnend in die heiße Bettdecke biss, den Atem anhielt und seinen heiseren Schrei der höchsten Entzückung doch nicht unterdrücken konnte.

Mit kaltem Schaudern dachte Baumer an diese Szene zurück. Er hatte durch das Zusammenzucken seines Körpers auch sein Bein ruckartig bewegt und ein bestialischer Schmerz war ihm hineingefahren, dort wo sein Knochen immer noch am Zusammenwachsen war. Er erinnerte sich, wie er aufgeschrien hatte, als wäre es das Letzte gewesen, was er je tun konnte auf dieser Welt. Wie sich Anna sofort erschreckt um ihn gekümmert hatte. Wie aber keine der anderen Nachtschwestern in ihr Zimmer gekommen war, um nachzuschauen, wer hier so verzweifelt gebrüllt hatte.

Bei der Arztvisite am nächsten Morgen schien der Oberarzt wie immer, als er seinen Patienten nach dem Befinden befragte.

»Gut, gut, Herr Baumer«, sagte er, nachdem Baumer seine Fragen zufriedenstellend beantwortet hatte. »Sie machen Fortschritte. Der Knochen kommt richtig. Auch die Arterie scheint gut zu halten. Durchflussrate ist in Ordnung. Langsam kommen Sie uns wieder auf den Damm.«

»Da kommt noch was«, hatte Baumer gespürt, und tatsächlich hatte Dr. Labhardt ohne große Umschweife und vor versammelter Mannschaft angefügt: »Und der Sexualapparat funktioniert ja offenbar auch noch ganz gut.« Diesen Satz hatte er so neutral gesagt, wie ein Garagist einem übervorteilten Kunden die berechneten Reparaturarbeiten erklärt. »Zündkerzen waren kaputt. Haben wir ersetzt. Keilriemen ebenfalls.«

Die Assistenzärzte konnten sich hingegen ein Lächeln nicht verkneifen. Je weiter weg sie standen, umso hämischer wurde ihr Grinsen. Ganz hinten war einer, der schaute sogar ohne Scham aber mit gierigem Grinsen Anna an und lachte rumpelnd. Anna errötete nicht. Sie hielt ihren Kopf aufrecht.

Dr. Labhardt hatte Baumer schließlich auf den gesunden linken Oberschenkel geklopft und ihm gute Besserung gewünscht. Erneut erinnerte er an einen Garagisten, der einen Kunden abwickelt. »So, jetzt hier unterschreiben. Ja. Danke, Adieu.« Bei guter Laune gibt es noch ein »Gute Fahrt« gratis dazu. Bei schlechter nicht.

Als Anna eine halbe Stunde nach der Visite wieder zu ihm gekommen war, lachten beide darüber. Eine Kollegin bei der Nachtwache hatte ihren Mund nicht halten können. Ja nun, so war es halt. Anna würde mit dieser Geschichte wohl ewig aufgezogen werden. Vielleicht gäbe es auch noch einen Verweis von Labhardt, aber Anna war das egal.

»Von mir aus können es alle wissen. Du gefällst mir, Andi.« Sie legte ihre filigrane Hand auf Andis Oberarm.

»Hhm«, murmelte er.

»Bitte, glaub mir. Ich wollte das tun. Ich mag dich wirklich sehr.« Sie lächelte. Ihre Augen leuchteten.

Baumer lächelte auch.

So waren sich die Pflegefachfrau Anna Helbling und Kriminalkommissar Andreas Baumer auch körperlich näher gekommen. Andi Baumer, ein Käfer, der auf dem Rücken liegt und sich nicht wehren kann, nicht wehren will. Anna Helbling, eine Krankenschwester, die sich in einen Patienten verschaut hatte und mehr als ihre notwendige Pflicht tut – und erst noch gerne.

Pflicht.

Baumer war ebenso pflichtbewusst. Er war es immer. Auch jetzt auf Kreta, mitten in seinen Ferien. Erneut dachte er daher an Basel und wollte im Spiegelhof anrufen, dort, wo sein Büro war. Wollte hören, ob er irgendetwas wissen müsse. Ob irgendwas zu tun sei. Sein Wissen, sein Gespür würden vielleicht gerade jetzt dringend gebraucht werden. Vor allem spürte er ein leises Zucken in seinem Bauch, irgendwo zwischen Magen und Eingeweiden. Er nahm sein Mobiltelefon.

»Andi!«, wurde Anna energisch.

Rasch ließ er das Handy wieder sinken.

*

Am späteren Nachmittag lag Baumer mit Anna am Swimmingpool vom Hotel Delphina. Der zittrige Chlorgeruch vom Wasser und das nach Kokosnuss duftende Parfüm seiner Sonnencreme kämpften miteinander um die Luftherrschaft. Die Creme lag vorne.

Anna und er waren sich einig, den ersten Ferientag ruhig anzugehen. Anna wollte nachholen, was sie beim anstrengenden Dienst im bläulich fahlen Kunstlicht des Spitals so sehr vermisste. Die Sonne genießen. Und sich bräunen, so intensiv wie möglich. Nun lag sie ausgestreckt auf einem der wenigen Liegestühle am Pool in der prallen Sonne.

Anna.

Sie war eine schöne Frau. Eine bezaubernde Frau. Andi genoss den Anblick des Körpers seiner Begleiterin. Ihre Proportionen waren wohlgeordnet. Ihre Haut war rein und faltenlos, fast wie bei einer Jugendlichen.

Der rekonvaleszente Kommissar betrachtete diesen weiblichen Körper und fühlte sich wohl. Es war ein guter Mensch in seiner Nähe, der sich um ihn kümmerte und ihn gern hatte. Er konnte sich diesem Menschen mittlerweile sogar ein wenig öffnen, denn Anna bedrängte ihn kaum. Sie lag meistens neben ihm, und selbst wenn sie mehr körperliche Nähe suchte, packte sie ihn nicht grob und quetschte ihn nicht ein. Vor allem konnte er mit Anna vergessen.

Vergessen.

Maja vergessen. Ihre schwarzen Haare, ihre dunklen Augen, ihre schneeweißen Zähne im lachenden Mund, ihre …

»Was denkst du?«, fragte seine Begleiterin plötzlich. Offenbar schlief sie doch nicht.

Keine Antwort.

»Andi?«

Baumer schluckte schwer, antwortete jedoch nicht.

Anna fasste an ihre Sonnenbrille, hob sie hoch.

Der Kommissar sah es aus den Augenwinkeln. Er getraute sich jedoch nicht, Anna in die aufmerksamen blauen Augen zu schauen.

Endlich brummelte er ein undeutliches »Was ist?« Er musste Zeit schinden, musste eine Entschuldigung finden. Er wollte Anna nichts Böses.

Sein Handy rettete ihn. Es plärrte plötzlich los. Weil das Mobiltelefon bei Anna auf dem Beistelltischchen lag, nahm sie es und reichte es ihrem distanzierten Partner. Als sich ihre Blicke trafen, sagte sie ohne Wort, darüber sprechen wir noch.

Andi errötete, war aber zugleich froh, dass das Klingeln ihn unterbrochen hatte. Während eines amtlichen Telefongesprächs – darum ging es ja wohl – wären seine Gedanken wieder gebunden, müsste er weniger über sich und die Welt nachdenken, wie sie ist – und wie sie sein könnte. Und er bräuchte keine Antwort geben, die er selbst noch nicht kannte.

Er blickte aufs Display und entdeckte, dass Stefan Heinzmann ihn zu erreichen versuchte. Sofort sah Baumer das Bild von Heinzmann vor sich. Das Bild zeigte einen Mann, ein wenig größer als der Durchschnitt, muskulös, schon fast stämmig, breite Schultern. Polizeiuniform. Auf dem Kopf die hohe Mütze eines Wachtmeisters Klasse 1, dem höchsten Mannschaftsdienstgrad der Basler Polizei; die Haare so kurz wie bei einem Polizeirekruten getrimmt, obwohl Heinzmann schon 47 Jahre alt war. Das Gesicht weder spitz noch rund, die Nase eher knubbelig. Die typische

Schweizer Melange, nicht deutsch, nicht französisch, nicht italienisch – aber von allem ein bisschen. Wer Heinzmann sah, hätte zweifelsohne geglaubt, er wäre Baumers größerer Bruder.

Stefan Heinzmann war mehr als das. Er war Andis bester Freund. Andi kannte ihn bereits seit der Gymnasialzeit. Zusammen hatten sie die Rekrutenschule gemacht, dann, ein paar Jahre danach, auch die Aspirantenschule der Polizei. Andi war daraufhin Kommissar geworden. Heinzmann fuhr seit mehr als zwanzig Jahren Streife. Er war trotz seiner immensen Erfahrung immer noch Wachtmeister, auch wenn er schon längst hätte Offizier sein müssen. Er war es gewesen, der seinem Freund Andi das Leben gerettet hatte, als diesem bei einem Einsatz auf Leben und Tod in den Oberschenkel geschossen worden war. Ein anderer hätte dafür sicherlich eine Beförderung bekommen. Aber dieser Wachtmeister bekam für diese Heldentat keine Belobigung, keinen Orden, keinen Bonus. Zu beschäftigt waren die »Politiker« im Korps mit ihren Spielchen, als dass sie sich mit einem Heinzmann hätten schmücken wollen. Es gab nicht einmal ein Dankeschön von offizieller Seite. Kein Gar Nichts. Heinzmann war das völlig egal.

Am Swimmingpool im Hotel Delphina drückte Kommissar Baumer auf das grüne Telefonsymbol an seinem Handy und führte es zum Ohr. »Ja«, sagte er kurz angebunden.

Heinzmann, am anderen Ende der Leitung, war durch die knappe Begrüßung seines Freundes nicht überrascht. Er wusste, dass diese Art des Sprechens in Baumers Naturell lag. Er selbst hingegen war bestens geerdet, suchte immer das Positive und schaute nur nach vorn. Er plauderte gerne und war meistens gut gelaunt. Prompt begrüßte er seinen Kumpel, indem er Falcos berühmten Song nachahmte: »Guten Tag, *Herr Kommissar!*«

»Hast du nichts zu tun?«

»Hoppla, Baumi! Dir geht's offenbar supergut.«

Keine Antwort.

Der altgediente Polizist lachte los. »Also ich sehe, du und dein Schatten seid gut in Kreta angekommen. Hättest mich ruhig anrufen können, mein lieber Freund.«

»Jetzt weißt du's ja.«

»Du! Werd mir nicht frech. Bürschchen«, ahmte Heinzmann den Schauspieler Heinrich Gretler nach, der den grantigen Wachtmeister Studer in dem alten Schweizer Film spielte.

Baumer taute endlich auf und imitierte seinerseits einen Gauner, der von Studer gestellt worden war. »Schon gut, Wachtmeister, ich bin halt so. Ich mein es aber nicht schlecht.«

»Und wie geht es dir? Hast du Schmerzen? Kommst du überhaupt vorwärts? Schaffst du es ins Meer?«

Selbst für Baumer waren das einige Fragen zu viel, aber er wusste, dass Heinzmann einfach wissen wollte, ob alles in Ordnung sei. Also antwortete er: »Es ist ganz gut hier. Das Hotel ist okay. Unser Zimmer ist ebenerdig, sonst würde es nicht gehen. Und ich kann selbst griechischen Kaffee machen. Das ist das Wichtigste.«

»Für dich, ja. Mir ist in den Ferien der Instantkaffee vom eigenen kleinen Kocher noch immer lieber.«

Kommissar Baumer lachte innerlich über Heinzmann und seine Ignoranz gegenüber gutem Kaffee. Zugleich war er ein wenig betrübt, dass der Wachtmeister nur einfach so angerufen hatte. Keiner in Basel hatte seinen Rat gebraucht. »Okay, dann ist ja alles klar, Stefan. Danke für den Anruf. Uns geht's gut. Auch ohne deinen Schwachstromkaffee.«

»Halt, noch was«, stoppte Heinzmann seinen Freund kurz vor dem Auflegen. »Hör zu, Andi! Frau Amadio hat mehrmals angerufen. Sie will dich dringend sprechen.«

»Die Amadio? Mich?«

Andi erinnerte sich an Helen Amadio-Meier. Sie war eine mittlerweile 85 Jahre alte Frau, die er bei seinem letzten Fall kennengelernt hatte. Er erinnerte sich gerne an die lebenserfahrene, alte Dame. Als er im Spital gelegen war, war tatsächlich einmal die Zimmertür aufgegangen. Dann hatte es einen sehr langen Moment des Wartens gedauert, bis die kleine, in der Brust eingefallene, aber immer vife Frau um die Ecke geschaut und den Ort gemustert hatte. Schließlich hatte sie Baumer im Bett erkannt und gerufen: »Je, der Herr Kommissar!« Sofort war die Rentnerin – sie hatte Baumer nicht um Erlaubnis gefragt – mit tippeligen Schritten in das Zimmer gekommen. Ihre Hände hatte sie dabei wie der Papst in die Höhe geworfen, sie wieder fallen gelassen, um sie gleich noch einmal jubilierend aufzuwerfen. Von den in den Raum vorausgeworfenen Händen wurde ihr Körper wie ein verrosteter Karren von durchgehenden Pferden vorwärtsgezogen. Sie rief immer wieder: »Je, das ist aber eine Freude.«

Auch Andi Baumer hatte sich enorm über den Besuch der alten Frau gefreut. Er konnte es gut mit alten Leuten, weil er als Kind gern mit seiner Großmutter aus Zeglingen, im ländlichen Oberbaselbiet, nahe der großen Stadt Basel unterwegs gewesen war. Andi durfte sie in den Schulferien besuchen. Sie beide hatten ein inniges Verhältnis. Andi liebte sie über alles, und jede ältere Frau hatte bei Baumer daher sofort einen dicken Stein im Brett.

Jetzt hatte diese kleine, quirlige Amadio also wieder angerufen. Aber gleich ein paar Mal?

»Was wollte sie denn?«, fragte Baumer.

»Das weiß ich nicht. Ich habe nicht selbst mit ihr gesprochen, sondern die Huber von der Telefonzentrale. Die wusste aber nicht, dass du schon wieder abgerauscht warst.«

Andi war, kaum dass er aus dem Spital entlassen worden war, wieder in seinem Büro gewesen und hatte zu arbeiten begonnen, hatte Berichte geschrieben. Darum war sein Telefon aktiviert. Als sie aber so kurzentschlossen abgeflogen waren, hatte er vergessen, es abzustellen.

Sein Warnsystem im Solarplexus hatte Baumer nicht zurückgelassen. Es meldete sich, selbst als er jetzt in einer Badehose an einem Swimmingpool in Kreta lag. »Was will eine alte Baslerin von einem Kommissar?«, hörte er sich selbst sagen. Dann dachte er: »Mist, wenn ich jetzt noch in Basel wäre, hätte ich schnell bei ihr vorbeigekonnt, schauen, was los ist.«

»Du ruhst dich erstmal aus«, erkannte der erfahrene Wachtmeister den Gedanken seines Freundes. »Ich kümmere mich um die Madame.«

Baumer wollte seinem Kumpel zuflüstern, dass er ihn anrufen solle, wenn er Näheres wisse, aber ein scheuer Blick zu seiner Begleiterin ließ ihn sogleich verstummen.

Zum Glück war Heinzmann ein echter Freund. Er sagte: »Ich ruf dich an, sobald ich mehr weiß. So schlimm wird es ja wohl nicht sein.«

2

Am Abend hatte Anna einen schweren Sonnenbrand. Sie merkte es, als sie sich vor dem Zubettgehen nochmals duschte um abzukühlen. Als sie sich mit dem Frotteebadetuch abrieb, schrie sie plötzlich vor Schmerzen auf.

Andi hörte sie kreischen – er lag schon müde in den Federn. Besorgt rief er ihr ins Badezimmer zu, was los sei.

Anna antwortete nur mit einem verquetschen »Ai«, denn sie hatte ihren Kopf so weit wie möglich nach hinten gedreht und versuchte ihre Haut auf dem Rücken zu inspizieren.

»Was ist?«

»Ich glaube, ich habe mich verbrannt«, stellte sie erschreckt fest.

Andi Baumer war über diese Diagnose nicht erstaunt. Seine hellhäutige Begleiterin war heute ohne Rücksicht auf Verluste in der prallen Sonne gelegen. Irgendwie verstand er sie sogar, dass sie so schnell wie möglich braun werden wollte und sich auf Teufel komm raus der Sonne ausgesetzt hatte.

Anna hatte sicherlich Schmerzen, und Andi hatte immer Mitleid, wenn eine Kreatur litt. Kam dazu, dass er Anna sehr mochte. Also senkte er seine Stimme und sprach langsam und mit gedehnten Worten, grad so wie ein liebender Großvater zum weinenden Kind spricht. »Wo hast du dich denn verbrannt? Komm! Zeig mir mal, wo es weh tut.«

Sie kam bereits auf Zehenspitzen um die Ecke vom Bad ins Wohnzimmer, den Kopf in verzweifeltem Erstaunen über die Schulter gedreht, um den Schaden zu begutachten. Dass sie völlig nackt war, hatte sie ganz vergessen, ohnedies hatte sie keine Scham, sich vor Baumer entblößt zu zeigen. Andi dachte noch: »Wie schön du bist«, aber sie setzte sich rasch zu ihm hin und präsentierte ihm ihren Rücken, noch bevor er ein solches Kompliment hätte aussprechen können. Es war auch nicht Zeit dafür.

Andi sah, dass sich Annas Rücken in einem krebsigen Rot präsentierte. Alle anderen Farben, etwa das Grün, das nur der aufmerksame Maler in der Haut eines Menschen sieht, schien daraus verschwunden. »Oh, das tut mir leid. Da hast du dich schon ein klein wenig verbrannt.«

Anna schossen vor Wut ein paar Tränen in die Augen und sie begann knackige Anschuldigung und Verwünschungen gegen sich und die Welt herunterzuleiern. Wie hatte gerade ihr das passieren können?

Andi war sich bewusst, dass sie niemandem ernsthaft böse war. Auch Anna war nur eine Frau. Sie hatte wie die meisten ihrer Geschlechtsgenossinnen nichts dagegen, so schön wie möglich wahrgenommen zu werden. Sonnengebräunt zu sein, gehörte da zum Repertoire. Also hatte sie so viel Sonne tanken wollen, wie möglich. Und nun hatte es in einem Drama geendet. Natürlich hatte er das verhindern wollen. Er hatte während des Tages auch immer wieder versucht, sie zu ermahnen, doch mehr bei ihm im Schatten zu bleiben. Genau so gut hätte er an eine Wand reden können.

Jetzt saß Anna zornig und traurig zugleich an der Seite von Baumer und verwünschte die ganze Welt.

Er versuchte sie zu trösten. »Das tut mir leid. Das schmerzt sicher stark.«

»Pfft! Schmerz? Das macht mir nichts!«, schnäuzte sie. »Aber ich kann nicht mehr braun werden«, schob sie ein bitteres Schluchzen hinterher. Das schmerzte deutlich mehr.

Welche Qualen Frauen bereit sind, für ihre Schönheit auf sich zu nehmen, ging dem Kommissar durch den Kopf. Und wozu das alles? Der Mensch wird in Falten geboren, dann wird er größer, die Haut strafft sich für kurze Zeit. Kaum ist die Hülle glatt, geht man schon wieder ein, die Haut wird runzlig, fleckig, ledrig, man altert immer schneller. Warum das alles noch beschleunigen?

Andi versuchte sie zu beruhigen. »Es wird schon wieder. So schlimm ist es doch nicht.«

Das war die falsche Bemerkung.

Sogleich ließ Anna ihren ganzen Frust über ihren Begleiter aus, beschuldigte ihn, sie nicht rechtzeitig gewarnt zu haben.

Der ertrug die Anwürfe wie eine Morgendusche im Winter, wenn der Boiler verreckt ist und nur eiskaltes Wasser kommt. Anna ging es nicht gut, also hielt er hin, so gut es ging. Man muss sich duschen am Morgen, auch wenn man im kalten Wasserstrahl erfriert. Danach fühlt man sich wieder frisch.

Andi richtete sich vorsichtig auf, denn sein rechtes Bein verzieh ihm heftige Bewegungen immer noch nicht. Er humpelte zu Anna hin, die sich vor den großen Spiegel gestellt hatte und abwechselnd ihren Rücken und ihr verweintes Gesicht inspizierte.

Anna sah den wackligen Mann auf sich zukommen und machte reflexartig eine Bewegung auf ihn zu, um ihn zu stützen. Als sie das Gewicht von Andis rechtem Oberarm auf ihrer verbrannten Schulter spürte, kreischte sie auf und zuckte erschreckt zurück. Sofort knickte auch Andi ein und er bewegte sein lädiertes Bein ungeschickt. Prompt fuhr ihm ein böser Stich in den Oberschenkelknochen. »Aarrhh«, entfuhr auch ihm ein Schrei, als er sich verkrampft am Spiegeltisch festhielt.

Beide wanden sich in ihrer Not. Mit verzerrtem Gesicht sogen sie die Luft ein und pressten sie wieder aus. Schnell, rhythmisch, bis der Höllenschmerz verflogen war.

So standen sie da. Schauten sich an.

Endlich mussten sie lachen.

»Wir sind schon zwei Krüppel, du und ich«, gluckste Anna.

Baumer lachte immer noch leise, aber sagte dann doch: »Nein, Anna. Ein Krüppel bin nur ich.«

»Schau mich doch an«, antwortete sie traurig und drehte ihm ihren Rücken zu.

Andi betrachtete die mit roter Farbe halb angemalte Figur. Er sah ihre entzückenden Formen von hinten. Und er sah im Spiegel den Körper zugleich von vorne. Er sah ihre perfekten Brüste, größer als Granny-Smith-Äpfel, aber kleiner als Honigmelonen. Er sah ihr vorwitziges Bäuchlein und den flauschigen Beginn der matten Schamhaare, die scharf vom Rand des Spiegelglases abgeschnitten wurden. Baumer sagte: »Ich sehe eine wunderhübsche Frau.«

Anna sagte nichts.

»Du bist schön«, wiederholte er.

Die Frau mit den halblangen Haaren erwiderte wieder nichts, aber drehte sich zu Baumer und sah ihn erwartungsvoll an.

Andi hielt dem Blick stand. Er erkannte, dass Anna mehr hören wollte. Dass sie schön sei und dass er sie gerne mochte. Dass sie die schönste Frau in seinem Leben sei und dass er ihre Art und ihr Wesen mochte. Dass er sie liebe. Ja, unendlich liebe. Dass er sie immer lieben werde. Anna. Meine Anna. Meine liebe, liebe Anna.

Ich liebe dich.

Andi Baumer sah in Annas Augen. Er spürte überdeutlich, auf welche Worte sie nun hoffte, jetzt, gerade jetzt. Aber er war noch nicht so weit. Er konnte einfach nichts reden, nichts tun. Noch nicht.

Noch nicht?

Er senkte den Blick.

Wieder rettete ihn sein Handy, das in der Brusttasche seines kurzärmligen Designerhemdes zu plärren begann. Er schaute nach, wer anrief. Es war Stefan Heinzmann. Baumer wunderte sich. Stefan? Was ruft er mich nochmals an? Der Kommissar machte sich Gedanken, ob doch irgendetwas Wichtiges in Basel passiert war – gar etwas mit Helen Amadio-Meier?

»Sali, Stefan«, nahm Baumer das Gespräch mit dem typisch baslerischen Gruß an.

»Sali, Andi. Stör' ich?«

»Hhm.«

»Sorry, dass ich dich anrufe. Aber ich bin ein bisschen beunruhigt.«

»Was ist?«

»Die Amadio.«

»Was ist mit ihr?«, keimte ein winziger Samen der Unruhe in seinem Genick.

»Wir haben doch abgemacht, dass ich …« Heinzmann unterbrach abrupt das Gespräch, er schien von irgendetwas abgelenkt zu sein. Durch den Lautsprecher in seinem Telefon hörte Baumer plötzlich nur noch Motorenlärm, diffuse Stimmen, eine quietschende Tram. Dann nahm Baumer die weit entfernte Beamtenstimme von Wachtmeister Heinzmann, Streifenpolizist in Basel, und immer im Dienst, wahr. »Haben Sie kein Licht, Monsieur le Velofahrer?« Und von noch weiter her kam die blubbernde Stimme des ertappten Fahrradfahrers, »Hoppla, glatt vergessen, den Dynamo anzumachen.« Dann knisterte und wuschelte es in der Leitung und der Wachtmeister war erneut deutlich zu verstehen. »Ich habe die Amadio angerufen. Sie nimmt nicht ab.«

Andreas Baumer, Kommissar aus Basel, zurzeit in Kreta in den Ferien, sagte nichts.

»Du, das ist doch merkwürdig mit der Amadio«, insistierte Heinzmann.

Baumer sah das auch so. Die alte Rentnerin war keine Frau, die einsam und allein war und über irgendwelche Telefonate Aufmerksamkeit suchte. Das brauchte sie nicht. Der Kommissar wusste, dass sie viele Freunde hatte. Als sie ihn im Spital besucht hatte, hatte sie ihm erzählt, dass sie so viele Leute kenne, dass sie dauernd jemanden im Spital besuchen müsse. Frau Amadio-Meier war ihm als zufrieden mit sich selbst und der Welt vorgekommen. Warum bloß hatte sie ihn so dringend sprechen wollen? Warum war sie jetzt, am Abend, nicht zu erreichen, wo man sie zurückrufen wollte?

Etwas war nicht in Ordnung. Das spürte Andreas Baumer, Kriminalkommissar seit vielen Jahren und durchaus mit einem feinen Gespür für Gefahr ausgestattet. Dieses Gespür manifestierte sich als eine unsichtbare Kraft, die ihm ganz sanft auf die Kehle drückte. Es war dasselbe Gefühl, wie wenn man eine zu enge schwere Kette um seinen Hals gelegt hat, die nun auf die Kuhle zwischen Adamsapfel und Brustbein drückt. Sie würgt noch nicht, aber beklemmt in mehr als unangenehmer Weise.

Der Kommissar fragte sich, ob Heinzmann überhaupt nachdrücklich versucht hatte, mit der alten Frau Kontakt aufzunehmen.

»Ich habe es vier Mal versucht. Jetzt ist es acht Uhr und sie nimmt immer noch nicht ab«, sagte Heinzmann, noch bevor Baumer die entsprechende Frage gestellt hatte. Dann fügte der Wachtmeister an: »Ich fahre gleich mal hin, Andi. Wahrscheinlich nimmt sie nicht ab, weil sie das Telefon nicht hört.«

»Das glaub ich nicht. Sie wartet auf einen Rückruf.«

»Vielleicht ist sie halbtaub und hört das Läuten einfach nicht.«

»Helen Amadio-Meier ist nicht halbtaub.«

»Ich weiß, Andi«, antwortete Stefan mit gedämpfter Stimme. Er schnaufte tief ein und blies die Luft dann scharf und gepresst durch seine Nase aus.

Als sie sich verabschiedet hatten, beendete Baumer das Gespräch und war wieder im Hotelzimmer in Kreta. Er sah auf Anna hinab. Die saß aufrecht auf dem Bett, hatte den Blick immer noch nicht von ihm abgewendet. Ihre Augen sagten: Andi, bitte sag mir, dass du mich mehr als gern hast.

Er schaute sie an, wollte genau das sagen. Er konnte nicht.

Schließlich murmelte er: »Ich gehe Joghurt Nature holen. Das ist das beste Mittel gegen Sonnenbrand.«

*

Eine Viertelstunde nach dem Telefonat mit seinem Freund in Kreta bog Stefan Heinzmann, Basler Polizeiwachtmeister in Uniform, in die Rotbergerstraße ein. Neben ihm im schweren Streifenwagen saß sein Patrouillenkamerad, der Gefreite Meier.

»Welche Nummer?«, fragte Meier, der seinem Vorgesetzten bei der Suche nach dem Hauseingang behilflich sein wollte.

Heinzmann beugte sich über das Steuerrad und blickte mit schiefem Mund zu den Häuserfassaden hoch. »Hier, das rote Haus ist es.«

Der Wachtmeister stoppte den Wagen direkt auf der Höhe des Eingangs und blieb neben einer Kolonne von geparkten Autos stehen. Einen Parkplatz zu suchen, hätte zu viel Zeit in diesem Wohnquartier gebraucht. Zugleich wäre es sinnlos gewesen. Um diese Abendzeit standen die Parkzonen bis über den Rand gefüllt mit Autos. Die meisten gehörten Basler Pendlern, die am Morgen nach Zürich fuhren, in diese große, internationale Stadt, um das schöne Geld zu verdienen. Vielleicht waren viele Einwohner dieser Stadt deshalb immer so aggressiv gegen Zürich eingestellt.

»Du wartest hier!«, befahl Heinzmann seinem Kollegen von der Streife. Platz war genug auf der Straße, so dass Autos hätten kreuzen können, aber vielleicht kam ja der Besitzer eines Wagens, den er zugeparkt hatte. Dann müsste er den Platz frei machen, falls einer in der 24-Stunden-Tankstelle Zigaretten holen müsste oder ein Pornoheftchen für die Nacht.

»Okay«, akzeptierte Meier seine Aufgabe, beim Wagen zu bleiben. Er stieg aber wie sein Vorgesetzter aus dem Mercedes. Als dieser in den Vorgarten und an die Haustür trat, um zu läuten, sah er, wie der Gefreite bereits auf dem Bürgersteig die Straße hinunterschlenderte. Meier blickte abwechselnd in die Vorgärten, begutachtete im Vorbeigehen die Autos, inspizierte die ganze Wohngegend.

Stefan Heinzmann konnte ein Schmunzeln nicht unterdrücken. »Meier, mein Freund, du gefällst mir. Hast den richtigen Beruf gewählt.« Dann läutete er bei H. Amadio-Meier.

Keine Antwort.

Der erfahrene Wachtmeister drückte nochmals auf den Klingelknopf.

Keine Antwort.

Bereits war Heinzmann die wenigen Stufen an der Eingangstür wieder hinuntergestiegen und schaute jetzt vom Vorgarten in den ersten Stock hinauf, dorthin, wo die alte Rentnerin wohnte. Er kannte die Wohnung noch von seinem Besuch bei dieser Frau her, als er und Kommissar Baumer die Alte bei diesem Mordfall – Amoklauf mit Samuraischwert am Bahnhof Basel SBB mit zwei Toten – als Zeugin befragt hatten. Amadio hatte die beiden damals in ihrer Wohnung empfangen.

In vielen der Wohnhäuser waren Lichter entzündet. Es war Mitte März und die Tage waren noch kurz. Der bedeckte Himmel half zusätzlich, die Dunkelheit satt in die Stadt zu drücken.

Der Wachtmeister sah, dass die Wohnung von Helen Amadio weitgehend im Dunkeln lag. Er bemerkte aber auch einen fahlen Lichtschein hinter einem Fenster. Es sah aus, als ob im Wohnzimmer eine kleine Lampe brennen würde, wohl der Schein einer Leselampe.

Merkwürdig, dachte Heinzmann. Vielleicht hat sie vergessen, das Licht auszumachen, als sie wegging.« Zugleich wunderte er sich: Sie geht doch nicht weg, so spät am Abend unter der Woche, in ihrem Alter. Warum hat sie dann nicht mehr Lampen angedreht?

Der Wachtmeister trat vom Trottoir weg auf die Straße, schaute wieder hinauf.

Meier war inzwischen von seinem Inspektionsgang zurück und fragte den Patrouillenchef, ob die Frau denn nicht da sei?

Heinzmann antwortete nicht, sondern ging erneut zum Hauseingang und läutete energisch an der Klingel zur Wohnung im Erdgeschoss. Nach kurzer Zeit ertönte ein leises Summen, und er drückte gegen die Eingangstür im Jugendstil, die nur angelehnt gewesen war. Sie war aus Holz. In die obere Hälfte waren vier Scheiben eingesetzt. Ein metallenes Geflecht aus hübschen Rankpflanzen – Heinzmann kannte ihren Namen nicht – war vor dem Glas eingelassen. Es schützte die Scheiben vor Bruch und verwehrte einem möglichen Einbrecher ein leichtes Eindringen. Zugleich war das Metallgitter filigran genug, damit ausreichend Licht durch die Gläser gehen und so den Korridor mit Tageslicht versorgen konnte.

Heinzmann wuchtete die Tür auf. Sie war schwer und zudem wegen der Kälte langer Winternächte verzogen. Die Scharniere heulten gequält auf. Frau Amadio musste es wohl täglich einige Kraft kosten, sie zu öffnen.

Im Parterre war die Wohnungstür bereits einen Spaltbreit offen. Eine junge Frau lugte heraus. Sie erschrak, als sie einen stämmigen Polizisten in Uniform sah. Ihr stockte leicht der Atem. »Ja. Äh?«

Stefan Heinzmann grüßte die Frau, die sich nicht getraute, die Klinke der Wohnungstür loszulassen und sich mit der anderen

Hand am Kopf kratzte. Sein Grüezi klang so, wie es halt so tönt, wenn ein altgedienter Wachtmeister, der zu viel Plastikkaffee bei seiner Arbeit trinkt, es sagt. Es klang durchaus freundlich, doch auch forsch, kurz angebunden, nicht herzlich, nicht unherzlich, undurchdringlich neutral. Es eröffnete eine Unterhaltung, die mehr Befragung denn Konversation werden würde. Kühl. Zweckmäßig. Wachtmeister Heinzmann wollte etwas wissen. Er würde es erfahren.

»Grüezi«, antwortete die Frau dem Polizisten. Ihr Grüezi war ein erstauntes Hallo. Es war noch nicht erschreckt, eher fragend. Die Frau sagte dieses Wort mit leichtem Unwohlsein, zugleich hoffend, dass es nichts Schlimmes sei.

»Ich bin Wachtmeister Heinzmann. Ich möchte zu Frau Amadio.«

»Ach so«, entspannte sich die Hausbewohnerin sichtlich und trat einen erleichterten Schritt aus der Wohnung. Was immer es auch war, es betraf offenbar nicht sie persönlich. Glück gehabt!

»Frau Amadio hat nicht geöffnet«, erklärte Stefan Heinzmann die Situation. Eine Entschuldigung für die Störung fügte er nicht an. Er musste seinen Job machen. Nicht jeder hat Zeit und Lust für Small Talk.

Hätte Wachtmeister Heinzmann weniger an der Front gearbeitet und mehr seichte Plauderei gemacht, er hätte Offizier werden können. Hätte er sich zusätzlich das 300-seitige Handbuch »Richtig Schleimen für Fortgeschrittene« einverleibt, hätte er es bis hinauf in den Kader geschafft. Wenn er dann noch die hohe Kunst des »Lügens ohne mit der Wimper zu zucken« beherrschen würde, wer weiß, wohin ihn seine Karriere getragen hätte. Aber Heinzmanns Vater war Schweißer gewesen, eine ehrliche Haut. Der Grad eines Offiziers lag für Stefan Heinzmann von Geburt weg nicht drin. Auch mit noch so großer Leistung gab es keinen steifen Hut mit Goldkranz für ihn. Für hart anpackende Söhne von ehrlichen Schweißern gibt es ein paar weiße Plastikwinkel auf die Schulterstücke – als Maximum.

»Das ist aber merkwürdig«, wunderte sich jetzt die Nachbarin von Frau Amadio und drehte den Kopf ins Treppenhaus. »Sie ist nicht da? Sie war doch den ganzen Nachmittag hier.«

»Ja?«

»Ja, doch. Frau Amadio ist immer sehr leise. Aber gerade vorhin hat es in ihrer Wohnung ziemlich gerumpelt. Ich dachte noch, ob ich vielleicht …«

Heinzmann sprang schon die Treppe hoch und ließ die Nachbarin stehen. Die zuckte zusammen, riss die Augen auf, schlug die Hände vor den Mund.

Oben angekommen, sah der erfahrene Wachtmeister, dass die Wohnungstür der Alten aufgebrochen worden war und nur angelehnt stand. Er drückte sich mit dem Rücken sofort an die Wand, legte seine rechte Hand an den Griff seiner Waffe. Er horchte. Dann schob er mit der linken Hand vorsichtig die Tür auf.

*

Baumer stand derweil an der Kasse des winzigen MAXI-Markets, der gegenüber dem Hotel Delphina lag. Die griechische Besitzerin packte ihm einen Becher Joghurt in einen kleinen Plastiksack, den er am Griff seines Stockes befestigte. Die Frau bot ihm spontan an, jemanden zu holen, der ihm tragen half. Zumindest hatte Baumer das so aus dem Touristenkauderwelsch geschlossen. »My son. I call. He bring home. No problem.«

Baumer lehnte dankend ab. »Efcharisto. It's okay. No problem.«

Die Frau in Schwarz nickte verständig, lächelte. Dabei erschienen hinter den mit blutrotem Lippenstift gemalten Lippen für ihr fortgeschrittenes Alter erstaunlich weiße Zähne. Die Ladenchefin hatte eine Hornbrille aufgesetzt, deren Gestell jegliches Licht komplett verschluckte. Die ebenso tiefschwarzen Haare fielen ihr vom Scheitel gleichmäßig zur Seite hinunter. Kurz vor den Schultern endeten sie in einer halben Rolle nach außen. Diese Frau glich Nana Mouskouri aufs Haar.

»Ciao, Nana. War schön bei dir«, sprach Baumer im Stillen zu sich selbst. »Du brauchst keine Anti-Falten-Crèmes. Du bist ewig herrlich, göttlich. Unsterblich!«

Als er wieder im Hotelzimmer zurück war, fand er seine Freundin auf dem Stuhl vor dem Spiegeltisch sitzen. Sie saß mit überrundem Rücken auf einem Frotteetuch des Hotels, die Beine hatte sie überschlagen. Mittlerweile hatte sie ein Höschen angezogen. Sie hatte Geschmack und trug einen Slip von Hanro, der aprikosenfarben und samten schimmerte.

Anna hatte ihre Tränen getrocknet, aber war von der Erkenntnis, dass sie wohl bleich aus den Ferien zurückkehren müsse, in gedrückter Stimmung. Deshalb – und natürlich wegen Andi. Ihre Schultern hingen schlaff herunter. Sie kämpfte mit ihrer akuten Traurigkeit. Dennoch hob sie interessiert den Kopf, als Andi nahe bei ihr stehen blieb.

»Bald geht es besser«, sagte er väterlich. »Ich verspreche es dir. Joghurt ist das Beste, was man gegen Sonnenbrand tun kann.« Er reichte Anna das Säckchen.

»Naturjoghurt habe ich nicht gern. Hat es keinen Früchtejoghurt gehabt?«

»Das geht nicht mit Früchtejoghurt.«

Anna kramte in der Plastiktüte und frage erstaunt: »Hast du mir keinen Löffel mitgebracht?«

»Einen Löffel?«

»Ja«, sagte sie und zog die Schultern leicht zum Kopf, während die Augenbrauen in den Himmel stiegen. »Wie soll ich sonst den Joghurt essen?«

Baumer unterdrückte ein Lachen. »Essen? Der ist nicht zum Essen. Den tragen wir auf.«

»Ah ja, jetzt erinnere ich mich wieder. Das soll gut sein gegen Sonnenbrand.«

»Joghurt ist unschlagbar«, machte Baumer Mut. »Das ist das Beste, was es dagegen gibt.«

Anna wurde neugierig. Als Krankenschwester konnte sie nachvollziehen, dass das proteinreiche Naturprodukt die verbrannte Haut wahrscheinlich rasch heilen konnte. Daher durfte ihr Freund ihr das halbsteife Joghurt in dicken Schlieren auf den Rücken schmieren.

»Ui, das ist aber kalt«, erschrak sie beim ersten Auftrag. Doch alsbald spürte sie, dass das Joghurt ihr tatsächlich Linderung verschaffte.

Also half sie Andi so gut es ging, sich zu salben. Sie betrachtete ihren Rücken im Spiegel und fragte bald: »Ist es genug? Denkst du, das ist genug?« Schließlich gab sie präzise Anweisungen an ihren Freund, indem sie mit dem Finger auf Stellen zeigte, wo er noch mehr auftragen sollte. »Hier musst du noch. Und da. Hier auch noch, bitte.«

Andi genoss es, die Rundungen dieser Frau mit seiner glitschigen Hand abzufahren, ihre Haut zu berühren, ihre Muskeln zu erspüren. Mehr noch. Er freute sich, dass er endlich etwas für sie tun konnte. »Joghurt kühlt und nimmt die Schmerzen«, machte er Mut.

Anna hörte es gerne und legte sich dann bäuchlings aufs Bett. Sie murmelte etwas von »Danke« und »Tut gut«. Andi hörte es nur undeutlich, denn sie hatte die Arme um ihren Kopf gelegt und nuschelte in das Kopfkissen. Ihr Rücken glitzerte wie ein Marmorsteinbruch in der Morgensonne.

Andi humpelte zu ihr hin und betrachtete sie.

Anna lag ausgestreckt auf dem Bett. Ihre Beine hatte sie eng aneinandergelegt. Die Füße waren ausgestreckt, wie bei einer Schwimmerin, die mit einem Kopfsprung ins Wasser taucht. Dadurch erschienen ihre Beine noch länger, als sie eh schon waren. Er nahm die ganze Gestalt seiner Begleiterin wahr, sog sie auf in sich, wie nur ein Künstler die vielzähligen Proportionen einer Statue von Michelangelo wahrnehmen und genießen kann. Mehr noch war Baumer von ihrem Selbstbewusstsein, ihrem ganzen Wesen fasziniert. Seine Begleiterin fühlte sich wohl in ihrem Leben und strahlte eine große Natürlichkeit aus.

»Anna?«

Sie lag still.

»Ich habe dich gern.«

»Hh?«, machte sie.

Hatte sie geantwortet oder nur im Schlaf tief ausgeatmet?

Anna.

Nicht Maja.

Plötzlich läutete das Handy. Baumer erschrak. Wer konnte jetzt noch anrufen? Es war Wachtmeister Stefan Heinzmann, der Kommissar Baumer informierte, dass die alte Amadio tot in ihrem Blute lag.

3

Stefan Heinzmann berichtete seinem Freund akkurat, was er gesehen hatte. Er tat dies professionell, nicht abgestumpft, wusste nur zu gut, dass ein genauer Bericht dessen, was er in der Wohnung von Helen Amadio-Meier vorgefunden hatte, wichtig war, damit Andreas Baumer alle Informationen mitbekam. Diese Schilderung des Tatorts brauchte der Kommissar, um seine Arbeit machen zu können. Jedes scheinbar noch so unbedeutende Detail konnte entscheidend sein, um den Mörder dieser bemitleidenswerten Rentnerin zu finden und festzunageln.

Heinzmann berichtete unaufgeregt. Er gab sich Mühe, genau zu beschreiben, was er wahrgenommen hatte. Baumer unterbrach ihn selten, musste praktisch nichts nachfragen, so präzise waren die Angaben des erfahrenen Polizisten.

Heinzmann Stefan (Wm 1) rapportierte folgendes: »Die Wohnungstür war nur angelehnt. Auf der Höhe des Schlosses war das Holz des Rahmens auf einer Breite von ca. 2 bis 3 cm weggebrochen. Wahrscheinlich wurde ein Stemmeisen benutzt, um das Schloss aufzudrücken. Das Vorhängekettchen war mitsamt Schließe einfach aus dem trockenen Holz ausgerissen. Ich denke, ein einfacher Ruck hat genügt.«

Der Wachtmeister machte eine Pause. Da Baumer aber keine Frage zu diesem Sachverhalt stellte, fuhr er fort mit seinem Bericht. »Der Eingangsbereich war normal. Die ganze Wohnung war ordentlich. Keine Spuren eines größeren Kampfes, nicht einmal im Wohnzimmer.«

Ein Moment der Stille.

Dann sagte Baumer: »Verstanden.«

Heinzmann erzählte weiter. »Helen Amadio lag in der Mitte des Zimmers. Sie lag flach auf dem Rücken, die Beine waren leicht angezogen, die Knie aneinander.«

»So wie Gewehre, die zusammengestellt werden, damit sie nicht umfallen?«, fragte Baumer. Er liebte es in Vergleichen und Bildern zu reden. Sie ersparen so viele Worte.

»Ja, genau so wie zusammengestellte Gewehre. Die Absätze der Schuhe drückten in den schweren Teppich. Wäre sie auf glattem Parkett ermordet worden, dann wären die schlaffen Beine möglicherweise einfach weggerutscht. Die Arme lagen leicht vom Körper abgewandt. Die Handflächen zeigten nach oben.«

»Hm«, sagte Andi.

Heinzmann schwieg und wartete. Ihm schien, dass sich Baumer eine Frage zurechtlegte.

Tatsächlich. Der Kommissar fragte: »Sah es so aus, als ob sie im Rückwärtsfallen die Arme auseinandergeworfen hätte, um das Gleichgewicht zu finden oder den Sturz abzumildern?« Während er fragte, schaute er zufällig Anna an, die sich auf dem Bett aufgerichtet hatte. Anna blickte ihn entgeistert an. Sie hatte beide Hände vor den Mund geschlagen, als sie die ganze Tragödie begriff, die sich aus den wenigen Sätzen und Bemerkungen von Andi ergab.

»Nein«, berichtete Heinzmann aus dem fernen Basel in das Hotelzimmer Nr. 05 des Hotels Delphina nach Kreta. »Es sah mehr danach aus, als sei sie bereits tot in sich zusammengesackt. Der linke Arm war ausgestreckt. Der rechte hingegen war geknickt und der Ellenbogen lag unter dem Körper. Die Hand war abgedreht.«

»Ja, verstehe«, bemerkte Andi und blickte zu Boden. »Du sagtest, es gab nur wenig Blut.«

Anna hatte sich aufgerichtet, ohne dass es Andi wahrgenommen hatte. Als sie das ganze Ausmaß dieser schrecklichen Tat begriff, sprang sie auf, ging kopfschüttelnd ins Bad. Ihre Hände hatte sie an die Wangen gelegt und drückte mit ihren Fingerspitzen auf die Schläfenknochen. Sie war erschreckt über die Tragödie und konnte es nicht fassen, dass sie sich noch in ihren Ferien mit Tod und Elend auseinandersetzen musste. Sie warf sofort die Tür hinter sich zu.

Andi Baumer wurde sich dessen kaum gewahr. Er war in Gedanken bereits in dieser Wohnstube bei Helen Amadio, betrachtete die liegende Gestalt einer alten schrumpeligen Frau, in der man das junge sportliche Mädchen sehen kann, wenn man will –

oder bereits den verwesten Leichnam. Der Kommissar sah durch die Augen von Heinzmann die alte, winzige Frau, ihr schneeweißes Gesicht, aus dem alles Grün und alles Rot und überhaupt alle Farbe entschwunden waren. Altersflecken prangten auf weißer Haut. Die Augen der Toten waren blaugrau. Jeglicher Glanz war entflogen. Zwei matte Seen in hügeliger Landschaft im Appenzell, wenn die Sonne schon hinter dem Berg verschwunden ist. Vom Nacken ausgehend hatte sich um den Kopf der Ermordeten ein roter Ring gelegt, so als ob der Künstler Christo und seine Frau Jeanne-Claude ein samtenes Band in dieser Farbe um ein verwittertes und verlassenes Gebäude gelegt hätten.

»Schlug sie mit dem Kopf auf?«, fragte Baumer.

»Ja«, antwortete Heinzmann. »Aber das war nicht der Grund für die Blutung.« Er machte eine kurze Pause. Offenbar fiel es ihm doch nicht so leicht, über die Tat zu berichten. Dann nahm er sich zusammen und berichtete wie Helen Amadio-Meier, 85 Jahre alte Baslerin aus gutem Haus, vom wirklichen Leben im Diesseits in das vermutete Leben im Jenseits befördert worden war. »Es gibt eine kleine Schnittwunde hinten an ihrem Hals.«

»Wo genau?«

»Etwa fünfter bis siebter Halswirbel.«

»Also erstochen?«

»Ja, das nehme ich an. Der Notarzt auch. Er sagte: So wenig Blut ist typisch für einen Stich direkt ins Rückenmark.«

»Ein Stich ins Rückenmark«, notierte Baumer nachdenklich.

»Der Notarzt war ganz aus dem Häuschen. Er fand den Fall äußerst interessant«, fuhr der Wachtmeister fort. »Ein perfekter Stich sei das gewesen. Kein Rumgestocher mit dem Werkzeug. Keine Verletzung einer der beiden Halsschlagadern. Das könne nur ein Profi.«

Baumer notierte diesen Punkt in seinem Kopf und auch in seinem Bauch. »Das kann nur ein Profi.«

Als er nichts weiter dazu bemerkte, schloss Heinzmann seinen Bericht ab. »Wenigstens hat sie nicht gelitten.«

»Nicht gelitten?«, enervierte sich Baumer mit lauter Stimme. »Gottverdammt, warum warst du nicht früher dort, Stefan?«

»Und du Arschloch? Gottverdammt, hockst in Kreta.«

»Verdammt, verdammt!«, brüllte Baumer ins Telefon, bis er Anna im Bad laut aufkreischen hörte und verängstigt herauskommen sah. Augenblicklich riss er sich zusammen.

Auch am anderen Ende war die Explosion vorbei. Weder Heinzmann noch Baumer sagten für eine Weile irgendetwas. Es kam auch kein Wort der Entschuldigung über die Lippen eines dieser beiden Polizisten. Beide wussten, dass es nicht persönlich gemeint war.

»Verdammter Mist, Stefan«, meinte Baumer schließlich ruhig und mit wieder tiefer Stimme. Es lag keine Anklage mehr in diesem Fluch, vielmehr Verärgerung über diese unsere Welt, die Kreaturen hervorbringt, die solch friedlichen alten Damen, wie die Helen Amadio (geb. Meier) eine war, kalten blitzenden Stahl in den ungeschützten Nacken stoßen.

Oder so was Ähnliches.

*

Es wurde eine lange Nacht. Andi Baumer stand im engen Hotelzimmer und telefonierte unablässig in die Schweiz. Anna hatte sich ein wenig beruhigt, blieb aber erschreckt über die Wucht, wie sich Tod und Elend in ihre Leben geschoben hatten. Noch mehr war sie wie vor den Kopf geschlagen, dass Andi nicht abließ mit seinen Kollegen in Basel zu telefonieren. Die Tragödie der Amadio hatte sich wie ein unüberwindbares Hindernis zwischen sie beide geschoben. Ein riesiger Felsbrocken, der die verbindende Bergstraße zwischen ihren beiden Weilern versperrte. Ihr Geliebter versuchte zwar, ihr zwischen all seinen vielen Anrufen Verständnis und Zuneigung zu zeigen. Aber sie empfand diese Momente wie zu flüchtig und zu schludrig geschriebene Briefe, die zu selten über den verschneiten Ausweichpass zu ihrem Weiler getragen werden konnten.

Andi war sich der Unhaltbarkeit der Situation durchaus bewusst. Doch was hätte er tun können? Einfach das Telefon ausschalten? Er wusste vom Mord an der Amadio. Also konnte er nicht ablassen. Er war Kriminalkommissär der Kantonspolizei Basel-Stadt – so seine offizielle Funktionsbezeichnung. Das Lösen von Mordfällen war sein Beruf, sein Sinn, sein Lebenselixier. Seit Majas Weggang umso mehr.

Andreas Baumer telefonierte daher auch kurz mit dem Arzt, der am Tatort gewesen war. Dieser plapperte aufgeregt wie ein junger Doktorand, der eine wichtige Entdeckung gemacht hat. Da Baumer von Heinzmann vorgewarnt worden war, konnte er die Erregung des Arztes ertragen. Wäre er unvorbereitet mit dem Vergnügen konfrontiert gewesen, das der Arzt empfand, er hätte gleich noch einmal einen Ausbruch gehabt. Ein Ereignis, das selten bei ihm war. Zu abgeklärt war dieser Mann. Doch abgeklärt heißt nicht abgestumpft. Dieser Mord war etwas Persönliches. Baumer hatte die Frau gekannt. Er hatte zweimal ein längeres Gespräch mit ihr geführt. Das war eine große Anzahl für ihn, der nur sehr wenige Menschen überhaupt an sich heranließ.

Der Kommissar verstand die Tat nicht. Welcher Irre hatte Lust verspürt, eine alte Dame umzubringen? Ging es vielleicht um Geld? Musste einer an ein Erbe kommen? Das würde man herausfinden müssen. Doch dieser Gedanke schlug keine Saite an in seinem Polizistenkörper. Baumer hatte die Wohnung der Frau gesehen. Er hatte sie zum Bürgertum gerechnet, eher gehobener denn unterer Mittelstand.

Die ganze Erscheinung der Helen Amadio war gepflegt gewesen. Sie war höflich, offen, interessiert am Gegenüber. Müsste er diese Frau in einem Wort beschreiben, dann würde er sich für *anständig* entscheiden. Nicht weil sie die Anständigkeit nur gelernt hatte und die Psychologie einsetzte wie ein dummer Professor, der damit seine primitiven Machtspielchen parfümiert. Sie war keiner dieser Großbürger, die Respekt nur heuchelten – und gerade dadurch ihr Gegenüber doch nur erniedrigen. Nein. Ihre Anständigkeit kam aus dem Herzen. Baumer konnte sich einfach nicht vorstellen, dass ein verschlagener Sohn kalten Stahl in das Genick dieser Dame schob, nur um frühzeitig an ihre Ersparnisse zu kommen. »Könnte aber trotz allem sein«, zog er diese Möglichkeit dennoch in Betracht, musste sie in Betracht ziehen. Geld war sicherlich genug da. Baumer erinnerte sich an eine teure goldene Pendeluhr auf dem Buffet aus Kirschholz. Die Kleidung der Alten war ausgesucht, ihre Broschen waren aus purem Gold – und massiv. Vielleicht hatte das Begehrlichkeiten geweckt und die kriminelle Phantasie eines Familienmitglieds oder einer Bekannten angeregt.

Andi Baumer stand im Hotelzimmer im kretischen Ierapetra und blickte ins Leere. Anna stand vor ihm, aber er nahm sie nicht wahr. Als sie ihn am Arm fasste, kam er nur zögerlich aus seinen Gedanken. »Was ist?«, fragte er.

»Wie geht es weiter?«, schob sie ihren Kopf nach vorne und versuchte von unten her seinen Blick zu erhaschen. Sie meinte natürlich: Wie geht es weiter mit uns?

Baumer konnte darauf keine Antwort geben. Er hatte keine. Er senkte den Blick, schaute wieder leer.

Das war zu viel für Anna. Enttäuscht machte sie sich auf ins Bad.

Kurz danach hörte Baumer, wie sie in die Dusche stieg, den Vorhang zog. Das Wasser rauschte.

5 Minuten Zeit.

Sofort telefonierte Baumer wieder mit Basel. Fragte Heinzmann, ob ihm irgendetwas aufgefallen sei, das auf einen Raub hindeute. Er fragte dies, obwohl er die Antwort bereits vermutete. Nein, nichts deute bisher auf einen Raub hin, antwortete sein Freund wie erwartet.

Dann wollte der Kommissar wissen, ob die äußere Eingangstür am Haus auch aufgebrochen worden sei. Nein, die sei in Ordnung.

»Wie kam der Täter ins Haus?«

Stefan Heinzmann berichtete, dass ihn diese Frage auch schon beschäftigt habe. Er habe daher die Haustür überprüft. Die schließe nämlich mit einem Schnappschloss. Von außen komme man ohne Schlüssel nicht hinein. Da müsse schon jemand in seiner Wohnung den Türdrücker betätigen.

»Gibt es eine Klinke oder einen Drehknopf?«, fragte Baumer, denn er wusste, dass an alten Eingangspforten außen manchmal nur ein handtellergroßer Metallknopf angebracht war. Damit konnte man ein Kettchen bewegen, das innen am Riegel zog und das Schloss dadurch öffnete. Wenn die Kette eingehängt war, konnte einer ins Haus, auch ohne dass ihm jemand aufdrückte.

Heinzmann bestätigte, dass es nur einen Drehknopf gab.

»War die Kette innen eingehängt?«, fragte Baumer.

»Ja, aber es ist sowieso egal. Die Tür ist nämlich nur angelehnt gewesen. Die Nachbarin hat heute lange im Vorgarten gearbeitet, musste immer hin und her.

»Die Tür stand also heute offen?«, fragte Baumer.

»Ganz genau. Die Nachbarin hat die schwergängige Tür nur angelehnt gelassen.«

»Keine Angst vor Einbrechern?«

»Ach, die Leute ticken immer noch wie vor 20 Jahren, als die Grenzen bewacht waren«, tat Heinzmann seine Meinung kund. »Die Leute denken, dass die Umgebung nahe der Rotbergerstraße doch ruhig sei. Na ja, bisher war's ja so.«

Andreas Baumer sah den gemütlichen Stadtteil vor sich, in dem auch der berühmte Basler Zoo war. Es gab schöne Bürgerhäuser und viel Bausubstanz aus den 20er Jahren des letzten Jahrhunderts. Viele architektonische Trouvaillen präsentierten den Passanten stolz ihre üppigen Ornamente, als wären es glitzernde Diamanten an einer Kette im Dekolleté einer Premierenbesucherin von »Don Giovanni«. Hier konnte man ruhig wohnen, wenn nicht gerade wieder ein wildes Tier aus dem Zoo ausgebüxt war. Einmal war ein Löwe ausgebrochen und streunte durch die Straßen. Er war aber ganz friedliebend und wahrscheinlich von seinem Leben im engen Gehege schon so verblödet gewesen, dass er ganz froh war, als ihn zwei Wärter baten, doch bitte seinen Kopf durch die Schlinge am Ende der Stange zu stecken, die sie ihm hinhielten. Friedlich war er danach von den Wärtern geführt zurück in seinen Käfig getrottet, als wäre er ein müder Sachbearbeiter der Post auf dem Weg zurück ins Büro, nachdem er die käsige Weihnachtsansprache vom Chef über sich hatte ergehen lassen müssen.

Ein anderes Mal war hingegen ein Schimpanse geflüchtet und hatte auf den Dächern der dem Zoo anliegenden Häuserzeile herumgetobt. Er narrte die ihn verfolgenden Wärter und sprang von Hausdach zu Hausdach zu einem Baum und zurück und wieder weiter über die Dächer. Ein Affe ist eben nicht dumm und hat einige Phantasie. Es hatte einige Stunden gedauert, bis Wärter mit Hilfe von Polizisten den Flüchtling eingekreist hatten und ihn mit einem Netz überlisten und einfangen konnten. Trotzdem hatten nicht wenige Leute Verletzungen davongetragen, denn der Schimpanse hatte mehrere seiner Häscher in die Arme gebissen und auch woandershin. Wenn man Intelligenz einsperrt, wird ein Affe eben auch nur zum Tier.

Baumer sah wieder das Haus an der Rotbergerstrasse straße vor sich. Die schwere Holztür; die vergitterten Scheiben; der Drehknopf um zu öffnen; das daran befestigte Gliederkettchen an der Innenseite, um den Riegel zu ziehen.

»Das Kettchen war beim Riegel eingehängt, als du ankamst?«, fragte er seinen Freund Heinzmann.

»Ja«, antwortete dieser.

Baumer ging ein Gedanke durch den Kopf.

Dann sagte er: »Nimm Fingerabdrücke!«

*

Früh am nächsten Morgen stand Baumer in einer kurzen Schlange vor einem Informationsschalter des Flughafens in Heraklion. Er stützte sich auf seine zwei Krücken. Sein rechtes Bein steckte in einer klobigen Schiene. Die reichte Baumer von der Hüfte bis unters Knie. Darüber trug er eine übergroße lange Trainingshose. Im Bund hatte er sie mit einem Bändel zusammengebunden, wo sie grobe Falten bildete. An den mächtigen Oberschenkeln spannte die Hose dennoch über der Schiene.

Der Kommissar schämte sich ein wenig über sein lumpiges Aussehen. Vor allem wollte er die Schöße seines edlen und teuren Baumwollhemdes – neben dem Espressotrinken eine der wenigen Leidenschaften des Kommissars – nicht in diese Hose stecken.

Das Hemd hing also einfach lose herab, was den Eindruck eines Bettlers zusätzlich verstärkte. Die Füße wiederum, Baumers selbst ernannter Schwachpunkt, staken in übergroßen Turnschuhen.

Baumer hatte tatsächlich Riesenfüße. Daher hatte ihn der Juniorentrainer damals ins Tor gestellt. Zumindest hatte er sich das so ins Gehirn eingebrannt. Er war überzeugt, der habe gehofft, dass er mit seinen überdimensionierten Füßen ein paar Bälle mehr als ein anderes Kind stoppen könne. Baumer hatte diese Klassifizierung, selbst wenn sie vielleicht nur imaginiert war, schlecht vertragen. Ebenso verachtete er jede andere Unterscheidung aufgrund von Größe, Herkunft, Glauben oder Besitz – obwohl die natürlich weiterhin das Zusammenleben viel zu vieler Menschen bestimmten. Hier die Reichen, dort die Armen. Hier die Kinder vom Villenviertel mit dem Doktor als Vater. »Dort du, Andi. Steh da hin!« Einzig durch Leistung, hatten ihm seine protestantischen Eltern eingehämmert, konnte sich ein Andi hocharbeiten. So glaubte auch er zu lange dieser Illusion. Natürlich blieb die Schande der armen Geburt. Die klebte an ihm wie heißes Pech an der Haut. Wenn er redete, wie sein Vater redete, dann zeigte er sein Kainsmal der minderen Sprache, war Polier und nicht Architekt. Also sprach er nicht mehr. Dadurch verknöcherte die krummgequetschte Hirnwindung im Kopf umso mehr und blieb ewig ohne Heilung.

Die Leute in der Schlange am Flughafenschalter vor Baumer bewegten sich vorwärts. Er schloss auf. Gerne hätte er aufgrund der doch schon beträchtlichen Hitze Adiletten getragen. Doch sein Stand war noch nicht sicher genug, und mit den flachen, aber stabilen Turnschuhen konnte er sich viel gefahrloser bewegen. Hätte man nur die großen Latschen und die weite Hose gesehen, man hätte geschlossen, dass hier ein Clown daherkommt. Sah man hingegen ins Gesicht dieser Person, sah man ein weniger fröhliches Wesen. Baumer fühlte sich wie erschlagen, war unruhig zugleich. Auch seine Begleitung machte keine besondere Figur. Sie hielt ein Taschentuch an ihre Nase und schnäuzte sich mit tränenden Augen.

Anna weinte leise.

Sagen tat sie nichts.

Es war schon alles gesagt. Und alles gefragt. Ob er das ernst meine, dass er nach Hause wolle? Ob er das wirklich, wirklich ernst meine?

Baumer tat es unglaublich leid. Aber - nun ja - er meinte es ernst. Er meinte es ernst, weil die Arbeit eine zentrale Stütze in seinem Leben war. Auf diesen Halt zu verzichten, schien ihm unmöglich und die Vorstellung, es doch zu tun, erschreckte ihn.

Erst hatte Anna gar nicht begriffen, dass ihr Partner nach Basel wollte, ja, dass er ganz einfach zurück nach Basel müsse. »Dein Fall? Wieso ist das dein Fall?«, hatte sie gezürnt, als sie noch im Hotel waren. Sie hätte Verständnis für ihren Partner gehabt, wenn er von einem gemeinsamen Nachtessen hätte aufstehen müssen, weil er Bereitschaftsdienst hatte und an einen Fall gerufen worden wäre. Aber hier, auf Kreta, mitten im Urlaub? Das konnte sie nicht nachvollziehen.

Baumer hatte nichts zu erwidern gehabt - hatte nichts sagen können. Es tat ihm nur furchtbar leid.

»Andi. Du bist beurlaubt. Wir machen hier gemeinsam Ferien.«

»Ich muss zurück.«

»Zurück? Was willst du denn da? Du bist doch ...« Sie hatte abgebrochen und diesen Satz, den sie gedacht hatte, zum Glück noch rechtzeitig verschluckt. Dieses Du-bist-doch-ein-Krüppel.

Baumer hatte keine Kraft für einen Streit gehabt. Alles, was er seiner Freundin hätte sagen können, hätte sie verletzt. Das wollte er nicht. Aber auch sich selbst wollte er nicht noch mehr verletzen. Er musste nach Basel zurück, denn er brauchte die Arbeit.

Es war sein Job. Er wollte ihn machen, musste ihn machen, denn es war alles, was ihm geblieben war, seit Maja weg war. Daran änderte auch seine neue Freundschaft nichts. Die Beziehung zu Anna war einfach noch nicht stark genug.

Dass seine Arbeit also auch eine Flucht darstellte, konnte er ihr gegenüber aber nicht zugeben. Sowieso flüchtete er nicht vor Anna. Sie war ihm in den wenigen Monaten ihrer Bekanntschaft durchaus lieb und teuer geworden. Doch der Stress der Ermittlungen half ihm vor seinen Erinnerungen an Maja zu flüchten, diesen stupiden sinnlosen Gedanken an die kleine Französin, seine ewige Geliebte, die er nicht loslassen konnte, nicht loslassen wollte – noch nicht.

Die Frau, die jetzt an seiner Seite war, hatte instinktiv gespürt, was Andi gedacht hatte. Also waren ihr Tränen gekommen.

Baumer hatte nicht weiter versucht, sie aufzumuntern. Sie sprachen nur noch wenig. Zwar konnte er Anna gut verstehen, aber er wurde immer wieder von Gedanken an den Mord in Basel in Anspruch genommen und er konnte sich daher kaum auf ihre Bedürfnisse konzentrieren.

Am Morgen hatte er dann ein Taxi bestellt. An der Rezeption waren sie vorbeigerauscht und waren nicht einmal groß aufgehalten worden. Dem Besitzer war es sicherlich egal, ob sie blieben oder nicht. Das Zimmer war bezahlt. Er konnte es jetzt weitervermieten.

So waren sie an den Flughafen in Heraklion gefahren. Beide in Trance. Andi, weil er an den Mord dachte. Anna, weil sie an Andi dachte und an ihre Beziehung. Als das Taxi am Abflugterminal anhielt, sackte es endlich in Annas Seele hinein. Andi war tatsächlich entschlossen abzufliegen.

Eine lähmende Traurigkeit legte sich auf sie wie eine Marmorplatte auf ein Grab, und sie musste erneut weinen. Als sie dann am zentralen Infoschalter an die Reihe kamen – keiner der anderen Touristen hatte den an Krücken gehenden Baumer vorgelassen – hatte sich Anna gefasst. Sie blieb hinter Andi stehen, der sich mit den Unterarmen auf die hohe Balustrade am Schalter stützte. Sie hörte, wie er zur Hostess sagte, »Wir müssen nach Basel. So schnell als möglich.«

Sofort blickte die Angestellte wieder nach unten und begann wild auf ihrer Tastatur zu tippen.

Anna trat neben Baumer, sah die Frau am Ticketschalter, die aber nicht aufblickte. »Entschuldigung«, versuchte sie, sich bemerkbar zu machen.

Die Frau tippte weiter.

»Entschuldigung«, meldete sich Anna nochmals deutlich lauter. »Ich fliege nicht mit.«

Die dunkelhaarige, akkurat geschminkte Hostess in der blauen Uniform mit rotem Schal blickte auf. »Gehören Sie nicht zusammen? Nur eine Person?« Dann senkte sie den Kopf wieder Richtung Monitor und suchte eine günstige Verbindung.

Die blonde Anna drehte den Kopf vorsichtig und blickte von der Seite auf den Mann mit den kurzen Haaren. Sie hoffte, dass er sich zu ihr wenden würde. Dass er seinen Kopf zu ihr drehen würde. Dass er sie anschauen würde, dann vielleicht lächeln und sagen würde, dass alles nur ein Irrtum sei. Dass er einen Fehler gemacht hatte. Dass sie beide natürlich hierblieben. Anna dachte: »Baumi. Jetzt kannst du es noch sagen.«

Doch Andreas Baumer drehte den Kopf nicht. Er stierte geradeaus nach vorne und musterte den neckischen roten Foulard, den die Angestellte um den Hals trug. Er konnte den Blick nicht von diesem Tuch lassen. Er dachte: »So ein Teil trug auch Helen Amadio-Meier. Sie trug es um ihren Kopf. Es war auch rot, aber es war aus Blut.«

Anna sah, dass ihr vermeintlicher Freund bereits bei Helen Amadio-Meier war. Sie flehte Andi in Gedanken nochmals an, er möge doch bitte mit ihr hierbleiben.

Doch Andi hörte sie nicht – konnte nicht hören. Er war zu weit weg.

Anna seufzte und ihr Gesicht verlor jede Regung. Sie wusste, dass sie schön, nett, lebhaft, aufmerksam, lieb, nicht dumm war. Genug Männer hatten es ihr schon gesagt. Sie hatte alle Trümpfe in der Hand gehabt und hatte den Wettbewerb um Andreas Baumer doch verloren. Sie war keine Amadio, und sie war keine Maja. Sie war einfach Anna. Gegen zwei verklärte Frauen aufs Mal konnte sie nicht gewinnen.

Anna wischte sich mit dem Handrücken über die Nase. Ihre Lippen waren ein schmaler Strich. Dann atmete sie tief ein. Dann noch tiefer aus. Schließlich sagte sie zur Hostess: »Ja. Nur eine Person.«

4

Heraklion-Frankfurt-Basel. Das war die Rückreiseroute für Andreas Baumer. Ab Kreta hatte er erst am späteren Nachmittag einen Flug mit einer Maschine der Air Berlin gehabt. Nach drei Stunden war er in Frankfurt angekommen. Dort musste er zwei weitere Stunden warten bis er endlich einen Airbus der Air France nach Basel-Mulhouse erwischt hatte.

Baumer war die ganze Reise über unruhig, durcheinander. Kaum im Flugzeug, dachte er an Anna und machte sich Gedanken um sie. Zugleich konnte er es kaum erwarten, bis er wieder zu Hause war in seinem kleinen großen engen weiten Basel, mit Rhein, aber ohne See – dafür mit Mord.

Die Flugreise war beschwerlich. Er biss die pochenden Schmerzen hinunter, die im Oberschenkel wieder aufgeflammt waren. War sein Knochen noch ganz? Hatte sich etwas verschoben? Er hatte kein Vertrauen mehr in sein Bein, hatte Angst, es sei nicht mehr intakt. Natürlich war noch alles beieinander. Das konnte auch er sich zusammenreimen. Der durchtrennte Knochen und die Knochensplitter waren in pingeliger Kleinarbeit von Albert Labhardt, dem Oberarzt der Chirurgie am Kantonsspital Basel, zusammengeleimt worden. Dann hatte er eine Metallschiene an den Knochen genagelt, um ihm zusätzlichen Halt zu geben. Es würde sicher halten. Das hatte ihm Dr. Labhardt versprochen, auch wenn er keine absolute Garantie gegeben hatte. Das tun Ärzte nie.

»Vorsicht, langsam«, bat die zierliche, beinahe magersüchtige Hostess der Bodencrew, die den Fluggast nach dem Zoll empfangen und in die große Halle des Flughafens gerollt hatte, als sie ihm half aufzustehen. Sie sagte das aus Sorge um ihn und natürlich auch um sich. »Zuerst die Bremsen anziehen, sonst rollt das Ding davon.«

Baumer stemmte sich hoch und stellte sich ächzend auf seine beiden Beine. Sofort schossen Schweißtropfen auf seine Stirn.

»Geht es?«, machte sich die Begleiterin nun echte Sorgen.

Der Kommissar verspürte die Empathie der etwa 25-Jährigen, nickte knapp. Schlimmer als die Schmerzen in seinem Beim waren die in seinem Kopf: Von einem Rätsel, das sich dort eingenistet hatte und ihm immer größere Pein – und Lust zugleich – verursachte. Ein Rätsel, das mit jeder Stunde, in der er noch nicht vor Ort war, weiter wucherte und komplizierter wurde. Und ja. Da gab es auch noch diese Schmerzen in seinem Bauch. Dumpf waren sie. Sie pochten von ferne. Von einer griechischen Insel im Mittelmeer. Es schmerzte ihn wegen Anna. Dass er sie zurückgelassen hatte. Er wusste, dass es nicht recht war. Doch was hätte er machen sollen? Die schöne Anna lebte. Die verschrumpelte Helen Amadio-Meier war tot. Anna konnte sich wehren. Helen nicht.

Die Hostess suchte den Blick ihres Kunden. »Darf ich fragen, ob Sie abgeholt werden? Soll ich Sie nicht lieber bis zu den Taxis bringen?«

»Schon okay.«

»Kann ich nicht helfen?«

Baumer antwortete nicht. Das übernahm Heinzmann, der zu seinem Freund und der Hostess gesprungen kam.

»Was machst du denn, Andi? Spinnst du?«, rumpelte Heinzmann seinen Freund an.

Die dezent geschminkte Hostess staunte, wie barsch der Wachmann mit ihrem Anvertrauten sprach. Sie begrüßte ihn dennoch nett, denn sie erkannte, dass er immerhin ein paar Winkel auf den Achselstücken hatte. Mehr noch bemerkte sie, wie dieser Polizist mit natürlicher Autorität seine Umgebung auf sich ausrichtete. Dieses Charisma beeindruckte sie stärker, als sie zugegeben hätte.

»Merci, dass Sie ihn gebracht haben«, bedankte er sich bei ihr. Dann aber drehte er ihr den Rücken zu. Er packte den Gebrechlichen unter der Schulter, und setzte sich mit ihm in Richtung Ausgang in Bewegung.

»Schade«, dachte die dünne Frau. »Der hätte mir vielleicht noch gefallen.«

Heinzmann begann derweil, seinen Freund zu schimpfen. »Warum hast du mich in die Eingangshalle bestellt. Du hättest dich doch bis vor die Halle bringen …«

»Was Neues?«, unterbrach Baumer ihn unwirsch.

»Was Neues?«, brummte Heinzmann.

»Los, erzähl! Was geht?«

Heinzmann räusperte sich. Dann berichtete er seinem Freund im Gehen, was sich an diesem Tag alles getan hatte im Mordfall Rotbergerstraße. »Es gibt wenig Neues, insgesamt noch keine Spur.«

»Fingerabdrücke?«

»Haben wir gestern noch gesammelt. Ich habe alles so veranlasst, wie du es wolltest. Ich habe Meier extra an die Haustür gestellt. Dass mir ja nicht noch mehr Leute an die Tür fassen.«

»Haben sie welche gefunden?«

»Ja, insgesamt neun brauchbare von verschiedenen Leuten. Meine Fingerabdrücke nicht mitgezählt.«

Baumer ordnete diese Information in seinem Kopf. Dann fragte er Heinzmann näher dazu aus. »Wie viele Prints waren innen an der Tür?«

»Nur vier, also vier Gruppen von Abdrücken verschiedener Personen.«

»Schon klar«, bestätigte Baumer, dass er verstanden hatte, was gemeint war. Er nahm auch diese Information auf und verarbeitete sie. Neun außen, vier innen, also. Das war zu erwarten, das war immer so, denn einige Leute gehen nicht hinein ins Haus. Einer der Abdrücke draußen war der des Pöstlers. Briefzusteller kommen täglich und früher oder später berühren sie auch diese Tür, halten sie alten Frauen auf oder öffnen sie und rufen ins Treppenhaus hinein, »Post« oder »Einschreiben«. Aber sie warten meist draußen vor dem Eingang. Ein paar andere Spuren wären von Kindern der Nachbarschaft. Sie würden an die Tür gekommen sein um ihre Kumpel abzuholen oder sie zu besuchen. Im Haus wohnten sicherlich Kinder, irgendwo. Die restlichen Prints gehörten den Hausbewohnern. Was an weiteren Fingerabdrücken noch übrig blieb, wäre von Besuchern dagelassen worden – den Netten ebenso wie den Bösen. Für die Abdrücke, die man an der Innenseite der Haustür gefunden hatte, galt das besonders.

»In der Wohnung sind die Techniker noch dran, die Spuren zu …«

»Warte, warte«, sagte Baumer gestresst.

»Geh ich zu schnell?«, sorgte sich der Wachtmeister.

»Nein, nein. Aber warte bitte.«

»Mit dem Berichten?«

»Nein«, wurde Baumer fast ein wenig ärgerlich. »Ich will einfach eine Pause machen. Die Reise war lang. Ich will noch an die Bar hier«, erklärte Baumer und deutete mit dem Kopf in Richtung der Kaffeebar, die am Ende des Korridors lag. Sie bediente die Leute, die im Ankunftsbereich des Flughafenpavillons auf ihre Verwandten oder ihre Freundin, ihre Enkelkinder, die Schwester oder ihren Onkel oder ihren Geliebten aus Berlin – der ohne Hund – warteten. Ein einzelner Mann, der verloren an der Bar saß, wartete wohl nur darauf, dass er auch diesen arbeitslosen Tag endlich hinter sich gebracht haben würde und wieder nach Hause gehen könnte, um die Tagesschau zu sehen und dann noch viele andere Sendungen bis in alle Nacht.

»Wir sind doch gleich zu Hause. Was willst du noch an dieser Bar?«, bemerkte Heinzmann und wusste doch schon, was Baumer sagen würde.

Baumer sagte: »Espresso!«

»Du bist süchtig, mein Lieber.«

»Ja. Das weiß ich«, wurde der Kommissar ärgerlich. Trotzdem. Er brauchte einfach wieder einmal einen richtigen Kaffee. Der Morgenkaffee in Griechenland war ihm zu dünn gewesen. Der von ihm selbstgebraute, von dem er so viel erwartet hatte, hingegen fast zu stark und auch bitter und zu säuerlich und gar nicht schmackhaft und nur wenig aromatisch und billig und überhaupt insgesamt eine grandiose Enttäuschung.

Beim Gedanken an den griechischen Kaffee kam ihm Anna wieder in den Sinn. Wie es ihr jetzt wohl ging? Baumer machte sich Sorgen, ob es ihr gelungen war, ihr Hotelzimmer wieder zurückzubekommen. Immerhin hatte sie – nein, er! – das Zimmer aufgegeben. Hoffentlich würde die Person an der Rezeption kein Theater machen und sie wiederaufnehmen. Baumer war sich klar, dass er sie so schnell als möglich würde anrufen müssen. Sich vielleicht entschuldigen? Sicherlich entschuldigen.

Mindestens!

»Und sonst?«, bat er Stefan, ihm weitere Informationen zu den laufenden Ermittlungen zu geben, nachdem sie sich an der Bar eingerichtet und bestellt hatten.

»Sonst läuft das Routineprogramm«, gab dieser zur Antwort, während er gleichzeitig den Kopf leicht zur Seite knickte und die Schultern hob. »Du kannst es dir vorstellen. Unsere Leute von der Putztruppe haben noch nichts Auffälliges gefunden.«

Baumer hatte das erwartet. Es gab keine blutigen Fußabdrücke, die man hätte verfolgen können. Es schien auch nichts gestohlen worden zu sein. Die Wohnung war nicht durchwühlt und auch in den Schränken war kein Chaos angerichtet worden. Also gab es auch keinen Junkie, der sein Diebesgut noch am selben Abend am Claraplatz verramscht hätte, nur um sich ein winziges Couvert mit weißem Pulver zu besorgen. Dem Pülverchen, das ihm half, sich endlich wieder als »the Greatest« zu fühlen.

Dass von der Spurensicherung bisher noch keine konkreten Hinweise auf einen möglichen Täter gefunden worden waren, freute Andreas Baumer, Mittvierziger und höherer Beamter des Kriminalkommissariats Basel, insgeheim. So war der Fall noch offen und er konnte selbst ermitteln. Er war sowieso überzeugt, dass die Routine nichts bringen würde. Mit Routinearbeit kann man Mörder in Beziehungsdelikten aufspüren, die nach der Tat abgehauen sind und sich auf versifften Raststätten verstecken. Mit Routine findet man Hehlergut, das sich bis ans Ende der Welt verflüchtigt hat. Den Mann oder die Frau, die einer netten alten Dame rostfreien Stahl zwischen zwei Nackenwirbel schiebt, findet man damit eher nicht.

Dass die Aufklärung des Mordfalls ohne konkrete Spuren ein wenig länger dauern könnte, stellte allerdings eine echte Gefahr für seine Beziehung zu Anna dar. Diese Beziehung, die nur noch am seidenen Faden hing. Je schneller sie den Mörder hatten, umso größer waren seine Chancen, dass er sie wieder kitten könnte. Aber dieser Mordfall war für ihn kein gewöhnlicher Mordfall, dessen Aufklärung er einem anderen überlassen konnte. Für ihn war es etwas Persönliches. Er hatte Helen Amadio-Meier gekannt, als sie noch lebte. Er hatte mit der agilen alten Frau gesprochen und es hatte ihm gutgetan. Sie hatte bei ihm am Krankenhausbett gesessen und mit ihm geplaudert. Er hatte nicht viel dabei reden müssen, sondern gespannt den Erzählungen der lieben alten Dame zuhören können. Es war für Andi genauso schön, wie damals, als ihn seine Großmutter aus dem Oberbaselbieter Dorf Zeglingen an die Hand genommen hatte und mit ihm über die blühenden Sommerwiesen gegangen war und ihm allerlei Sagen und Geschichten erzählt hatte.

Vielleicht sind die zwei jetzt zusammen, ging es Baumer durch den Kopf, als er auf den Espresso wartete. Ob die sich verstehen werden? Eine Baselbieter Hausfrau, die sieben Kinder und raue Hände hatte, und eine Basler Madame mit ihrem einzigen Sohn?

Der prinzipiell uninteressierte und unverschämt mürrische Kellner stellte zwei Kaffees auf die Theke. Den Kommissar störte die Haltung dieses Typs nicht. Er wusste, einen Bonus bekamen andere Leute. Warum sich noch anstrengen in einem solchen Job?

Baumer zog das eine Tässchen zu sich, knickte die überstehende Spitze des Deckels des Kaffeerahmdöschens mit einer Hand ab und zog diesen einhändig vom Behälter weg. Dann goss er die Crème in die enge Tasse, führte sie sogleich zum Mund und genoss endlich einen ersten Schluck. Der Kaffee schmeckte enttäuschend banal. Baumer rührte ein klein wenig Zucker hinein, was er nur selten tat. Aber es half nichts. Die Brühe war schlapp und freute nicht. Die Süße brachte das nur noch deutlicher hervor. Kein Vergleich mit einem oder zwei echten Espressi bei Gianni. Baumer zwang sich dennoch, ein paar weitere rasche Schlucke zu nehmen, schob dann die Tasse angewidert weg. »Los geht's«, sagte er zu seinem uniformierten Freund, der neben ihm ebenfalls mit seinem Kaffee kämpfte. Bevor dieser überhaupt nur die Tasse abgesetzt, geschweige denn für beide gezahlt hatte, humpelte Andreas Baumer an seinen Krücken energisch vorwärts zum Ausgang.

»Jetzt hast du's plötzlich eilig«, rief Heinzmann seinem Freund nach.

Der sagte nichts.

*

Heinzmann fuhr Baumer in seinem Mercedes nach Hause an die Hochstraße. Dort, wo Baumer seine Höhle hatte, direkt an den Gleisen des Bahnhofs SBB. Es war zu spät in der Nacht, um noch großartig mit Untersuchungen zu beginnen, sowieso war Baumer erschöpft von der Reise und morgen gäbe es mehr als genug zu tun. Er würde sich in der Gerichtsmedizin informieren, den Tatort untersuchen, wenn möglich erste Befragungen führen.

»Willst du nicht lieber bei mir übernachten? Bei mir ist ebenerdig«, fragte Heinzmann seinen Freund, als er ihm half, die Stufen in seine Wohnung hoch zu gehen.

»Geht schon«, antwortete Baumer, der sich abwechselnd auf den Krücken und dem gesunden Bein nach oben wuchtete. »Treppensteigen ist nicht so schwer wie gehen. Ich kann das Bein dabei hängen lassen.«

Obwohl Heinzmann sah, dass das Hochgehen seinem Freund doch größere Mühe machte, als dieser zugegeben hätte, insistierte er nicht. Er hatte Verständnis dafür, dass sein alter Kumpel gerne in den eigenen vier Wänden, mehr noch im eigenen Bett, übernachten wollte. Auch war er selbst letztlich froh, dass Andi seine Bude nicht sehen würde. Stefan war seit 18 Jahren Single – also seit sich seine Frau von ihm hatte scheiden lassen. Er machte praktisch nur noch Nachtdienst, hatte keine Zeit für Hausarbeit. Er lebte draußen, schlief zwischendurch im Einsatzwagen oder mal in Baumers Büro für ein paar Stunden – wenn es dafür reichte. Seine Bude sah er selten. Sie war mittlerweile wohl ziemlich verstaubt. Heinzmanns Wohnung war die Straße. Die Arbeit seine Geliebte.

Oben angekommen, rauschte Baumer sofort in seine Küche. Er griff sich die kleine italienische Kaffeemaschine, das exquisite Espressopulver und machte Kaffee.

Heinzmann kam in die Küche, setzte sich an den kleinen Küchentisch auf einen Klappstuhl. Er schaute Baumer an, wie der in Gedanken versunken vor dem Gasherd stand und ihm den Rücken zugekehrt hatte.

»Ah, ja, Andi. Ich vergaß zu erzählen. Rötheli ist natürlich unterwegs.«

»Ja, das dachte ich mir schon«, brummte Baumer.

Beat Rötheli war der Chef der Zivilen. Baumer mochte ihn nicht besonders. Rötheli war zu schnell in diese Position gekommen und seine Moral war mit der Verantwortung nicht mitgewachsen – aber das tut sie ja nie. Entweder man hat Moral, oder man hat keine. Beförderungen und Titel machen die fehlende Erziehung nicht wett.

Dass der knapp über 30-jährige Rötheli jetzt die Nachbarschaft abklapperte, um alle möglichen Hinweise zu sammeln, ging für den Kommissar in Ordnung. Rötheli war nicht dumm und für solche Arbeit ganz gut zu gebrauchen. Baumer war sich sicher, dass der eingebildete Zivilbulle ihm einen sauberen Bericht abliefern würde. Vielleicht könnte man damit sogar was anfangen – irgendwann. Wichtiger war aber, dass Rötheli dadurch beschäftigt sein würde, freute er sich. Dann ginge er ihm nicht ständig auf den Senkel.

»Was willst du machen?«, fragte Heinzmann.

Baumer sagte nichts.

»Wie geht's weiter? Wo beginnen wir?«

Baumer schwieg.

Heinzmann fragte nicht weiter nach. Er wusste, dass sein Freund bereits Fakten ordnete, diese im Unterbewusstsein abwog und zu einem Bild zusammenfügen würde. Dabei wäre der erste Schritt der schwierigste, wie bei einem Puzzle. Aus Tausend Teilen muss man zwei suchen, die ineinanderpassen. Das dauert oft einige Zeit. Ein einziges Teilchen und ein anderes, das passt. Dann das nächste finden, das nahtlos angefügt werden kann, und alles ergibt sich von selbst. Immer eines nach dem anderen.

Ein Blubbern unterbrach die Stille. Das heiße Wasser in der klassischen Bialetti-Maschine mit der zehneckigen Standfläche war von unten durch das Sieb gestoßen, hatte das Kaffeepulver gebrüht und sich gurgelnd in den oberen Auffangbehälter ergossen.

Heinzmann nahm für Baumer die Maschine vom Herd und stellte auch die Kaffeetässchen bereit. Der satte Duft stieg ihm vielversprechend in die Nase.

Afrika.

Baumer setzte sich derweil an den Tisch, wie immer bei dieser Art von Bewegung noch ein wenig ungelenk. Dann tranken sie zusammen, sprachen dabei aber kein Wort. Heinzmann verkniff sich sogar eine Bemerkung über das seiner Meinung nach viel zu starke Gebräu. Der Wachtmeister trank zwar ebenso wie Baumer eine Milliarde Tassen am Tag, aber das waren immer Schwachstromkaffees, herausgelassen aus Automaten an Raststätten oder Kiosken oder bei Ali dem Türken in seiner Buvette. Dort im westlichen Industriequartier von Basel, fast schon in Frankreich, wo der Patrouillenchef in jeder Nacht eine Pause in der Nachtschicht einlegte und ein paar Brocken Sprache mit Ali austauschte. Ali verstand meist nur die ersten zwei Wörter, die Heinzmann ihm offerierte: »Merhaba, Ali.« Dann lächelte der Türke jeweils glücklich und machte sich daran, seinem Gast den dünnen Kaffee einzuschenken oder ihm in kalten Nächten eine Bratwurst zu grillen.

Stefan Heinzmann schaute seinen Freund Andreas an. Der saß am Tisch in Gedanken versunken, das Tässchen – ein Motiv Jean Cocteaus verzierte es – kurz vor den Mund haltend.

Baumer führte es in regelmäßigen Intervallen zum Mund. Geistesverloren nahm er einen kleinen Schluck und schaute derweil angespannt ins Leere. Als er einen weiteren Zug tun wollte, fassten seine Lippen plötzlich keine Flüssigkeit mehr. Er senkte das Tässchen und schaute hinein.

»Möchtest du noch?«, fragte Heinzmann, der Andis Bewegung gesehen hatte und schon zur Kaffeekanne griff um einzuschenken.

»Ähh … nein«, antwortete der und setzte die Motivtasse auf dem Tisch ab. Dann schnaubte er über seine geschlossene linke Faust, die er an den Mund geführt hatte. Er blickte angestrengt.

Jetzt getraute sich Heinzmann zu fragen. »Was machen wir also?«

Andi Baumer schnalzte mit der Zunge und bewegte den Kopf zweimal sachte hin und her. »Ich überlege, wo wir beginnen sollen.«

»Hast du eine Idee?«

»Ja.«

Heinzmann wartete.

»Der wichtigste Anhaltspunkt ist der«, bemerkte der Kommissar schließlich ein wenig entrückt zu seinem Freund, aber mehr noch zu sich selbst. »Helen Amadio wollte mich sprechen. Mehrmals.«

»Was schließt du daraus?«, fragte dieser.

»Dass etwas Außergewöhnliches geschehen war. Dass es wichtig war.«

Der erfahrene Wachtmeister hörte zu, versuchte mitzudenken.

»Sie hat mich angerufen und nicht einfach eine Streife alarmiert«, fuhr Baumer fort, seine Gedanken zu klären.

»Warum wollte sie ausgerechnet dich sprechen?«

»Es muss mit meiner Funktion zu tun haben. Sie wusste, dass ich Kriminalkommissar bin.«

»Also ging es um eine schwere Straftat?«

»Ich denke schon. Sie musste irgendeinen Verdacht haben, war sich aber wohl noch nicht sicher. Sonst wäre sie schnurstracks auf den Polizeiposten marschiert.« Jetzt blickte Baumer Heinzmann an und drehte seine Hand zu ihm hin. »Sie brauchte meine Hilfe als Ermittler. Für irgendein familiäres Problem hätte sie sich mit ihren Freundinnen besprochen. Dazu braucht sie keinen halbfremden Kommissar der Mordkommission.«

»Könnte es nicht doch ein Problem mit der Verwandtschaft gewesen sein? Vielleicht wurde sie von jemandem bedroht, der Geld wollte, was sie aber nicht herausrücken wollte?«

»Hhm«, brummte Baumer nachdenklich. »Könnte sein, glaub ich aber nicht.« Einen solchen Gedanken hatte er schon durchdacht und verworfen. Womöglich müsste er dieses Puzzleteil aber doch noch einmal genauer untersuchen, ob es sich irgendwo einfügen ließe. Also räumte er ein: »Muss man trotzdem nachprüfen.«

»Könnte es ein Raubmord gewesen sein? Ein Zufallsbekannter vielleicht?«

»Unwahrscheinlich. Es gab kein Durcheinander. Nichts gestohlen.«

»Trotzdem sollten wir die Kontoauszüge überprüfen. Vielleicht sehen wir etwas Auffälliges.«

»Vielleicht«, antwortete Baumer und vermutete doch schon, dass das nichts bringen würde.

Heinzmann nahm Baumers ablehnende Schlussfolgerung in dessen *Vielleicht* sehr wohl wahr. Daher spekulierte er in eine neue Richtung. »Also ein Irrer?«, spekulierte er.

»Keine Spuren eines Sexualmords«, antwortete Baumer sofort. »Die Tür wurde mit Werkzeug aufgebrochen. Das deutet auf eine gewisse Planung hin, also nichts wirklich Spontanes.«

»Auch ein Einbrecher macht manchmal ziemlich spontan einen Bruch. Aber dann nichts stehlen? Ist schon komisch.« Heinzmann kratzte sich am Kopf. »Vielleicht wurde der Täter beim Einbruch einfach überrascht? Tötet die Alte.«

»Einbrecher sind keine Mörder. Ein klassischer Einbrecher wäre sofort abgehauen, als er sah, dass noch jemand in der Wohnung war.«

»Ein Ritualmörder vielleicht? Einer, der alte Frauen von der Last des Lebens befreien will?«

Baumer schüttelte den Kopf. Das war alles höchst unwahrscheinlich. Solche Typen arbeiten als Helfer im Alten- und Pflegeheim oder der Geriatrie in einem Krankenhaus. Dann, wenn einer die Last der Arbeit nicht mehr tragen kann, dreht er vielleicht durch. Aber von denen, die es kaum noch aushalten, kündigen die meisten rechtzeitig oder gehen zum Arzt. Nur ein absoluter Bruchteil dieser Typen flippt völlig aus und bringt heimlich Leute um, schießt mit Spritzen Luft in die Arterien der bettlägerigen Alten oder erstickt sie unter einem geräumigen Kopfkissen. Aber so einer geht doch nicht irgendwo in ein Wohnhaus und killt eine alte und noch ganz vife Frau.

»Nein«, verwarf Baumer die These Heinzmanns nach einem Ritualmord ohne einen Ton des Spotts. Er wusste, dass sein Freund nur laut mitgedacht hatte und alle möglichen Ideen bringen wollte. Das war Baumer recht so. Man musste jeden Stein umdrehen und alles und jedes durchdenken. Nichts konnte als unmöglich ausgeschlossen werden, und jede Idee war recht. »Anything goes«, hatte Baumer aus einer Vorlesung von Paul Watzlawick an der Universität Zürich mitbekommen, damals, als er ein junger Student der Psychologie war. Jede Idee ist recht. Immerhin eine Erkenntnis, die er dem Grundstudium verdankte, das er damals nur absolviert hatte, um sich für die Polizeirekrutenschule anmelden zu können.

Dennoch schloss Baumer die Phase des wilden Phantasierens ab, indem er mit forscher Stimme sagte: »Das Motiv liegt höchstwahrscheinlich nicht in der Familie.«

»Wo dann?«, fragte Heinzmann.

»Es liegt außen. Dort, wo die Frau unterwegs war.«

»Wo war sie unterwegs?«

»In den Spitälern. In den Altenheimen.«

»Wie weißt du das?«, fragte Heinzmann seinen Freund.

»Sie hat es mir erzählt.«

»Was genau hat sie erzählt?«

»Dass sie nur noch in den Spitälern unterwegs sei. Dass die meisten ihrer Freundinnen im Krankenhaus oder schon tot seien und dass sie dauernd ins Spital rennen müsse, um Leute zu besuchen.«

»Was willst du machen?«

»Suchen.«

»Was, verdammt?«, Heinzmann schlug eine Faust in die hohle andere Hand.

»Zuerst das Motiv. Dann den Täter.«

»Oder die Täter.«

»Oder die«, brummte Baumer.

»Wo willst du beginnen?«

»Ich will schauen, mit wem die Amadio in den letzten Tagen unterwegs war. In welchen Spitälern sie war. Dort geh ich hin. Vielleicht weiß eine der Freundinnen der Amadio, welchen Verdacht sie hatte.«

5

Am nächsten Morgen wurde Baumer in seiner Zweizimmerwohnung von Lärm geweckt. Es war das metallische Gerumpel und Geknirsche der großen Pendlerzüge, die vom Rangierfeld beim Elsässer Tor her in den Bahnhof einfuhren und für ihre Fahrten bereitgestellt wurden. Normalerweise wurde er vom wehleidigen Kreischen der Räder auf den Schienen nicht geweckt. Über die Jahre hatte er sich an das Geräusch gewöhnt. Heute schlief er aber unruhiger als sonst und wachte bereits bei den ersten Zuggeräuschen des anbrechenden Tages auf. Noch gab es keine plärrenden Lautsprecherdurchsagen, die den Lärm rasselnd begleiteten – »Einfahrt des Intercitys aus Zürich auf Gleis sechs«. Es musste sehr früh am Morgen sein. Er schaute auf das Display seines Weckers.

5 Uhr 16.

Die Nacht war noch stockdunkel. Schlafen konnte er trotzdem nicht mehr. Er war sofort wieder im Fall, kaum hatte er die giftig grünen Ziffern an seinem Radiowecker wahrgenommen. Sonst konnte er meist gut durchschlafen, ohne dass er durch die lärmende Kakophonie vor seiner Wohnung gestört worden wäre. Er spürte sie nur noch als Welle. Diese schwillt am Morgen jeweils kurzzeitig stark an. Dann verebbt sie leicht, aber kommt und geht mit jeder Stunde in milderer Form wieder.

Schweizer Taktfahrplan.

Um 17 Uhr brandet dann nochmals ein Tsunami heran. Dieser bricht sich an der Endstation Basel und pendelt noch ein paar Mal hin und her, sich dabei rasch abschwächend, bis der Lärm um ein Uhr nachts vollständig erstirbt.

Diese Geräuschkulisse gab Baumer Sicherheit. Gewissheit, dass die Welt noch da war, während er sich in seiner Höhle verkriechen und sein Unterbewusstsein am Mordfall Amadio-Meier arbeiten lassen konnte.

Plötzlich war sie in seinem Kopf, drängte sich in den Vordergrund. Anna.

»Hast du mich vergessen?«, fragte sie.

Baumer bekam sofort ein schlechtes Gewissen. Er hatte zwischendurch immer wieder an seine Partnerin gedacht, hatte sie auch anrufen wollen. Aber im Flieger hatte es nicht funktioniert. Am Flughafen war bereits Heinzmann da gewesen. Am Abend hatte er sie dann tatsächlich vergessen. Jetzt hätte er Zeit gehabt anzurufen. Aber es war erst früher Morgen in Griechenland. Jetzt ging es nicht, er würde Anna nur aus dem verdienten Ferienschlaf reißen.

»Ich rufe dich später an«, sagte er zum Bild einer betrübten Anna in seinem Kopf, die sich enttäuscht abwandte.

»Versprichst du es?«

Ja, dachte Andi. Ich verspreche es und schlief wieder ein.

Als er zwei Stunden später endlich aus dem halben Schlaf kam, konnte er sich kaum erinnern, was er geträumt hatte. Er wusste nur noch, dass er von Anna und der alten Amadio geträumt hatte. Ja, und auch Majas Bild war ihm im Schlaf erschienen. Rasch stemmte er sich auf, schüttelte seinen Kopf, als könne er die Erinnerung an seine alte Freundin hinausschütteln. Er zwang sich an den Fall zu denken, war froh darüber, dass einige Arbeit auf ihn wartete, versuchte, die Bilder von Maja weiter zu verdrängen.

Er mühte sich ins Bad, wusch sich schläfrig am Waschbecken, zog sich an. Dafür musste er sich erneut in die Trainingshose zwängen, die auf der Seite seines vernarbten Oberschenkels in ganzer Länge aufgetrennt worden war. Klettverschlüsse ersetzten die Naht, und so konnte er ohne fremde Hilfe hineinkommen. Baumer sehnte den Tag heran, wo er endlich wieder einmal seine geliebten Lee-Jeans tragen konnte, die er zur Identität brauchte wie ein Gigolo seine bronzene Gesichtsfarbe. Ohne seine robusten Baumwollhosen fühlte sich Baumer ungeschützt und schwach. Wenigstens blieben ihm seine geliebten Designerhemden. Dafür war er bereit tief in die Tasche zu greifen. Sie waren eines seiner wenigen Laster, obwohl er sich für materielle Dinge so wenig interessierte wie für Geld. Heute wählte er eines von Boss. Dazu zog er irgendeine alte Jacke an, die er seit Jahren im Schrank hatte. Schuhe? Von Geox, im sportlichen Stil.

»Kommst du jetzt zu mir, ja?«, fragte eine innere Stimme, über die Baumer tatsächlich erschrak. »Ja, Großmutter, ich komme bald, aber jetzt noch nicht«, antwortete er beinahe pflichtschuldig der älteren Frauenstimme, die klang wie die eines verliebten Teenagers. »Zuerst muss ich zum Gerichtsmediziner. «

*

Dreißig Minuten später stand er im Vorzimmer von Dr. med. Regazzoni. Als seine Sekretärin sah, dass er nach knapper Begrüßung direkt in das Zimmer ihres Chefs gehen wollte, ging sie ihm schnell voraus, klopfte rasch drei Mal an die Tür und öffnete sie. Baumer stapfte zügig an ihr vorbei, ja er drückte sie richtiggehend zur Seite, so wie die Schnellfähre vor dem Hafen von Piräus ein kleines Fischerboot zur Flucht zwingt.

»Herr Kommissar Baumer ist hier für Sie, Herr Doktor«, konnte die Frau an den Türrahmen gedrängt gerade noch sagen.

Dr. med. Regazzoni saß an seinem Schreibtisch, wie immer in einen Businessanzug gekleidet. Der Mittvierziger blickte noch auf die Notizen auf seinem Schreibtisch, während er - ein alter Reflex - seinen Krawattenknopf anzog. Dann schaute der Tessiner, der seit mehr als einem Dutzend Jahren Gerichtsmediziner in Basel war, auf und musterte den lädierten Baumer ausgiebig. Der hingegen erwiderte seinen Blick nicht, sondern suchte sich unerbittlich seinen Weg hin zum Stuhl, der für Besucher bereitgestellt war. Dort stellte er sich davor und begann, sich ganz behutsam zu setzen.

»Warten Sie! Ich helfe Ihnen.«

Der Kommissar grummelte irgendetwas.

Ohne darauf zu achten, war Regazzoni aufgestanden und um den Schreibtisch herumgegangen. Er packte den Stuhl vor seinem Schreibtisch an der Lehne und schob die Sitzkante an die Kniekehlen des Kommissars. »So, Herr Baumer, geht's so?«

»Messi«, dankte Baumer mechanisch, noch bevor er sich gesetzt hatte. Er sagte es ganz beiläufig, reflexartig, dieses eingedeutschte Merci, das im Schweizerischen je nach Gegend grobschlächtig gedehnt oder bauernschlau verkürzt ausgesprochen wird, in gehobenen Kreisen oft perfekt französisch. Mercii! Wenn Baumer mit einem Basler Notabeln verhandelte, der das Merci auf diese feine Art intonierte, und ihn dazu noch freundlich, aber ohne die Zähne zu zeigen, anlächelte, war er ganz besonders auf der Hut.

Regazzoni ging wieder hinter seinen Schreibtisch zurück, setzte sich und wollte seinen Besucher fragen, wie es ihm denn gehe. Baumer war schneller.

»Spricht sie Sie immer noch mit Herr Doktor an?«

»Anita?«, fragte Regazzoni. »Ja, ja. Also das ließen wir so bleiben.«

Anita Blohmstein war Regazzonis langjährige Sekretärin – und Geliebte. Erst vor zwei Monaten hatten sie endlich geheiratet. »Das macht es einfacher hier«, erklärte der Mediziner. Dann schüttelte er doch den Kopf. »Vielleicht lassen wir uns auch bald wieder scheiden.«

Baumer war überaus erstaunt, und Regazzoni sah es ihm an.

»Ja, Baumer. Da staunen selbst Sie. Aber so ist das Leben.«

»Warum?«, fragte der Mann mit den kurzen braunen Haaren. Ein Wort genügte ihm, um Regazzoni am Reden zu halten.

»Sie können es sich denken«, erzählte Doktor Regazzoni munter weiter, den alle bei der Polizei »Professor« nannten, obwohl er den Titel nie erhalten hatte. »Wir sind ein sehr gut eingespieltes Team gewesen«, fuhr Regazzoni fort. »Jeder hatte seine genaue Rolle, und beiden gefiel es so. Es gab nie Streit. Anita war meine Geliebte, und wir waren eigenständige Wesen mit eigenem Willen. Wir liebten uns sehr. Jetzt sind wir Mann und Frau und haben dauernd nur noch Krach.« Als er das sagte, bewegte er sich leicht nach vorne und erhob sich kurz vom Stuhl. Er räusperte sich und zog an seinem Krawattenknopf. »Vielleicht hat sie Angst, dass ich mir eine neue Geliebte nehme.«

Baumer erinnerte sich an die Zeit, als der Mediziner seine geliebte Anita nur bis einige Straßen vors Institut fuhr und sie dann den

Rest des Weges zu Fuß gehen ließ. So konnte er ein paar Minuten vorher am Arbeitsplatz einfahren, ohne dass jemand gemerkt hätte, dass sie beide zusammenlebten. Einen Tag bei ihm, einen Tag bei ihr. Am Abend ging sie dann kurz vor ihm, und er las sie ein paar Straßenecken weiter wieder auf. Baumer fragte sich, ob dieses Spielchen die zwei vielleicht besonders erregt hatte. Er konnte sich sonst nicht anders erklären, dass eine moderne Frau diesen Tanz ertragen hätte.

Als ob Regazzoni diesen Gedanken seines Besuchers erraten hätte, sagte er: »Anita ist eine selbstbewusste Frau. Es geht schon in Ordnung, dass sie sich nicht länger verstecken muss. Wir behielten das früher ja auch nur geheim, damit nicht der Eindruck entstand, dass ich sie nur anstelle, weil ich sie liebe.«

Andreas Baumer verstand und wollte nicht weiter insistieren, aber der Gerichtsmediziner schaute gedankenverloren auf seine Hände, die er jetzt im Schoss hielt und die er – Baumer konnte es erahnen – ständig kratzte.

»Es war wohl keine gute Idee, dass wir beide am gleichen Ort weiterarbeiten«, sinnierte der Tessiner. »Die guten Unis wollen sowieso keine Paare mehr am gleichen Ort beschäftigen. An einem Institut ist ja mal was ganz Übles vorgefallen. Ein Giftzwerg hat alle Mitarbeiter terrorisiert und keiner konnte sich wehren, weil der Giftzwerg mit dem Chef verwandt gewesen war. Eine hatte den Mut sich gegen die schäbige Behandlung zur Wehr zu setzen und wurde prompt durch den Fleischwolf gedreht. Die war übrigens eine außerordentlich begabte Wissenschaftlerin. Ich glaube, jetzt gibt sie Primarschülern Nachhilfeunterricht.« Regazzoni verzog den Mund, als hätte er auf eine bittere Mandel gebissen. »Die Schweiz ist ein betonhartes Pflaster für eigene Talente.«

Baumer sagte nichts.

Schließlich gab sich der Mann im Businessanzug einen Ruck und wandte sich seinem Gast zu, die Hände legte er weit vor sich auf das Pult, als ob er mit dem Kommissar eine Beziehung eingehen wolle. Eine Bewegung, die Baumer nicht vom sonst so reservierten Regazzoni erwartet hätte. Regazzoni lächelte. »Also, nun zu Ihnen, Baumer. Come sta?«

Wie es ihm gehe? Der Kommissar reagierte auf die Frage nach seinem Befinden missmutig. Er grummelte irgendetwas Unverständliches, verschluckte seine Worte wieder, kaum, dass sie auf seinen Lippen waren und sagte dann deutlich, »Lassen Sie uns über die erstochene Amadio-Meier reden.«

Regazzonis Hände lagen auf dem Schreibtisch Baumer zugewandt, so wie die einer glücklichen Frau, die sie beim Dinner mit Kerzenlicht ihrem Beschützer entgegenführt. Nun zog Regazzoni seine Unterarme langsam wieder zurück. »Verstehe.« Enttäuscht seufzte er und sagte nachdenklich: »Amadio-Meier ... hhm.«

Andreas Baumer entgegnete nichts weiter. Er hatte gesagt, was zu sagen war. Der Mediziner wusste, was er von ihm wollte. Einen möglichst genauen Bericht dessen, was war. Und auch dessen, was sein konnte. Hatte Regazzoni etwas Auffälliges entdeckt? Gab es irgendeinen Hinweis auf irgendetwas Ungewöhnliches?

Der Doktor aus dem Tessin dachte immer noch nach und sammelte seine Gedanken. Dann erzählte er im Ton eines Beamten alles, was er wusste. »Sie wurde gestern obduziert. Von mir persönlich und Assistenzarzt Schweinfeld, Waldemar Schweinfeld. Todesursache: Rückenmark durchtrennt zwischen dem fünften und sechsten Halswirbel. Der Tod erfolgte sofort. Ein flacher Einstich von eineinhalb Zentimetern Breite zwischen dem fünften und sechsten Halswirbel. Der Wundkanal ist sechs Zentimeter tief. Nur sechs Zentimeter. Die geringe Blutung ist erklärbar dadurch, dass kaum Blutgefässe zerstört wurden und das Herz und die Atmung sofort stillstanden, als das Rückenmark komplett durchtrennt worden war.«

Hier machte er eine Pause. Nicht für sich. Für Baumer.

»Weiter«, drängte Baumer, und Regazzoni fuhr fort. »Neben dem Mund waren auf beiden Seiten Druckspuren sichtbar. Rechts vier kleinflächige Druckmale. Links eine einzige Druckfläche, etwas größer als die rechts.« Regazzoni stoppte im Bericht und fragte, nun weniger förmlich, Baumer: »Wollen Sie wissen, wie groß die Druckspuren waren?«

»Ja«, antwortete Baumer und wusste doch schon, was kommen würde.

Prompt erklärte Regazzoni: »Sie können es sich denken. Es waren die Blutmale, wie sie typischerweise von den Fingern einer Hand kommen, die mächtig zudrücken.«

Kommissar Baumer sah es vor sich, wie die alte Frau zu Tode gekommen sein musste. Sie hört das Knirschen und Knacken, als der Einbrecher das Schloss aufbricht. Sie stemmt sich schwer aus ihrem Sessel hoch, will zur Tür hingehen. Der Eindringling springt ins Zimmer und geht sie sogleich an. In Panik dreht sie sich weg von ihm, versucht zu flüchten, will schreien. Sie gibt ihrem Mörder dadurch ihren ungeschützten Nacken frei. Er packt sie von hinten, drückt ihr die Hand auf den Mund. Er zieht die Frau zu sich hin, rammt ihr ein Messer, einen Dolch, eine angespitzte Feile, eine Schere oder was auch immer in den Nacken.

Baumer verkeilte seine Hände wie die Kupplungsbacken von Eisenbahnwagen und zog sie auseinander. Dabei presste er seine Kiefer zusammen.

Regazzoni sagte leise: »Schöne Geschichte.«

Baumer sprach immer noch nichts, aber zog jetzt ungemein stärker an seinen Händen. Die Muskeln seiner Ober- und Unterarme spannten an, aber die Kupplung hielt.

»Ah ja, das habe ich fast vergessen«, fuhr der Gerichtsmediziner fort und hob eine Hand. »Ihr Gebiss war nach hinten in den Rachen gedrückt.«

Auch diese Information nahm Baumer schweigend auf. Er fügte sie, wie alle anderen Fakten, sogleich in sein Puzzle ein. Dieses Teil hieß »Gebiss im Rachen«. Es passte in seine Theorie des Tathergangs.

»So, das war's«, schloss der Professor seinen Bericht ab und ließ seine Hände auf den Schreibtisch fallen. »Alles Weitere können Sie in meinem schrift…«

Baumer unterbrach ihn. »Was ist Ihre Meinung?«

»Meine Meinung?«, fragte der gutgekleidete Mediziner scheinbar erstaunt, als ob er nicht geschmeichelt gewesen wäre, dass Andreas Baumer, Kriminalkommissar in Basel und durchaus fähig, allein zu denken, ihn um seine Meinung, ergo Schlussfolgerungen, gebeten hatte. Regazzoni genoss diesen Moment, putzte sich die Aufschläge seines Businessanzuges zurecht und holte dann gedehnt aus. »Also. Das freut mich, dass Sie nicht nur unsere Fachkenntnisse auf dem Gebiet der Pathologie schätzen, sondern anerkennen, dass unsere Expertisen sehr wohl auch …«

Baumer unterbrach den Professor abrupt. Auf dem Gesicht trug er einen grimmigen Ausdruck. Er sagte knapp und einfordernd: »Was denken Sie?«

Regazzoni klappte prompt ein. Dieser Baumer!, ärgerte er sich. Immer wenn es lustig wird. Warum drängelt der bloß so? Als ob jemand auf den warten würde. Pah. Regazzoni verschränkte die Arme, blickte den Kommissar missmutig an.

Der begann tatsächlich, vor Ungeduld nervös zu schnauben, und wiegte seinen Oberkörper wie ein Orang-Utan hin und her.

»Also gut«, sprach Regazzoni wie zu sich selbst. »Du willst meine Meinung? Hier ist sie.« Geradeheraus und ohne sich zu schämen, sagte er zu Baumer: »Der Mord beeindruckt mich.«

Der Mann im Besucherstuhl hörte auf zu schaukeln. Diese Antwort hatte er nicht erwartet. Er knickte den Kopf leicht ab und blickte den Gerichtsmediziner fragend an.

Regazzoni beugte sich nun wieder vertrauensvoll in Richtung seines Besuchers und machte eine Geste wie die eines französischen Gourmetkritikers, der im angesagtesten Restaurant in Paris die Spezialität des Hauses gekostet hatte. Er führte die Fingerspitzen von Daumen und Zeigefinger seiner linken Hand an seinen Mund, den er spitzte, als würde er ein geliebtes Kind zärtlich küssen wollen. Ein schmatzendes Geräusch verabschiedete sich von seinen Lippen, als er die Hand wieder vom Gesicht wegführte. »Ein per-fek-ter Stich«, würdigte Regazzoni die Tat.

Baumer erschrak nicht über die Faszination des Doktors am Mord. Er sah die Erklärung des Gerichtsmediziners als fachmännische Beschreibung dessen an, was passiert war. Er hatte hören wollen, wie Regazzoni den Mordfall einschätzte. Der Professor hatte es ihm gesagt. So einfach war das.

Doch Regazzoni, fasziniert von der technischen Ausübung des Mordes, begann zu schwärmen. »Es war ein absolut präzise gesetzter Stich. Kein Gewurstel mit dem Instrumentum. Bedenken

Sie, die Wunde ist nicht mal zwei Zentimeter breit.« Er reckte sich in seinem Bürostuhl und erklärte mit Faszination in der Stimme: »Ich hätte es nicht besser gekonnt.«

Andreas Baumer schaute jetzt doch überrascht über den Tisch, denn er sah, wie sich Regazzonis Blick verklärte. Der Mann schien in eine andere Welt zu gleiten. Baumer bemerkte, wie er sich anschickte, mit seiner rechten Hand einen imaginären Dolch hochzuheben. Er sinnierte einen Moment, holte dann ein wenig aus, fixierte vor seinem geistigen Auge den Nacken und stieß mit aller Wucht …

Dr. Regazzoni erschrak selbst ob seiner Bewegung und konnte gerade noch innehalten. Er schauderte leicht, senkte die Arme, fasste sich dann wieder. Als ob er aus einer Trance fallen und wieder zu sich kommen würde, schnaubte er tief aus, schüttelte sich. »Tja.« Er beugte sich wieder über den Tisch zu Baumer hinüber, senkte den Kopf, als wolle er mit Baumer, und nur mit Baumer, ein Geheimnis teilen. Mit gedämpfter Stimme sagte er: »Das war ein absoluter Profi.«

*

Als Andreas Baumer wieder auf der Straße vor dem Gerichtsmedizinischen Institut stand, kam ihm Anna in den Sinn. Es war kurz vor 10 Uhr morgens, und jetzt musste er sie erreichen können. Er rief auf ihre Nummer des Mobiltelefons an.

Keine Antwort.

Baumer schloss, dass sie das Frühstück wohl beendet hatte, vielleicht mit der Bedienung im Hotel Delphina – wie hieß sie noch? – ein Schwätzchen hielt. Ihr Handy hatte sie womöglich in der Tasche und hörte es nicht. Oder sie hatte es im Zimmer vergessen. Nach langem Läuten kam die Combox. Es war eine ruhig gesprochene, sachliche Ansage. Man spürte, dass Anna ihren Text mehrmals geübt haben musste. Baumer hörte ihre Stimme und überlegte, was er ihr aufs Band sprechen wollte. Als es piepste und er hätte reden können, kam ihm eine weitere Möglichkeit in den Sinn, warum sie nicht abnahm. Vielleicht hatte sie auf dem Display gesehen, dass er anrief, und wollte nicht abnehmen. Das wäre beunruhigend. Was hätte er ihr denn auf den Beantworter sprechen sollen? Rasch unterbrach er die Verbindung. Er musste zuerst überlegen, was er ihr sagen wollte. »Hallo, wie geht's?«, wäre sicherlich nicht richtig. Müsste er sich entschuldigen? Wofür? Dafür, dass er seinen Job machte? Dafür, dass er den Mörder einer alten Dame fangen wollte? Dass er vergessen wollte? Maja vergessen wollte. Um sein zu können. Ja, er müsste sich wohl entschuldigen, denn Anna gegenüber war es unrecht.

Und doch.

Baumer biss sich auf die Zähne und verzog den Mund. Er war sich bewusst, dass er seine neue Freundin nicht richtig behandelt hatte. Doch zugleich spürte er, dass er auch sich selbst etwas schuldig war. Er musste doch auch zu sich schauen und hatte gar nicht anders gekonnt. Er war, was er war und was er immer sein würde.

Anna tat ihm dennoch leid. Aber ein saloppes Gespräch wäre jetzt nicht richtig. Erst musste er noch überlegen, wie er es wieder gutmachen konnte, dass er sie so allein zurückgelassen hatte.

Baumer wählte stattdessen die Nummer von Heinzmann auf seinem Telefon. Es war Tag und es bestand die Gefahr, dass sein Freund sich irgendwo von der langen Nachtschicht ausruhen würde. Er wollte ihn nicht um den verdienten Schlaf bringen, also ließ er es nur sehr kurz läuten. Zwei Mal, doch niemand nahm ab. Baumer unterbrach die Leitung sofort wieder. Vielleicht hatte er seinen Freund nun geweckt, aber der würde sich, einen Fluch ausstoßend, auf die andere Seite drehen und weiterschlafen. Wenn er hingegen nicht geschlafen hatte, dann würde er zurückrufen.

Er rief zurück.

»Sali, Andi. Was brauchst du?«, hörte Baumer seinen Freund am anderen Ende der Leitung. Heinzmann versuchte positiv zu klingen, aber seine Stimme war belegt.

Baumer bekam den Eindruck, dass er Stefan Heinzmann aus dem Reich der Träume – was träumt ein Heinzmann? – geschüttelt hatte. »Ciao, Stefan. Ich wollte dich nicht wecken. Bist du wach?«

»Ich bin immer wach.«

Das stimmte. Heinzmann schien nie wirklich außer Dienst. Baumer konnte die Tage, an denen er ihn in Zivil gesehen hatte, an den Fingern einer Hand abzählen. Manchmal fragte sich Baumer, was darunter hervorkommen würde, wenn Heinzmann die Uniform auszog. Vielleicht würde nur ein nacktes Skelett übrig bleiben.

»Bist du unterwegs, Stefan?«, fragte Baumer. »Kannst du mich fahren?«

»Wo bist du?«

»Am Gerichtsmedizinischen Institut.«

»Okay. Ich komme. Sieben Minuten.«

Baumer wollte noch anfügen, dass er ihn nicht aus dem Bett jagen wolle, aber Heinzmann hatte schon aufgelegt. Also stand Kommissar Baumer vor dem Institut und schaute in die Umgebung.

Sieben Minuten.

Er überlegte kurz, ob fünf plus zwei Minuten genügen würden, um mit Anna zu reden. Doch es war ihm klar, dass die nur zum Austausch von einigen wenigen Sätzen gereicht hätten. Dann wäre Heinzmann schon um die Ecke gekurvt, hätte neben ihm angehalten. Er hätte einsteigen müssen, und Anna hätte erneut gemerkt, dass nicht sie das Wichtigste in Andis Leben war. Also verzichtete Baumer. Er brauchte mehr Zeit für ein Gespräch mit ihr. Mindestens so viel, dass sie selbst hätte entscheiden können, wann es genug war mit reden. Dreißig Minuten hätte er ihr schenken müssen, wahrscheinlich eher mehr. Er hätte es gerne getan – wenn er gekonnt hätte.

Andi Baumer fragte sich, was sie heute unternehmen würde? Ob sie sich an den Swimmingpool legen würde? Nein, sie hatte ja

Sonnenbrand. Da musste sie vorsichtig bleiben. Vielleicht ließ sie sich nach Heraklion fahren, um in ein Museum zu gehen, oder sie ging nach Knossos, den Palast des Königs Minos anschauen. Wie sie wohl dorthin käme? Ob sie ein Moped mieten würde? Er traute es ihr durchaus zu. Anna war selbstständig, wenn sie sein wollte, und anhänglich, wenn sie das Tragen von Verantwortung leid hatte – eine moderne Frau eben. Auch war sie einen deutlichen Schlag stärker an anderen Leuten interessiert als er selbst. Sie fand rasch Anschluss. Kam dazu, dass sie bildhübsch war. Wahrscheinlich hatte sie schon gestern jemanden kennengelernt, der ihr den Rücken – nur den Rücken? – mit Joghurt Nature einschmierte. Womöglich war sie mit diesem Heini schon unterwegs nach Knossos, um im Schlafzimmer der Königin zu knutschen. Vielleicht blieben sie auch gleich im Hotel. Baumer kratzte sich nervös an der Wange. Was für dumme Gedanken, sagte er zu sich selbst, sinnloses dummes wirres Zeugs.

Doch dann sprühten weiter düstere Vermutungen durch sein Hirn, und er schalt sich energisch. Du dummes Arschloch, lässt so eine Superfrau alleine in Griechenland. Er schlug sich ins Gesicht. Es nützte nichts. Mit immer neuen Bildern brachen ihm alle Dämme. Er konnte diese griechischen Machos und vor allem diesen einen Yannis in allen Einzelheiten überdeutlich vor sich sehen. Seine geile Fresse, die schwarzen Haare auf dem Kopf, auf der Brust, am Arsch. Die dunklen Augen unter den schwarzen fetten Augenbrauen und der laszive Blick, mit dem er seine Anna, seine blonde Venus, erregt anknabbert. Wie er sie entblättert und sie unter seinen großen starken Händen erzittert wie ein Caramelpudding. Wie er Anna mit seinen Lippen, diesen wulstigen pochenden feuchten gierigen Casanovalippen, küsst, dort, wo es immer heiß ist und wo eine feuchte Zunge in leicht salzige Gegenden vordringt und die Kirsche leckt, die dort tief verborgen sitzt, wie eine Perle im Fleisch einer geöffneten Muschel.

Zum Glück hielt Heinzmann direkt neben Baumer an, grad als sich dieser wieder hart ins Gesicht schlug. Heinzmann lehnte hinüber und schob die Beifahrertür auf. »Geht's dir gut, Andi?«, gluckste er. »Machst du Morgengymnastik?«

Keine Antwort.

»Haust du dich jetzt selber zu Gemüse?«

Baumer stieg ein, es ging ordentlich, und warf dem gut gelaunten Fahrer des Streifenwagens einen bösen Blick zu, worauf der frotzelte: »Oi, oi, oi, jetzt hab ich aber Angst.«

»Mach mich nicht stinkig.«

»Du bist schon stinkig.«

»Huere Mist«, zischte Baumer diesen bösen Fluch in Stefans Gesicht.

Heinzmann warf ihm einen bösen Blick zu, dann blickte er zerknirscht geradeaus, zog sich zum Steuerrad. Die nächste Kurve nahm er im Schuss. Dann wurde er nachdenklich. Schließlich verlangsamte er seine irr gewordene Karre wieder auf ein Tempo, das der Straße angepasst war. Dann sagte er zur Windschutzscheibe: »Diesen Fluch habe ich schon lange nicht mehr gehört.«

Andi erkannte, was er getan hatte. Er hatte seinen Freund als Mistkübel benutzt, so wie sie beide von ihrem ehemaligen Chef als Abfalleimer benutzt worden waren. Dieser hatte immer diesen dreckigen Fluch auf den Lippen getragen.

»Es tut mir leid, Stefan. Ich wollte nicht …«

»Lass gut sein. Du musst dich bei mir nicht entschuldigen.«

»Wirklich, tut mir leid. Ich bin einfach unter Druck.«

»Du unter Druck? Du bist doch sonst so cool?«

»Dass ich Anna alleine zurückgelassen habe, macht mich fertig.«

»Das habe ich auch schon bemerkt.«

»Verzeih. Ich wollte dich nicht anpinkeln.«

»Vergiss es, Andi.« Heinzmann schmunzelte. »Aber das nächste Mal bin ich dran mit Schnauzepolieren«, zwinkerte er seinem Freund zu. »Dann tut es richtig weh.«

Andi ergriff dankbar die ausgestreckte Hand, die in diesen Worten, und noch mehr im ironischen Tonfall von Heinzmann, zum Ausdruck kam. Er gab sich Mühe, die Stimmung aufzunehmen, schenkte Stefan eines seiner seltenen Lächeln und sagte mit Witz und Ironie in der Stimme: »Du bist eben ein Grobian.«

Stefan frotzelte zurück. »Ja, sicher, deshalb bin ich Polizist geworden.«

»Sonst wärst du Wirt geworden?«

»Sonst wäre ich Wirt geworden.«

Beide lachten, froh darüber, dass Andis miese Stimmung ihr Verhältnis nicht getrübt hatte.

Der erstaunlich frisch wirkende Wachtmeister war mittlerweile die Schönbeinstraße hinaufgefahren in Richtung Spalentor, diesem uralten Stadttor aus dem Mittelalter, das man vergessen hatte abzureißen und jetzt verquer in der modernen Landschaft stand. Die Pforten, die heute den Stadtadel von geringer Geborenen scheiden sollen, lagen jetzt nur Hundert Meter weiter, an der Universität am Petersplatz. Deren steinerne Eintrittsportale standen allen offen. Tatsächlich befanden sich darin immer noch unsichtbare Sperren, an denen sich die mit dem falschen Namen ihre hellen Köpfe wund stießen. Wer sie durchbrechen wollte, lief Gefahr, sich gewaltig zu verletzen.

Baumer und Heinzmann hatten das Spalentor und die Universität hinter sich gelassen, ohne noch einen Blick dafür zu verschwenden. Kurz vor dem Feuerwehrstützpunkt bogen sie in Richtung Schützenmattpark ab. Ohne Andi zu fragen, hatte sein Freund diesen Weg genommen, es schien ihm offensichtlich, dass er an die Rotbergerstraße fahren wollte. Dennoch fragte Heinzmann zur Sicherheit noch einmal nach. »Du willst doch zum Tatort? Oder lieber zuerst einen Kaffee?«

»Kaffee wäre super. Aber wir müssen die Adressen von Freundinnen der Amadio herausfinden. Lass uns zuerst in ihrer Wohnung danach suchen.«

Als sie am Schützenmattpark vorbeifuhren, sah Baumer ein paar Leute von der Stadtgärtnerei am Parkrand stehen. Es war noch kühl, aber die Leute hatten ihre dick wattierten Uniformjacken abgelegt und trugen nur Arbeitshosen und ein T-Shirt. Sie schnitten die Hecken an der westlichen Seite des Parks, stutzten sie, so dass sie wie die Gerippe von zerschlissenen Regenschirmen aussahen. Baumer fragte sich, ob es nicht noch ein wenig früh im Jahr war, die Büsche zu stutzen. Sie würden vielleicht nie mehr richtig ausschlagen. Dann überlegte er, dass das vielleicht sogar der Sinn der Aktion sei. Die Gewächse so zerhacken, dass sie überhaupt ganz kahl blieben. Dann könnten sich die Schwulen nicht mehr in diesen Büschen heimlich treffen. Dann müssten sie sich wieder in die Toilette bei der Tramhaltestelle am Schützenhaus drängeln. Und dann würde sich wieder jemand beschweren, dass Homosexuelle in der Toilette ihr Unwesen trieben.

Als Heinzmann das Auto in der Rotbergerstraße parkte, glaubte Baumer plötzlich die alte Amadio rufen zu hören: »Ui, schon da«, und er sah sie tatsächlich vor seinem geistigen Auge, wie sie sich rasch die Hände an der Küchenschürze trocknete, um die Tür zu öffnen.

*

Helen Amadio-Meier war nicht zu Hause. Trotzdem schien es Kommissar Baumer, der sich im Wohnzimmer umschaute, als wäre sie noch irgendwie in diesen Räumen anwesend. Vielleicht würde sie gleich aus der Küche kommen und ihn fragen, »Möchten Sie einen Tee, Herr Baumer? Oder vielleicht lieber einen Kaffee? Ich mach es gerne. Sagen Sie es nur! Sagen Sie es nur!« Er würde antworten, »Ein Kaffee.« Und weil er alte Leute gern hatte, würde er sogar anfügen. »Das ist lieb.«

Niemand kam.

Andreas Baumer stand da und ließ die Stimmung auf sich wirken. Zugleich untersuchte er mit professionellem Blick den Wohnraum. Vielleicht gab es wichtige Hinweise auf den Mord, die noch keinem aufgefallen waren.

Die Wohnung war die einer Frau, die gut organisiert war, durchaus mit einem Schuss Liebe fürs Schöne und Edle. Die Zimmer waren pragmatisch und zugleich stilvoll eingerichtet. Ein großes Buffet stand erhaben im Wohnzimmer und trug erstaunlich wenig Krimskram in den Nischen. Auch fehlten die bei alten Leuten oft so prominent aufgestellten Medikamentenschachteln und -gefäße in allen Formen und Farben. Helen Amadio-Meier hatte sich – mit Ausnahme des kleinen Schlaganfalls, den sie kürzlich erlitten hatte – für ihr hohes Alter eine gute Gesundheit erhalten. Sicherlich gäbe es trotzdem irgendwo Medikamente – fein säuberlich weggestellt. Einzig eine Broschüre eines privaten Alters- und Pflegeheims mit angeschlossener Klinik, die »Alpensonne«, deutete an, dass die Rentnerin sich rechtzeitig mit ihrer möglichen Zukunft auseinandersetzen wollte.

In einer Nische stand das Porträtbild eines Mannes in goldenem Rahmen. Er blickte erhaben aus seinem Anzug, ein wenig mürrisch, zugleich stolz, das Weiß des Hemdes bereits stark vergilbt. Das musste ihr Sohn in den späten 60er-Jahren sein, wohl als er die Matura geschafft hatte. Das schloss der Kommissar aus dem weiten Kragen, der dünnen Krawatte, den akkurat ausrasierten Ohren, den 19 Jahren in den glühenden Bäckchen des jungen Mannes.

An der Wand stand das neue Sofa, das dem Kommissar schon beim ersten Besuch aufgefallen war, als sie Helen Amadio-Meier kennengelernt hatten. Rot. Leder. Darüber und auch an den anderen Wänden hingen kunstvoll gerahmte Bilder. Baumer kannte sich ein wenig aus. Während seiner kurzen Studienzeit an der Universität Zürich hatte er eine Freundin, die ihn jeden Freitag zu einer Kunstvernissage geschleift hatte. Von daher konnte er die Bedeutung der Werke gut einschätzen. Es waren wertvolle Zeichnungen und Druckgraphiken von bekannten Basler Künstlern. Irène Zurkinden hing da, eine Zirkusstimmung. Niklaus Stöcklin, »Basler Herbstmesse«. Auch ein Max Kämpf in einem goldenen Rahmen, »Alter Säufer«. Dass die Rentnerin nicht nur an lokaler Kunst interessiert gewesen sein musste, zeigte sich darin, dass sich auch der Zürcher Max Bill prominent inmitten der Basler Klassiker fand. Sogar eine topmoderne Zeichnung, nur mit Kugelschreiber gefertigt, stellte die alte Amadio in ihrer Wohnung aus. Das Bild zeigte zwei Freunde, die sich umarmten und lachten und glücklich waren. Unterschrieben war die Zeichnung mit Claudia und Julia Müller. Baumer kannte die Künstlerinnen nicht, aber er schaute das Bild lange an. Es berührte ihn sehr. Ein wunderschönes Kunstwerk.

Liebe.

Maja.

Rasch drehte sich Baumer ab. Er war allein mit Heinzmann in der Wohnung. Die Untersuchungen und letzten Spurenauswertungen waren gestern fertiggestellt worden. Man hatte alles in einem Aufwasch gemacht. Fingerabdrücke waren genommen worden, es waren nicht allzu viele, und auch ein paar Proben vom Dreck im Teppich. Die Frau schien nur wenig Besuch in ihre gediegene Hütte gelassen zu haben. Vielleicht war es ihr ganz persönliches Refugium, und sie wollte ihr soziales Leben außerhalb der eigenen vier Wände halten. Großbürger gehen durchaus ins post-post-moderne Theater. Zu Hause wollen sie es hingegen sauber.

Baumer versprach sich eh nicht viel von diesen Fingerabdrücken im Haus. Ein kühl berechnender Einbrecher oder ein Mörder, der seine Tat geplant hat, trägt Handschuhe und hinterlässt keine Spuren. Ein Junkie hingegen betatscht alles mit bloßen Händen. Von ihm würde man Fingerabdrücke finden. Aber es war ja kein Drogensüchtiger, der eingedrungen war um sich Geld zu beschaffen. Da war sich Baumer sicher.

Heinzmann ging auf das Buffet zu und zog ein Türchen auf. Er schob seine Mütze zurück. »Hier hatte sie ihre Unterlagen. Finanzen, Steuern, der ganze Gugus.« Der Wachtmeister zeigte auf ein halbes Dutzend Ordner, die wohlgeordnet nebeneinanderstanden.

Baumer war nicht interessiert, die Ordner zu durchwühlen. Die Hypothese eines Erbschleichermords interessierte ihn nicht. Das Motiv lag außerhalb der Familie, war er überzeugt. Die Freundinnen der Amadio wussten vielleicht etwas. Die wollte Baumer ausfindig machen und dann aufsuchen.

»Telefonbüchlein?«, fragte er daher seinen Freund.

»Ja, hier«, drehte sich der Wachtmeister und fasste auf die kleine Ablage des winzigen Beistelltischchens, das scheu neben dem Sofa stand. Es sah aus, als ob es in einer Waschmaschine zu heiß gewaschen worden und eingelaufen wäre. Mit seinen fast kreisrund gebogenen Beinen schien es sich noch winziger machen zu wollen, als es bereits war. Heinzmann nahm das Telefonbüchlein und reichte es Baumer.

»Fingerabdrücke?«, fragte Baumer zur Sicherheit, als er es fasste.

»Nur die von der Amadio.«

Der Kommissar blätterte im Büchlein. Es war schon reichlich speckig vom intensiven Gebrauch. In krakeliger Schrift - fast schien es, als schriebe die Frau noch in antiker Sütterlinschrift - waren Namen und Adressen von Freundinnen notiert. Männernamen kamen kaum drin vor. Männer sterben früh. Sehr alte Frauen kennen nur noch andere alte Frauen - und den Tagesschausprecher.

Baumer war erstaunt über die vielen Adressen im Büchlein. Er selbst kannte insgesamt nicht so viele Leute, wie diese Frau auf einer einzigen Seite ihres Büchleins notiert hatte. Klar. Kunden hatte auch er genug in seinem Berufsleben gehabt. Die meisten davon waren als Nummer in den Ordnern in seinem Büro im Polizeistützpunkt Spiegelhof gelagert. Manchmal begrüßte ihn eine dieser Nummern nach Jahren sogar auf der Straße - wenn er gar nicht mehr ausweichen konnte. Aber Freunde? Dazu brauchte er keine Gedächtnisstütze. Die Handynummer von Stefan Heinzmann kannte er auswendig.

Der Kommissar sah, dass die meisten Bekannten der Amadio aus Basel kamen. Einige Telefonnummern trugen die Vorwahl aus Fribourg in der Westschweiz. Er vermutete, dass Helen Amadio dort in der französischen Schweiz Verwandte haben könnte. Möglich war auch, dass sie als junges Mädchen für ein Jahr dorthin gegangen war, um die französische Sprache zu perfektionieren und eine Dame zu werden, wie es früher üblich war. Vielleicht waren die Fribourger Nummern die Adressen uralter Freunde aus der Jugendzeit. Waren die wichtig? War der Mord etwa eine alte Geschichte, bei der der Mörder, wäre er aufgespürt, aufstehen und Haltung annehmen, dann mit ruhiger Stimme bestätigen würde: »Oui, Monsieur Baumer. Der Mörder, c'est moi!«

Baumer blätterte das Büchlein durch. Etwas erregte seine Aufmerksamkeit.

Heinzmann merkte es. »Hast du was gefunden?«

»Hm.« Baumer legte den rechten Zeigefinger ins Buch.

Bei einigen der Bekannten der toten Rentnerin waren mehrere Telefonnummern angeführt. Die alten waren durchgestrichen und durch neue ersetzt, die ebenfalls wieder durch neue ersetzt worden waren. Es schien, als ob einige der Bekannten von der Amadio einen regen Wohnungswechsel hinter sich hätten. Baumer fiel weiter auf, dass die neuesten Einträge – Basler Nummern – jeweils sehr ähnliche Ziffernfolgen hatten. Der 061 – der Vorwahl für Basel – folgten drei gleiche Ziffern. Es war die 276. Danach folgten jeweils vier unterschiedliche Ziffern.

Baumer verstand den Code sofort. Er kannte diese Zahl 276 nur zu gut. Es waren die ersten drei Ziffern der Telefonanschlüsse im Kantonsspital. Er selbst hatte solche Nummern gehabt. Zuerst auf der Intensivstation. Dann auf seinem Einzelzimmer in der Chirurgie. Schließlich auf der Orthopädie. Jedes Mal hatte er eine neue Nummer bekommen, alle begannen mit 276 und jede war eine Wegmarke auf seinem Weg zur Heilung. Sie zeigten an, welche Fortschritte er gemacht hatte. Zuerst die Schlagader geflickt. Dann der Knochen verleimt. Dann die Rehabilitation.

Baumer betrachtete die Nummern hinter den Namen von ein paar Frauen. Sie zeigten andere Meilensteine an. Es waren Marken auf einem Weg, der zuerst sanft, dann immer steiler werdend und ohne große Umwege in die feuchte Grube führt. Auf ihnen stand: Untersuchung; Diagnose Krebs; Chirurgie; Rückfall; Sterbezimmer.

Der Kommissar erinnerte sich an die kleinwüchsige, aber energische Helen Amadio-Meier. Er sah sie plötzlich vor sich als blutjunge Hélène in Fribourg. Wie sie mit ihrem Schatz – François? – in Fribourg auf den Tanz geht. Wie die Kleine ihren großen *Ami* mit dem würzigen Eau-de-Cologne mit beiden Händen um den Hals greift und sich dazu strecken muss. Eine Kletterin in der Eiger-Nordwand, die sich nach der nächsten Griffmöglichkeit streckt. Wie sie sich dann beim Tanz dreht und lacht und gluckst und kreischt und ewig lebt. »Tja, Baumi«, sagte Helen Amadio zu Andi Baumer, »das glaubt keiner, dass es so schnell gehen wird.«

Andreas Baumer stand gedankenverloren im Raum. Er sah die kleine Frau immer noch vor sich stehen. In ihrem Blick erkannte er Spott und Schalk zugleich. Er drehte sich weg, wollte der Erinnerung ausweichen. Er sah zum Tisch hin, doch erneut sah er Helen Amadio, wie sie an eben dieser Stelle saß, grad so, wie sie bei ihm am Krankenbett gesessen war.

»So, jetzt muss ich aber weiter, Herr Baumer«, bemerkte die alte Frau. »Ich habe noch so viele Freundinnen hier im Spital. Die warten schon auf meine Wenigkeit. Hi, hi. Also dann …« Die Alte erhob sich, indem sie sich weit nach vorn beugte, den Kopf hatte sie beinahe zwischen den Knien versenkt. Die Arme hatte sie nach hinten gelegt, wie ein Skispringer auf der Schanze. So im tiefen Gleichgewicht steckend, sah sie aus, als ob sie sich unterwürfigst vor einem König verbeugen möchte. Dann gab sie sich einen Ruck und wuchtete sich in einer einzigen graziös koordinierten Bewegung hoch. Aufrecht stehend pustete sie mit zwei Atemzügen die Anstrengung weg, die diese Höchstleistung des Aufstehens sie gekostet hatte, und meinte, immer noch ein wenig um Luft ringend: »Hat mich sehr gefreut. Also auf Wiedersehen, auf Wiedersehen!«

Sie winkte. Dann ging sie aus dem Zimmer, diese Abschiedsgeste noch zweimal wiederholend.

Plötzlich schob sich das Gesicht von Stefan Heinzmann vor Baumer. »Andi, wo bist du?«, fragte der Wachtmeister.

»Was, wo?«, fiel Andi aus seinem Tagtraum.

»Träumst du?«

»Hmh … Ja.«

»Was machen wir jetzt? Gibt es hier noch was zu tun?«

»Fahr mich ins Spital.«

»Ins Spital?«

Baumer nickte.

»Kein Kaffee?«

»Kein Kaffee.«

»Hast du eine Spur?«

Baumer sagte nichts.

»Du hast doch eine Spur.«

Baumer brummte. Dann nickte er.

6

Der rekonvaleszente Andreas Baumer stand vor der automatischen Schiebetür des Kantonsspitals Basel. Heinzmann hatte ihn an der Pforte ausgeladen und noch geschaut, dass er sicher auf die Beine gekommen war. Dann war er langsam die sanft gebogene Rampe hinuntergerollt. Der Kommissar hatte seinen Freund überzeugt, dass er ihn nicht weiter brauchte. Nun stützte er sich auf seine Krücken und das eine gesunde Bein. Mit dem Rücken zum Eingang schaute er dem Streifenpolizisten nach, wie dieser unten an der Straße hielt, den Blinker setzte und dann nach rechts abbog, in Richtung des Polizeistützpunktes Spiegelhof in der Innerstadt. Dort würde er eine Mütze voll Schlaf nehmen können.

Plötzlich stoppte Stefan Heinzmann. Er schaltete das Blaulicht an und wendete. Nun fuhr er in die entgegengesetzte Richtung davon. Er ließ das Signalhorn leben, preschte an der glasgrünen Krankenhausapotheke vorbei und bog Richtung Johanniterbrücke rassig ab. Dann war er hinter der Häuserzeile verschwunden. Die Junkies, die bei der Spitalapotheke angestanden waren, um ihre Ration Methadon zu erhalten, waren, als sie die Polizeisirene hörten, auseinandergestoben, als wären sie Fliegen, die vom Schmaus an einem leckeren Kadaver aufgescheucht werden. Nun huschten sie, immer wieder verängstigt über die Schultern blickend, zur Ausgabestelle zurück.

»Wieder kein Schlaf«, litt Baumer mit und blickte weiter dahin, wo sein Freund unterwegs war. Einzig der gedämpfte Sirenengesang war noch zu hören. Er wurde rasch leiser und verabschiedete sich als flehendes Klagen in Richtung Badischer Bahnhof. Baumer schloss daraus, dass Heinzmann über den Rhein ins Kleinbasel preschte. Der Klang der Sirene kam ihm vor wie das Rufen einer Flussnixe um Hilfe. Ihre Schreie wurden immer leiser, als zöge sie die kalte Strömung des schmutzig braunen Rheins weg. Wenn sie Glück hätte, würde ein Fischer im Elsass sie hören, sich ihrer erbarmen und sie retten. Doch heute gab es keine Elsässer mehr, die im Rhein nach Nahrung und Einkommen suchten. Die saßen in einem seelenlosen Großraumbüro und warteten darauf, dass es endlich 11 Uhr 18 werden würde. Dann könnte man langsam daran denken, sich gemächlich auf den Weg in die Kantine zu machen. Dort würde man das Essen zackig verschlingen.

Bami Goreng.

Baumer hatte keinen Hunger. Die Aussicht, schon wieder in das Kantonsspital gehen zu müssen, schlug ihm auf den Magen.

Er wollte Freundinnen der Amadio besuchen, und hier waren grad ein paar davon in stationärer Behandlung. So ging das in einem Aufwasch.

Der Kommissar bewegte sich vorwärts, die hohen, schweren Glastüren sirrten automatisch auf. Er trat ein und hinkte zur Information.

Hinter der Glasscheibe saß ein etwa 40-jähriger, schlaksiger Portier ziemlich tief auf einem Bürodrehstuhl. Als er seinen nächsten Kunden an die Pförtnerloge treten sah, stand er flink von seinem Stuhl auf und öffnete ein kreisrundes Fensterchen an der Fensterfront. Durch diese kleine Öffnung, die auf durchschnittlicher Kopfhöhe - also ein wenig zu weit unten für Baumer - angebracht war, sprach er. »Ja, bitte.«

»Guten Tag. Mein Name ist Baumer. Ich bin Kommissar. Basler Kriminalpolizei.« Kaum hatte er das gesagt, fiel ihm ein, dass er keinen Ausweis dabei hatte. Er hatte seine Geldbörse radikal ausgemistet, als er nach Griechenland geflogen war. Alles Berufliche - Ausweise, Marke, und so weiter - hatte er zu Hause gelassen. Nach seiner Rückkehr hatte er sie noch nicht wieder eingesteckt. Dem braunhaarigen Portier mit nichtssagendem Gesicht schien das aber nichts auszumachen. Er fragte überhaupt nicht nach einem amtlichen Dokument. Für ihn war Baumer ein Kunde. So gut wie jeder andere. Sein Modus war seit Jahren eingeschliffen. Begrüßung; Frage; Antwort; Adieu; Der Nächste, bitte. Ein Kommissar an Krückstöcken konnte seine Betriebstemperatur kaum erwärmen. Ein Polizist? Ein Schneemann? Ein Clown? Alles war ihm recht und gleichermaßen egal. Die Krücken und die Behinderung seines Kunden? Nicht bemerkenswert. Im Spital sind die Kranken normal, und wer am stärksten zerfetzt ist, ist König der Patienten.

Baumer überlegte einen Moment, ob er sich über das Phlegma des Portiers ärgern solle, aber er entschied rasch, dass der Mann seine Arbeit ganz korrekt machte. »Ich brauche eine Auskunft«, nahm er das Gespräch mit dem Angestellten auf.

Der erwiderte nichts, aber nickte mit dem Kopf genau einen Mikrometer weit. Wahrscheinlich würde er diese automatische Bewegung auch ausführen, wenn er fernsah und die Tagesschausprecherin ihn und alle Zuschauer begrüßte.

»Eine Zimmernummer«, fügte Baumer an.

Wiederum nickte der Portier, ohne ein Wort zu sagen. Zwei Mikrometer dieses Mal.

Baumer kam sich plötzlich unheimlich dumm vor. Was für einen Müll redete er auch mit diesem Mann, dessen Gesichtszüge so starr waren, wie die einer ägyptischen Mumie im Basler Antikenmuseum. Natürlich wusste der Portier schon längst, was der Kunde von ihm wollte. Dasselbe, was alle wollten. Eine Auskunft über die Zimmernummer einer Person, die hier einquartiert war. Und die würde dieser Automat von sich geben, und sonst nichts. Erklärungen waren also völlig unnötig.

Also fragte Baumer den Portier nach den alten Frauen aus dem Telefonbüchlein von der ermordeten Helen Amadio, das er aus der Innentasche seiner Jacke klaubte. »Rüdiger, Sophia«, las er den ersten Namen vor, der ihm bei seiner Recherche aufgefallen war.

Sofort setzte sich der Mann hinter der Scheibe in seinen Drehstuhl und begann auf einer Tastatur auf dem Tischbrett vor ihm herumzuhacken. Die Tasten klackten ein Dutzend Mal. Dann war »Ruediger, So« als einziger Eintrag im Telefonbuch identifiziert. Den ganzen Vornamen der Sophia tippte er gar nicht mehr aus. Ein Profi halt. »Zimmer 320. Chirurgie.«

Der Kommissar merkte sich die Nummer. Dann fragte er nach einem weiteren Namen. »Bea Maurer?«

Wieder klackte der Automat im Glashäuschen einen Namen in den Computer.

»Maurer Beatrice?«

Baumer dachte kurz nach, ob Bea auch die Abkürzung für einen anderen Frauennamen sein konnte. Deshalb fragte er zur Sicherheit: »Gibt es noch eine andere Bea Maurer?«

»Nein.«

Doch, doch, dachte Baumer. Der Mann gefällt mir. Kein Wort zu viel. Effizient und effektiv zugleich.

»Zimmernummer?«, fragte er knapp. Er wollte der Professionalität des Portiers in nichts nachstehen.

»Frau Beatrice Maurer ist leider verstorben. Am 12. März.«

Kommissar Baumer schwirrte sofort die Erkenntnis durch den Kopf, dass die Beatrice nun nie wieder eine neue Telefonnummer brauchte. Nehmen wir halt einen anderen Namen, war der logische nächste Gedanke. Er blätterte in seinem Buch und fand eine weitere aus dem Kantonsspital. Es war die letzte unter vier durchgestrichenen Nummern. Über der Liste stand »Rosa!«. Nur dieser Vorname, kein Nachname. Baumer nahm an, dass Rosa Helen besonders nahe gestanden hatte. Das Ausrufezeichen stand für endlose Gespräche zwischen zwei ewigen Freundinnen. Es stand für stundenlange gemeinsame Spaziergänge am Rhein. Den ständigen Wettstreit um den schönen Dani, der aussah wie Alain Delon – und sich auch so benahm. Dann endlich die Versöhnung. Den gemeinsamen Abschiedsbrief an den lieben, lieben Dani, den sie kichernd zusammen schrieben und über Vermicelles mit Schlagrahm in Bad Rheinfelden abzuschicken vergaßen.

Baumer sprach dem Portier die Nummer von Rosa! vor. Dieser bat ihn, die Nummer zu wiederholen, und tippte sie dann ein. Schließlich blickte er auf und sagte: »Fritz Wächter.«

»Fritz Wächter? Das kann nicht sein.«

Das war dumm von Baumer. Die personifizierte Neutralität hinter der Scheibe warf dem Kommissar einen brutal bösen Blick zu.

Sofort beeilte sich Baumer zu sagen, »Ich meine … also, ist es möglich …?« Er schaute nochmals in sein Büchlein, um dem finsteren Blick des Portiers zu entgehen. Dann legte er den Kopf schräg und sagte: »Ich habe hier eine Rosa auf der Liste.«

Genau so schnell wie der Automat zu Leben erwacht war, erstarb er wieder. Es war, als hätte man Frankenstein unter Strom gestellt, doch weil eine Sicherung am Generator durchbrannte und die Energiezufuhr stoppte, fiel das erweckte Monster zurück in einen tiefen Schlaf.

Der Mann am Schalter saß eingeknickt auf seinem Stuhl. Nur das klappernde Geräusch der Tastatur zeigte an, dass noch Leben in ihm wohnte. Immer wieder lag eine kurze Pause zwischen seinen Eingaben. Dann endlich fand der Mann, was er zu suchen geheißen worden war.

»Rosa Eger. Jahrgang 27?«

»Ja, das ist sie«, bestätigte Baumer schnell, obwohl er nicht mit letzter Sicherheit wissen konnte, ob das tatsächlich seine Rosa! war. Doch es war sehr wahrscheinlich, das anzunehmen, und das Wahrscheinliche – ganz im Gegensatz zum Unglaublichen – ist meistens wahr.

»Frau Rosa Eger«, antwortete der Automat hinter der Scheibe, »ist verstorben. Am 28. Februar.«

*

Kommissar Baumer ging durch einen langen Spitalflur im dritten Stock. Von drei Adressen, die er in Helen Amadios Telefonbüchlein gefunden hatte, konnte er nur eine einzige Spur – war es eine? – verfolgen. Eine von dreien war wenig. Aber es war besser als eine von vieren, oder eine aus neun. Auf jeden Fall war es erfolgversprechender als null aus unendlich. Eine Information genügt. Oder ein Hinweis. Ein Zeuge. Ein Gerücht. Alles Weitere würde sich ergeben. Es würde sich zusammenfügen, wie Moleküle in der Ursuppe sich spontan zusammenfügten, zu Proteinen und Membranen wurden und diese wieder zu Bakterien. Aus den Bakterien entstanden Einzeller, aus diesen entstanden Vielzeller, wuchsen Tiere, wurden Menschen geboren. Und aus den Menschen wurden Mörder.

Der Kommissar wollte zur Nummer 320. Dort lag Sophia Rüdiger. Das war Baumers Kristallisationspunkt, aus dem sich die ganze Geschichte ergeben würde. Baumer fühlte sich beschwingt. Bald würde der Mord aufgeklärt sein.

Er kam beim Zimmer 308 vorbei. 310. Nur ein paar Schritte mehr und alle Rätsel wären gelöst, und er könnte zurück zu Anna.

312.

314.

Andi Baumer inspizierte die Schildchen an den Türen. Die Patienten wurden nicht mehr wie früher mit vollem Namen bekannt gegeben, sondern mit ihren Initialen. Entweder wollte man die Privatsphäre der Patienten schützen oder man wollte es Dieben nicht so einfach machen, ältere Kranke zu überrumpeln, indem diese ihre Opfer herzlich und überschwänglich mit ihrem Namen ansprechen und bequatschen konnten. Wahrscheinlich tat man es aus beiden Gründen.

Baumer schaute voraus. Da vorne, eines dieser Zimmer musste es sein.

316.

318.

Die Tür stand zur Hälfte offen. Natürlich schaute Baumer im Vorbeigehen kurz hinein. Im Bett lag ein etwa 35-jähriger, feister Mann, dessen Oberkörper mit zwei Kissen aufrechter gesetzt worden war. Um ihn herum waren ein halbes Dutzend Besucher aller Altersklassen drapiert. Eine Frau mit gewelltem schwarzen Haar, es musste ganz einfach die Mutter des Kranken sein, saß bei ihm auf der Bettkante. Sie fütterte ihren Sohn, indem sie ihm mit einem riesigen Löffel Nahrung in den Mund schob. Die zumeist älteren Besucher und auch die Kinder schauten dabei aufmerksam zu.

Baumer hatte dieses Tableau mit einem Blick erfasst und in seinem Bauch versenkt. Dort schlug es auf, als hätte er einen Pflasterstein verschluckt. Wie erniedrigend es doch ist, Patient zu sein, dachte er.

Wusste er.

Sechs Schritte weiter – Baumer machte immer noch kleine, sorgsame Schritte – stand er vor dem Zimmer mit Nummer 320. Die Initialen S. R. standen auf dem Türschildchen.

Sophia Rüdiger. Baumer klopfte.

Keine Antwort.

Nach ein paar Anstandssekunden nahm Baumer beide Gehstöcke in die eine Hand und drückte die Klinke hinunter. Er schob die Tür auf und ging ins Zimmer. Weil er das verletzte Bein immer noch nicht voll belasten durfte, hüpfte er dabei mehr auf einem Bein hinein, als dass er normal ins Zimmer schritt.

Ein irres Gemisch an Gerüchen empfing ihn, das ihn unweigerlich flacher atmen ließ. Es roch penetrant nach Reinigungs- und Desinfektionsmitteln, die mit ihren billigen ätherischen Ölen gegen einen fauligen Geschmack ankämpften. Ein scharfer Essiggeruch ritt aus einem Hinterhalt scharfe Attacken. Die aufgedrehte Heizung trieb die Dünste noch schärfer in die Nase.

Im Raum stand nur ein einzelnes Spitalbett mit dem üblichen Galgen und der Klingel am einen und dem Gitterrost am anderen Ende. Die Matratze war von der Hydraulik weit nach oben gehoben. Auf dem Bett selbst lag eine voluminöse Bettdecke, darunter eine sandbraune Plüschdecke, die akkurat um die Seiten der Matratze geschlungen war. Am Kopfende plusterte sich ein riesiges Kopfkissen auf.

Baumer schloss die Tür, immer noch auf einem Bein hüpfend. Dann nahm er die Stöcke wieder in beide Hände und ging vorsichtig – ehrfürchtig? – auf das Bett zu. Es schien beinahe, als ob niemand darin läge. Den Körper unter der Wolldecke konnte man kaum erahnen, so wenig zeichnete er sich durch das darauf liegende Duvet hindurch ab. Auch einen Kopf konnte Baumer noch nicht erkennen, da er sich tief in das Kopfkissen drückte. Er trat näher an das Gestell heran. Jetzt sah er den Kopf tief in der Mitte des Kissens liegen. Durch das Gewicht war es an den Seiten aufgebläht. Die Augen waren geschlossen, die Atmung sanft und leise.

Baumer betrachtete das Gesicht. Es musste Sophia Rüdiger sein. Wissen konnte er es nicht. Es war einfach eine greise Figur, die hier schlief. Ob es eine Frau oder ein Mann war, war schwer zu entscheiden. Die Farbe des Gesichtes war die von hellem Marmor an einer Außenfassade an viel befahrener Straße. Feinste Äderchen liefen durch die Haut, wie Adern durch den Marmorstein laufen. Sie gaben dem Gesicht eine filigrane Musterung. Den fast kahlen Kopf zierten nur wenige Haare. Sie waren grau und struppig – Borsten eines vor langer Zeit abgewetzten Besens.

Die Stirn von Sophia Rüdiger trug mehrere ausfransende Flecken. Quer darüber liefen Furchen, als wären sie mit scharfem Pflug geschnitten worden, so tief, dass sie die Stirn als schwarze Linien querten. Die Augenhöhlen lagen im Schatten, unerreichbar für das Kunstlicht, das sich an hohen kantigen Stirnknochen brach. In den Höhlen lagerten die Augäpfel hinter geschlossenen Lidern. Der Nasenrücken war absurd hoch aufgerichtet, die Nase nur noch ein mit Pergamentpapier überzogener spitzer Schnabel. Marmorne Haut spannte über die Backenknochen, die wie die Hügelketten der Voralpen aufragten. Die Backen selbst waren eingefallen. Der Mund stand weit offen. Aus den verknitterten Lippen war jegliches Rot entschwunden. Das Kinn lag tief auf dem Hals und verdeckte dort die groben Falten.

Baumer sagte nichts. Er betrachtete dieses Geschöpf ohne Hast. Er sah nichts außer dem Kopf. Der restliche Körper schien verschluckt vom Spitalbett. Von der Seite sah die Frau aus wie die Geliebte von Hodler. Dieser Ferdinand Hodler, der seine Freundin gemalt hatte, die an Krebs erkrankt war. Immer wieder hatte er sie verewigt, hielt fest, wie sie immer schwächer wurde, wie sie langsam auszehrte. Schließlich malte er sie auf dem Totenbett, mit ausgemergeltem Gesicht, leichenblass. Sophia Rüdiger lebte hingegen noch. Ein einzelnes leichtes Zucken ging jetzt durch ihr Gesicht, und ein angestrengtes Einschnaufen unterbrach den gleichmäßigen Rhythmus, mit dem sie an der Welt hing. Dann ging das langsame und beinahe geräuschlose Ein- und Ausatmen weiter. Nach ein paar Atemzügen schnappte die Greisin erneut abrupt Atemluft ein.

Was tun?

Baumer hatte sich bisher nicht getraut, die Frau etwas zu fragen. Zu ehrfürchtig hatte er sich ihr genähert. Hätte ihm Sophia Rüdiger überhaupt noch etwas logisch Durchdachtes mitteilen können?

Zum Glück ging die Tür auf, und Baumer wurde die Entscheidung abgenommen, wie er weiter verfahren sollte. Herein kam eine etwa 28-jährige, hochgeschossene Krankenschwester mit halblangen blonden Haaren. Sie war schlank und zugleich drahtig. Ihre betörende Figur wurde durch eng anliegende Hosen und ein knappes T-Shirt noch betont.

Sie blickte erstaunt, dass hier ein Mann, geschätzte 40 Jahre alt, im Zimmer stand. Natürlich war sie sofort misstrauisch. Zu Recht. Was hatte sich Baumer ohne zu fragen eingeschlichen? Doch nach einem weiteren musternden Blick sprach sie den Besucher mit einem freundlichen Guten Tag an. In seinen fragenden Augen musste sie gesehen haben, dass kein Böser im Zimmer stand.

»Guten Tag«, erwiderte Baumer den Gruß und gab sogleich den Zutritt ans Bett frei.

Die Schwester beugte sich zur Greisin. Weiter sagte sie nichts zum Mann im Zimmer. Natürlich würde dieser Mensch sicher erklären, in welcher Beziehung er zu ihrer Sophia stand.

»Mein Name ist Baumer.«

Die Schwester fühlte den Puls ihrer Patientin, fragte dann, ohne ihre Aufmerksamkeit von ihrer Patientin abzulassen: »Sind Sie verwandt?«

»Bitte entschuldigen Sie«, sagte Baumer und wusste doch, es war nicht zu entschuldigen, dass er hier eingedrungen war. »Ich bin Kriminalkommissar. Ich ermittle in einem Mordfall.«

Die Schwester erschrak. »Um Himmels willen!«

»Keine Angst«, beeilte sich Kommissar Baumer, die Frau zu beruhigen, die instinktiv von ihm zurückgetreten war und sich neben Sophia Rüdiger gestellt hatte. Ihren Arm hatte sie beschützend um deren Kopf gelegt.

»Es geht nicht um Frau Rüdiger«, erklärte Baumer. »Sie ist nur die Freundin einer Frau, die ermordet wurde.«

»Was ist geschehen?«, fragte die sicherlich über 1 Meter 85 große Krankenschwester. In ihrem Blick sah Baumer Angst, aber auch die Bereitschaft zu kämpfen. Sie stand da, unschlüssig, nicht wirklich erkennend, was auf sie und ihre Patientin zukommen würde. Immer noch hatte sie die greise Puppe im Bett zart umfasst.

Baumer sprach sie beruhigend an. »Haben Sie keine Angst. Ich wollte Frau Rüdiger nur ein paar Fragen über die Ermordete stellen, eine gewisse Helen Amadio-Meier.«

Jetzt riss die Krankenschwester die Augen weit auf. Es war offensichtlich, dass die Schwester die alte Amadio gekannt haben musste. Ohne Zweifel hätte Helen Amadio-Meier bei ihren vielen Besuchen das Pflegepersonal unterstützt, so gut es ging. Sie hätte ihrer Freundin eingelöffelt, wenn sie über Mittag da war. Hätte das Kissen aufgeschüttelt. »So, Sophi, jetzt bist du wieder elegant«, hätte sie aufmunternd gesagt, wenn sie die Decke sorgfältig um den geringen Körper ihre Freundin geschlagen hätte. Diese nette Frau. Helen Amadio-Meier. Sie war jetzt tot?

»Ermordet?«, wisperte die Krankenschwester.

Baumer nickte deutlich.

»Das ist ja schrecklich«, ängstigte sich die große Angestellte und drehte sich zu der ihr anvertrauten Person im Bett. Diese hatte zweimal nach Luft geschnappt. Dazwischen war ein langer Moment der Stille gelegen, in dem man den Atem kaum ausströmen hörte. Die Greisin lag da, scheinbar unbeweglich. Dann plötzlich schnappte sie wieder nach Luft. Alsbald lag sie wieder ruhig da.

Baumer wartete auf den nächsten Atemzug. Es schien eine Ewigkeit zu dauern, bis der Vogel erneut nach Luft sog. Dann war Ruhe und bis zum nächsten Schnappen dauerte es wieder eine unnatürlich lange Zeit.

So ging es fort.

Die Krankenschwester hatte Baumer vergessen. Sie stand bei der Greisin und hielt ihr die Hand. Sie war da für Sophia Rüdiger auf ihrem schweren Gang und begleitete sie. Mehr konnte sie nicht tun, denn es gab nichts zu tun. Keine Adrenalinspritze hätte hier noch etwas ausrichten können. Keine Wärmeflasche die Kälte abhalten können, die Sophia Rüdiger an den Beinen gepackt hatte und sich langsam im Körper nach oben bewegte, so wie im Januar kalter Schnee kommt und vom Land Besitz ergreift. Wie er zuerst zögerlich, aber dann unerbittlich ins Tal hereinmarschiert und schließlich alles Grüne und Oliv- und Ockerfarbene mit einer weißen Decke zudeckt. Eine Decke, die zuerst luftig daherkommt, aber sich immer schwerer auf die Landschaft legt, bis alles zugedeckt ist.

So rang Sophia Rüdiger, von ihren guten Freunden Sophi genannt, nach Leben. Sie sog es ein in kleinsten Häppchen, während die übermächtige Kälte ihren verwelkten Körper einpackte und die Schwester ihre knochige Hand hielt.

Plötzlich schien Leben in die Alte zu kommen. Wollte sie Baumer noch etwas sagen? Er beugte sich vor, bemühte sich, zu hören, was sie mitzuteilen hatte.

Nein, sie riss die Augen auf, ohne ihn wahrzunehmen, kämpfte sich hoch. Sie schlug die dargebotene Hand der Schwester aus und hob ihre arthritischen Hände in Richtung Zimmerdecke. Sie schien nach etwas greifen zu wollen. Dazu machte sie Bewegungen, fast so wie ein Hund im Wasser den Kopf hebt und stiert und mit den Pfoten schlägt um vorwärts zu kommen. Sah sie ein unendlich helles Licht? Boten sich ihr mehrere Hände zugleich hilfreich dar, nach denen sie erfreut griff?

Baumer und die Schwester sahen wie Sophia Rüdiger kraftvoll zappelte und strahlte. Dann sank sie ansatzlos zurück, ihre Arme fielen neben ihren Körper herunter. Ihr Kopf sackte ins Kissen und nach hinten. Ein langer Moment der Stille – und Sophia Rüdiger atmete ein letztes Mal aus. Es war ein erstaunlich kräftiges Ausatmen. Es schwoll schnell an. Es war stark. Anhaltend. Dann ebbte der Luftstrom ab. Dann versiegte er ganz. Ein Moment der Ruhe. Die Tote fiel vollends in sich zusammen. Der Kopf rollte zur Seite, das Kinn rutschte herunter.

Exitus.

*

Gegen vier Uhr nachmittags war Baumer in seinem Büro im Spiegelhof. Der Tod von Sophia Rüdiger hatte in seinem Gemüt Spuren hinterlassen. Es war ein fremder Mensch, der vor seinen Augen gestorben war.

Aber ein Mensch.

Baumer saß unbeweglich in seinem Bürostuhl. Er hielt die Arme ausgestreckt, die Hände lagen flach auf dem Schreibtisch. Er versuchte zu rekapitulieren, was geschehen war. Drei Frauen, die Helen Amadio-Meier gekannt hatte, waren im Spital gestorben. Sie würden jetzt im Himmel vereint sein. Oder wo immer auch sich die Seelen Verstorbener treffen mochten. Wahrscheinlich hätten sie es gut zusammen, dort wo sie waren. Würden Karten spielen oder schwatzen. Kaffee trinken.

»Wirres Zeugs«, schalt sich Baumer ob dieser verqueren Gedanken. »Konzentrier dich auf das, was ist.«

Was ist?

Vier Frauen waren tot. Drei waren einem natürlichen Tod erlegen – so nahm er an. Eine musste hingegen durch Mörderhand von dieser Welt. Hingen die Tode irgendwie zusammen? Das müsste man alles überprüfen, obwohl es auf den ersten Blick unwahrscheinlich war, dass alle vier Frauen ermordet worden waren. Baumer hatte gesehen, wie Frau Rüdiger gestorben war. Sie war am Ende ihres Lebens angekommen. Sie hatte sich noch einige Wochen lang gewehrt, den letzten Gang zu machen. Aber schließlich war sie abgeholt worden und war gegangen, ohne groß Adieu zu sagen. Bei ihrem Tod hatte unmittelbar niemand die Hand im Spiel. Und mittelbar? Es schien unwahrscheinlich, aber war es auch unmöglich? Baumer hatte mitverfolgt wie Lea – so hieß die hoch gewachsene schlanke Krankenschwester – die alte Frau versorgt hatte. Lea hatte dies mit großer Hingabe, ja eigentlicher Zuneigung, für diese Greisin getan. Es war mehr Fürsorge, als man es inmitten dieser ganzen technischen Notwendigkeiten des Spitalbetriebs erwarten durfte. Kein Zweifel. Lea war eine exzellente Pflegefachfrau, die dem Kantonsspital Basel Ehre machte. Oder war sie nur eine exzellente Schauspielerin? Vielleicht hatte sie ein wenig zu viel Mitleid?

»Nein, nein«, rief Helen Amadio-Meier plötzlich. »Die Lea ist eine Nette. Denk doch nicht so dummes Zeugs.«

Baumer kratzte sich sofort die Haare, wischte mit den Händen über sein Gesicht, schluckte. In der Tat. Das war wirres Zeugs. Hirngespinste. Er zweifelte nicht wirklich daran, dass die Frauen im Kantonsspital professionell betreut worden waren. Das schloss er aus dem ganzen Ablauf, der nach dem Tod von Frau Sophia Rüdiger seinen Lauf genommen hatte. Es war ja offensichtlich gewesen, dass die Frau tot war. Alle Atemluft war vom Gewicht des in sich zusammensinkenden Körpers aus der Lunge gepresst worden. Alles Blut war aus dem Gesicht geflossen. Baumer war erstaunt gewesen, wie das Gesicht der Toten noch weißer werden konnte, als es bereits gewesen war. Ihr Gesicht war marmorn, als sie noch gelebt hatte. Doch als sie dann gestorben war, waren auch noch das letzte Rot und das letzte Grün aus ihrem Gesicht entschwunden. Leichenblässe hatte sich über ihr Gesicht gelegt. Nur die sepiafarbenen Leberflecke punkteten ihr Gesicht weiterhin und standen aus ihm nur noch deutlicher hervor.

So war Sophia Rüdiger vor ihm gelegen. Es konnte keinen Zweifel an ihrem Tod geben. Und dennoch musste der Tod noch offiziell festgestellt werden. Das war der Stationsärztin vorbehalten. Diese war sofort gerufen worden. Sie hatte Kommissar Baumer gebeten, aus dem Zimmer zu gehen und hatte sich darangemacht, Sophia Rüdiger (geb. Müller, Jahrgang 1924) ohne Zuschauer und in aller Stille zu untersuchen. Auch wenn sie tot war, besaß die alte Frau ihre Würde. Eine Würde, die man im Spital über alles stellte und vehement verteidigte. Eine Institution, wo nicht nur darüber geschwafelt wurde, sondern dies ganz selbstverständlich war.

Nach etwas mehr als zehn Minuten war die Ärztin aus dem Zimmer 320 getreten und hatte dem davor auf einem Stuhl wartenden Baumer verkündet, dass sie den Tod von Frau Rüdiger festgestellt habe. Dann war ein Pfleger gerufen worden. Er hatte sich der Leiche angenommen und hatte sie in die Pathologie gebracht. Dort würde sie vorerst aufgebahrt bleiben, dann für die Beerdigung zurechtgemacht werden.

Waschen.

Legen.

Das war das Prozedere.

Baumer hatte die Menschen im Spital beobachtet und wahrgenommen, dass alles professionell vonstatten gegangen war, also unaufgeregt. Der Ablauf war eingespielt und routiniert, doch geschah alles mit großem Respekt vor der Toten. Auch gab es Platz für den gesunden Menschenverstand. Hier waren Menschen am Werk, die offene Augen und ehrliche Hände hatten. Nur so konnten sie im entscheidenden Moment auch ihr Herz öffnen. Ein irrer Pfleger, der Leute umbringt? Im Kantonsspital Basel? Unmöglich. Hier gab es nichts zu ermitteln für Kommissar Baumer. Jegliches Abweichen von eingespielten und sinnvollen Abläufen zum Wohle der Patientinnen und Patienten wäre von mehreren aufmerksamen Augenpaaren erkannt worden.

Auch waren die verstorbenen Freundinnen der Amadio alt, sicherlich mehr schlecht als recht beieinander und sie waren nicht zum Spaß ins Spital eingeliefert worden. Baumer hatte dies in einem kurzen, aber sehr zielgerichteten Gespräch mit der Stationsärztin herausgefunden. Dass diese Frauen im Spital gestorben waren, war wie zwangsläufig aus ihren Krankengeschichten gefolgt. Zwei hatten Krebs gehabt, eine hatte an Altersdiabetes und versagenden Nieren gelitten. Das hatte ihm Frau Doktor Hegemann ausdrücklich bestätigt. Dieses letzte Kapitel ihrer Lebensgeschichten war schon lange geschrieben gewesen. Dass die letzte Seite im Lebensbuch dieser Frauen umgeschlagen worden war, war für die einen langsamer, für die anderen schneller gekommen, doch nie überraschend.

Und dennoch.

Es war ein Mord verübt worden. Helen Amadio-Meier war gewaltsam ins Jenseits befördert worden. Diese Frau war mit den drei hospitalisierten Personen in enger Verbindung gestanden.

Baumer saß in seinem Büro und kratzte sich die Augenbrauen. Sollte er hier insistieren? Die Fälle – waren es Fälle? – weiter verfolgen?

Der Kommissar stützte den Kopf auf die Hand, schnaufte aus. Er schüttelte seinen Kopf, kratzte sich in seinen kurzen mahagonifarbenen Haaren. Es machte alles keinen Sinn. Das Spital war sauber, musste ganz einfach sauber sein. Es gab keine Anzeichen, ja keinerlei Grund, irgendetwas Schlimmes zu vermuten. Lea, ein Todesengel? Das konnte er sich einfach nicht vorstellen. Das Kantonsspital müsste er in naher Zukunft nicht mehr besuchen.

Baumer packte das Handy und rief Beat Rötheli an, den Chef der Zivilen. Er wusste, was er zu hören bekommen würde. Doch er musste sich absichern.

»Ciao«, sagte Baumer mit kühler Stimme. »Habt ihr irgendeine konkrete Spur?«

»Nein. Hat niemand was gesehen«, antwortete der Zivilfahnder ebenso abweisend. »Warum bist du überhaupt zurück in Basel?«

Rötheli musste irgendwo in einer Kneipe sein. Baumer hörte im Hintergrund das Mahlwerk einer Kaffeemaschine kreischen, mehrere Leute quatschten wild durcheinander. Ihre Stimmen hallten von den Wänden und schlugen ineinander.

»Ciao«, warf Baumer dem Chef der Zivilen das Adieu vor die Füße und kappte die Leitung. Wozu mit ihm über die Details plaudern? Baumer hatte schon geahnt, dass niemand etwas Auffälliges beobachtet hatte. Ansonsten hätte es Beat Rötheli sicher stolz verkündet. Also gab es keine heiße Spur. Kein Nachbar hatte einen möglichen Besucher bei Frau Amadio-Meier kurz vor der Tatzeit in die Wohnung gehen oder später wieder herauskommen sehen.

Schlappe Vermutungen gab es hingegen genügend. Es war selbstredend, dass Rötheli auf Nachfrage Dutzende von Hinweisen bekommen hatte, wer alles im Bachlettenquartier unterwegs gewesen sei. Zunächst die Bewohner des Quartiers selbst. Dann kamen dazu noch ein paar Fremde. Große und kleine. Dicke und dünne. Alte und junge, jugendliche, schmächtige, fette, einige mit Mütze, andere ohne. Krawatten wurden durch das Quartier getragen. Handtaschen auch. Immer öfter Kopftücher. Neu auch immer mehr Roma, Inder, Nigerianer. Stark Übergewichtige hatten stark übergewichtige Hunde hinter sich hergeschleift – oder umgekehrt. Mütter schoben Kinderwagen durchs Quartier. Türken, Albaner, Holländer, Russen, Amerikaner, Engländer, Deutsche, zwei Elsässer, noch ein Deutscher (groß, mit Schnauz) waren durch die Straßen gegangen. Jeder war einzigartig in seiner ganz individuellen Kombination von Rasse, Geschlecht, Alter, Statur und Kleidung. Aber jeder war auch völlig unauffällig in der Basler Stadtgesellschaft, die sich in viele Parallelgesellschaften aufsplitterte. Keiner trug ein Schild auf dem stand: »Ich bin der Mörder«. Ob der Täter einen Schnauz trug oder nicht, würde man wissen, wenn man ihn erwischt hatte.

Andreas Baumer rückte näher an seinen Schreibtisch und presste seine Lippen zusammen, atmete flach. Er packte die Unterlippe mit seinen Schneidezähnen und zog sie in den Mundraum.

Baumer war sich bewusst, dass er nichts hatte. Kein Gar Nichts. Nada. Niente. Keinerlei Spur im Spital.

Er sah auf seinen Schreibtisch. Der war ebenso leergefegt wie seine geistige Landschaft. Mit leerem Blick stierte er vor sich hin. Plötzlich nahm er einen Krümel auf der Tischplatte wahr. Er machte eine unbewusste Wischbewegung mit der Hand, um ihn wegzuwischen. Er klebte auf der Oberfläche, drückte scharf in seine Fingerspitzen, und aktivierte tausend Nervenenden.

Ein Krümel. Ein Puzzleteil. Eine unbedarfte Äußerung. Ein Zeichen, eine Geste, ein verdächtiger Gegenstand. Baumer stützte sich mit beiden Ellenbogen auf die Tischplatte seines Schreibtisches, drückte die Hände in den Kiefer. Er marterte sich den Kopf, versuchte sich zu erinnern, ob er im Fall Amadio-Meier einen wichtigen Krümel nicht beachtet hatte. Wenn er nur ein Columbo wäre, dachte er immer wieder. Sicher gab es schon einen Hinweis, der ihn zum Mörder führen würde. Nur wo, wo, wo? Er hatte ihn wohl einfach übersehen.

7

Anna.

Baumer hatte sie vergessen.

Der Kommissar stand am Fensterbrett an der breiten Front des ilcaffès, als ihm die Erinnerung an seine Freundin kam. Weil er im Büro nicht weitergekommen war im Fall, war er hierher gewechselt. Er hatte eine Kaffeepause machen wollen. Prompt kamen ihm jetzt, wo er einen Moment der Ruhe fand, wieder die Gedanken an seine neue Partnerin. Es war allerhöchste Zeit, sie anzurufen.

Baumer nahm das Handy. Er inspizierte neugierig das Display. Insgeheim hatte er gehofft, dass er eine SMS von ihr bekommen hatte, deren Eingang jedoch nur nicht bemerkt hatte, als er vom Stützpunkt Spiegelhof über die Schifflände und den lauten Marktplatz hinüber ins ilcaffè gegangen war. Die Anzeige war aber leer. Sie hatte sich nicht gemeldet.

Andi Baumer sah seine Krankenschwester vor sich, ihren wundervollen Körper. Er war wohlproportioniert und selbst dort, wo der große Anatomist scheinbar einen Fehler gemacht hatte, war alles im Lot. Diese winzigen Variationen des Bauplans brachten den Körper im Auge des Betrachters zum Schweben. Ohne diese leichten Irritationen wäre Anna nur ein ansehnliches, aber langweiliges Stillleben geworden. Mit diesen sensiblen Brüchen in der absoluten Harmonie - das kleine Bäuchlein, das zarte Schielen, die winzigen, doch leicht abgeknickten Ohrläppchen, der nach außen gestülpte Bauchnabel - war Anna hingegen bezaubernd.

Baumer starrte aufs leere Display und sah doch nur Anna in Gedanken vor sich. Sie trug einen farbenfrohen Bikini.

Vorwurfsvoll sprach sie ihn an. »Andi. Kennst du mich überhaupt?«

Er sagte nichts.

Sie schüttelte den Kopf. »Du siehst nur meinen Körper. Höchstens noch, was ich trage.«

Andreas Baumer führte seine Tasse Cappuccino an die Lippen.

»Andi?« Sie blickte jetzt eindringlich. »Weißt du denn überhaupt, wer ich bin, und wie ich bin?«, wurde sie fordernd.

»Du bist schön, Anna«, machte Baumer seiner Freundin ein Kompliment. »Und ich liebe auch dein Wesen.«

Die Angesprochene schüttelte energisch den Kopf. »Ich kann nicht glauben, dass du das ernst meinst.« Sie machte zwei Fäuste.

Baumer antwortete nicht. Er hatte den ersten Schluck Cappuccino getrunken, den er am Nachmittag oft einem Espresso vorzog. Er war für ihn so etwas wie das Dessert des Mittagessens – das er ausgelassen hatte. Aroma und Geschmack des Kaffees weckten ihn aus seinem Tagtraum.

Hinter dem Kommissar wurde Gianni, der Besitzer vom ilcaffè, plötzlich lauter, prustete einige letzte Worte abgehackt in den Raum und stieß schließlich ein hohes, fast kicherndes Gelächter aus. Unmittelbar darauf platzten alle Gäste seiner kultigen Caffébar in der Nähe der Hauptpost in sein Gelächter hinein. Es traf vielstimmig und laut in Baumers Ohren ein.

Baumer wurde einen Schlag weit angesteckt von der ausgelassenen Heiterkeit der Gäste, er schmunzelte, aber ihm fehlte der rote Faden, um den Witz zu verstehen.

Mit dem Mord an der alten Amadio ging es ihm gleich wie mit dem Witz. Er hatte nur Bruchstücke. Es ergab noch keinen Sinn. Er musste nachdenken.

Vier Frauen waren tot.

Waren das vier Puzzleteile in einem großen Puzzle, das den Namen »Mordserie in Basel« trug? Oder waren es nur vier alte Freundinnen beim Kartenspiel, dort oben im Himmel? Schauten sie bei ihrer Jassrunde jetzt vergnügt auf Andreas Baumer herunter? Blickten sie hinter ihren Spielkarten hervor und riefen lachend: »Ermordet? Wir? Sicher nicht!«

Nur Helen Amadio-Meier würde nicht mitlachen, war sich Baumer sicher, und er sah die Alte in Gedanken vor sich. Sie legte ihren Kartenfächer verdeckt auf den dicken Jassteppich, schob die Kreidetafel zur Seite und stand auf. Sie tat es, wie sie es immer getan hatte. Sich tief nach vorne beugend, dann die Arme auswerfend, um das Gleichgewicht zu finden, dann mit einem Ruck hoch. Sie kam auf Baumer zu und entschuldigte sich für ihre Freundinnen.

»Glaub ihnen nicht, Andi. Die schwatzen nur.«

»Ja, Helen, ich weiß.«

»Die sind langsam gestorben, ich schnell.«

»Ich weiß.«

»Aber ich wollte es nicht. Die da ...«, sie schloss ihre Augen halb und zeigte mit dem Daumen Richtung der fröhlichen Jassrunde, »... die waren froh, als sie abgeholt wurden«, flüsterte sie. »Ich aber hätte gerne noch ein bisschen gelebt.«

Er nickte Helen zu.

»Ich wollte dich anrufen, Andi. Vergiss das nicht. Ich wollte dich unbedingt sprechen.«

»Ich vergesse es nicht«, antwortete Andi der inneren Stimme und notierte sich im Geiste: Amadio-Meier wollte mich dringend sprechen.

Dann kam ihm in den Sinn, dass er ja Anna auch dringend sprechen wollte. Jetzt musste er ihr endlich einmal Zeit schenken.

»Du schaust doch nach dem Rechten, Andi?«, mischte sich die alte Rentnerin wieder ein.

»Das werde ich tun.«

»Warum bist du dann noch hier?«

Andis Gedanken stockten. Er runzelte die Stirn. Dann wurde ihm schlagartig bewusst, dass um 18 Uhr außerordentlicher Rapport war. Fast hätte er ihn vergessen.

Baumer warf einen Fünfliber auf die Balustrade. Er versuchte einen letzten Schluck Kaffee aus der Cappuccinotasse zu stehlen, doch es war kein Tropfen mehr darin. Er nahm den Löffel und kratzte damit die letzten Reste Schaum aus der Tasse, schleckte den Löffel gierig ab und verschwand, ohne sich von Gianni zu verabschieden.

Als Baumer aus dem ilcaffè zügig Richtung des Polizeistützpunktes Spiegelhof zu marschieren begann, wurde er von Gianni bemerkt. Dieser unterbrach das Gespräch, das er mit einem Kunden an der Theke geführt hatte, höflich, indem er seinem Gesprächspartner Worte der Entschuldigung offerierte und ihn zärtlich am Unterarm berührte. Dann rannte er Richtung Ausgang, wo Baumer bereits die zwei Stufen der Treppe hinuntergestelzt war. »Geht's Baumi? Brauchst du Hilfe?«, rief er ihm nach, aber er erreichte ihn nicht mehr. Er sah nur seinen Rücken und die beiden Stöcke, die dieser im rasanten Tempo seiner Schritte vor- und zurückschwang.

Der Basler Kommissar hatte Giannis Bemerkungen nicht wahrgenommen. Er pflügte sich ohne Rücksicht nehmend breit den Bürgersteig hinunter. Eine magersüchtige Frau in Gucci und mit Brillanthalskette vertrieb er aus seiner Spur.

*

Kommissar Baumer traf gerade noch rechtzeitig im Polizeistützpunkt ein. Er war sichtlich erschöpft vom Gehen, Schweiß stand in großen Perlen auf seiner Stirn, und er schnaubte heftig, als er ins große Sitzungszimmer eintrat. Drinnen wartete bereits ein Dutzend Leute. Es war eine bunte Mischung aus Beamten aller Abteilungen. Streifenpolizisten saßen da, ebenso wie Verwalter, sogar die meisten Sekretärinnen waren anwesend. Baumer staunte über den ungewöhnlichen Aufmarsch an Personal. Normalerweise waren nur die bei einem Rapport dabei, die im aktuellen Fall etwas zu sagen hatten.

Fast alle Stühle im Raum waren belegt. Baumer hätte sich mühsam durch eine Stuhlreihe kämpfen müssen, um einen freien Platz zu finden. Zum Glück machte ihm der Gefreite Meier, der in der vordersten Reihe saß, ein Zeichen und lud ihn ein, neben ihm Platz zu nehmen. Meier hatte sich ostentativ auf zwei Stühlen ausgebreitet und gab nun den reservierten Stuhl frei, damit Baumer darauf Platz nehmen konnte.

»Messi«, knirschte Baumer kaum hörbar aus einem zu drei Vierteln geschlossenen Mund hervor.

»Ich habe den Platz für Heinzmann freigehalten. Aber der wird auch im Stehen schlafen können«, versuchte Meier Konversation zu machen. Er lächelte.

»Ja. Messi«, sagte Baumer nochmals.

Meier blickte sich um, schob dann seinen Kopf zu Baumer. »Der Schläfli kommt«, flüsterte er ihm zu.

Schläfli. Das war der Regierungsrat, der die Polizei und das Militär in Basel unter sich hatte. Schläfli, Markus (54), oberster Chef der Polizei. Das war allerdings nicht sein offizieller Titel. Als ob das Wort Polizei etwas Obszönes wäre, schien die rot-grüne Regierung diesen Begriff nicht in den Mund nehmen zu wollen. Offiziell hieß das von Regierungsrat Schläfli beaufsichtigte Departement ganz einfach Justiz- und Sicherheitsdepartement.

Baumer wurde grimmig. Sicherheit!, dachte er. Die herzustellen, war alles andere als ein Zuckerschlecken. Es war harte Arbeit, die einem selten ein Lob eintrug, öfter noch Hass und Verachtung. Als Orden gab es höchstens solche Andenken, wie er selbst eines in den Oberschenkel verpasst bekommen hatte und das er jetzt lebenslang mit sich trug.

Dass Polizeiarbeit Knochenarbeit war, wusste allerdings auch Markus Schläfli, der schon seit sieben Jahren im Amt war. Die erste Wiederwahl als Regierungsrat hatte er glorios hinter sich gebracht. In den letzten Monaten war sein Ruf bei den Linken aber rapide den Bach hinuntergegangen. Tatsächlich hatte sich Schläflis Haltung verhärtet, denn er hatte bei der Arbeit einige schlimme Sachen gesehen. Basel hatte sich in den letzten Jahren – wie viele Schweizer Städte – rasant verändert. Immer öfter musste er der Öffentlichkeit nicht mehr nur zu Raub, sondern zu Raub mit schwerer Körperverletzung Auskunft geben. Ein ganz schlimmer Fall war ihm besonders zu Herzen gegangen, als zwei harmlose Leute von gelangweilten Jugendlichen beinahe zu Krüppeln getreten worden waren – hinterrücks, einfach so. Fast zwangsläufig hatte er sich im Job vom Paulus zum Saulus gewandelt. Folgerichtig ließen ihn die Linken immer mehr allein im Regen stehen, dann, wenn er mehr Polizeikräfte forderte oder wenn er härteres Durchgreifen gegenüber Kriminaltouristen durchsetzen wollte.

Den Ultrakonservativen ging er hingegen immer noch nicht weit genug. »Schläppli«, riefen ihm die extremen Rechten nach, weil er sich geweigert hatte, generell gegen Asylanten und Illegale vorzugehen.

Dummerweise hatte er es sich auch noch mit den Liberalen verdorben, denn er hatte sich für Videoüberwachung in der Stadt eingesetzt. Der Schutz der Bürgerrechte gehörte aber zum Kanon der Liberalen. Diese ihre Jagdgründe verteidigten sie mit geladener und entsicherter Waffe in der Hand.

Schläflis Job wackelte, und es war klar, dass er für die anstehende Erneuerungswahl zur Regierung einen Coup landen müsste. Nur wenn er mit positiven Nachrichten in den Medien erschien, würde er noch eine Chance auf Wiederwahl haben. Die Aufklärung des Mords an einer alten Frau würde ihm wichtige Sympathien und Anerkennung und netto bestimmt ein paar Tausend Stimmen mehr bringen.

Die Gespräche verstummten plötzlich, als Schläfli den Raum betrat. Ein eleganter Mann im Businessanzug mit weißem Hemd und schmaler Seidenkrawatte mit dezentem Muster. Schläfli war ungefähr genauso groß wie Baumer. Die Haare sehr dunkel, fast schwarz und dicht, die Schläfen nur wenig ergraut. Der Haarschnitt wie üblich bei der Polizei ziemlich kurz geraten, nur eine mächtige Tolle war geblieben, die Schläfli bei einem amerikanischen Senator abgeschaut hatte. Der Scheitel war akkurat gekämmt. Die Statur? Eher schlank und drahtig vom vielen Stress, fast schon kränklich mager. Das Gesicht fein geschnitten, das Kinn zugleich fast ungehörig breit und hervorstechend. Die Augen waren wach und erstaunlich warmherzig. Irgendwie ein Beau, dem man aber auch zutraut, hart zu sein, wenn es nötig war.

Schläfli voraus ging ein jüngerer, bereits glatzköpfiger Beamter. Baumer kannte ihn, weil dieser Mann immer da war, wo Schläfli war. Der Basler Kommissar hatte für diesen Kerl nichts übrig. Auch jetzt stellte sich der Opportunist pompös vor die Versammlung, während Schläfli abwartend dahinter stand, und begann zu reden. »Sie wissen, dass die Stelle des Kommandanten der Kriminalpolizei gegenwärtig nicht besetzt ist.«

Ein Raunen ging durch den Raum. Baumer fasste sich sofort an seinen rechten Oberschenkel, strich über die Wunde.

Der Schleimer fuhr fort. »Herr Regierungsrat Schläfli übernimmt daher jetzt *in personam* die Leitung der Fahndung. Jetzt kommt Schwung in die Untersuchung.« Er drehte sich grazil zu Schläfli hin und lächelte ihn devot an.

Baumer konnte sich kaum beherrschen. Dieses ganze Tamtam. Es war offensichtlich, dass hier keine Neuigkeiten zu verkünden waren. Mit all diesen Leuten gäbe das nur eine Show, war sich Baumer sicher. Der Auftritt dieses Schleimers bewies ihm, dass er hier nur seine Zeit verschwendete. Am liebsten hätte er diesen Arschkriecher angeschissen, aber er konnte sich gerade noch beherrschen. Stattdessen strafte er ihn mit einem giftigen Blick voll ätzender Verachtung. Der so Geehrte nahm das nicht einmal wahr. Es wäre ihm wohl auch völlig egal gewesen.

Schläfli nickte die Einführung durch seinen Adjutanten gelangweilt, aber höflich ab. Er nahm die Aufforderung, an die Versammlung zu sprechen, gerne an und trat nach vorne. Er bemühte sich dabei, bescheiden zu wirken. So stand er vor die Belegschaft hin, sammelte sich, lächelte, den Kopf einen zarten Hauch zur Seite geneigt, und wollte grad losreden, als Baumers Handy zu plärren begann.

Alle im Raum erschraken.

Baumer schüttelte sich, als er sich erschreckt aufrichtete und versuchte, sein Handy zu lokalisieren. Wo war es bloß? Links? Rechts? Das Geläut schwoll immer mehr an. Der Regierungsrat stand konsterniert vor Baumer, schaute auf diesen Störenfried hinunter. Der Schleimpilz erschoss Baumer mit tödlichen Blicken. Die Beamten in den vorderen Sitzreihen blieben erstaunlich kühl. Sie hatten Angst, dass ein Teil der Vorwürfe, die der Regierungsrat nun unweigerlich äußern würde, auch sie treffen könnte, und wollten daher möglichst nicht auffallen. Je weiter hinten die Leute saßen, desto lustiger fanden sie die Situation. Ganz hinten lachte einer laut und brummend auf, angesteckt vom eher heimlichen Gewieher direkt vor ihm.

Endlich fand Baumer das Handy und zog es aus der linken Jackentasche. Er schaute aufs Display.

AnnaSchatzeli.

Anna! Sie versuchte ihn zu erreichen.

Oh, nein, nicht jetzt, dachte Baumer und nahm das Gespräch entgegen. »Hallo, Schatz«, sagte er und fügte sofort an, ohne eine Antwort abzuwarten, »ich kann jetzt unmöglich, tut mir sehr leid. Ich rufe später zurück.« Dann unterbrach er die Leitung.

Jetzt lachte der ganze Raum. Sogar der Regierungsrat konnte sich ein Lächeln nicht verkneifen. Der Schleimer sprang hervor und beschwichtigte die Menge, indem er seine ausgestreckten Arme hoch- und niederbewegte, so als könne er das aufwallende Meer beruhigen. Dann gab er ungefragt den Befehl: »Alle Handys ausschalten!«

Als wieder Ruhe war, hob der Regierungsrat seinen Kopf und wollte mit seiner Ansprache beginnen.

»Das war meine Freundin«, fuhr ihm Baumer dazwischen, noch bevor Schläfli sprechen konnte.

»Wa ... was?«, stammelte der perplex.

»Jetzt heult sie sicher.«

Der Schleimer neben dem Regierungsrat hatte den Mund offen, dann wollte er auf Baumer losgehen, aber er kam nicht dazu, Baumer zusammenzustauchen, weil Schläfli ihm seinen Unterarm vor den Bauch hielt. Der Unterhund scheute davor wie ein Pferd vor einem Hindernis. Das hier war Sache zwischen einem Regierungsrat und einem Kommissar.

Markus Schläfli lächelte, ohne seine Zähne zu zeigen. Seine Hände stützte er in die Hüfte. Die Beine hatte er ganz leicht auseinandergestellt. Er sah aus wie ein junger Leutnant, der auf einen bockigen Rekruten hinuntersieht.

Baumer saß vor ihm auf seinem Stuhl und sprach einfach weiter drauflos, so als ob es gar keine anderen Leute im Raum gäbe. »Ich hätte sie schon längstens anrufen sollen. Einfach stehen gelassen. Das mag niemand.«

Schläfli nickte überdeutlich. Das hieß: »Ja, Rekrut Baumer, das versteh ich schon.«

»Und jetzt heult sie sicher, und ich kann nichts tun. Muss hier vorwärts machen. Muss einen Mörder suchen.«

»Das wollen wir ja alle«, sagte der Regierungsrat und zeigte sich scheinbar verständnisvoll, so wie ein guter Leutnant mit einem jungen verzweifelten Rekruten spricht, der ein geladenes und entsichertes Gewehr in der Hand hat und mit dem Finger den Abzug streichelt.

Baumer ließ sich nicht darauf ein. Er spulte wie geistesabwesend seinen Monolog herunter. »Drei Stunden könnte das hier gehen. Aber rauskommen wird nichts.«

»Was fällt Ihnen ...«, zischte der Unterhund des Regierungsrates, wurde aber sofort von diesem zum Schweigen ermahnt.

»Lassen Sie den Mann reden!«, befahl Schläfli, ohne den glatzköpfigen Schleimer anzusehen. Er nickte Baumer zu, er solle ruhig weiterreden.

Baumer fuhr denn auch ungerührt fort. »Alle sind hier. Alle werden sich wichtig machen wollen«, machte er sich bei den Anwesenden unbeliebt. »Dabei ist klar, dass uns das nicht weiterbringen wird.«

»So. Sie wissen das?«, tat Schläfli mehr interessiert als zynisch. Hauptsache, der Rekrut zuckt nicht mit dem Finger am Abzugsbügel.

Baumer antwortete nicht direkt auf diese rhetorische Frage, sondern führte sein Selbstgespräch, das in Wirklichkeit an Schläfli gerichtet war, weiter. »Ich war in Kreta. Ich habe eine Freundin.«

Schläfli nickte.

»Ich bin sofort zurückgekommen, aber es sind schon deutlich mehr als 24 Stunden seit dem Mord vergangen. Wenn wir eine konkrete Spur gehabt hätten, dann wäre der Täter jetzt dingfest. Aber wir haben keine. Also ist der Mörder schon in Sicherheit.«

Der Regierungsrat ließ einen Arm fallen, den anderen hielt er weiter abgewinkelt und in die Hüfte gestützt.

Baumer brabbelte weiter vor sich hin. »Warum darüber noch lange quatschen? Wir können uns die Berichte sparen.«

Markus Schläfli kannte seinen Untergebenen, den er in seinen sieben Jahren Regierungszeit immer wieder getroffen hatte. Er schätzte dessen Arbeit, weniger seine Eskapaden. Einen Blumenstrauß hatte er ihm nicht ins Spital geschickt.

»Haben Sie etwa eine Spur, Baumer?«, fragte Schläfli.

»Nein, Gottverdammt«, explodierte Baumer in einer Lautstärke, die ihn selbst verwunderte. Auch dass ein Fluch hervorgebrochen war, erschreckte ihn ebenso wie den Regierungsrat.

Es kostete Baumer einige Überwindung zu sagen, was jetzt notwendig war, weil er dieses Wort nicht gerne aus seinem Wortschatz hervorzog. »Entschuldigung«, brachte er schließlich heraus. Dann fügte er rasch an: »Ich habe keine Spur«, und er blickte jetzt tatsächlich dem Regierungsrat ins Gesicht. »Aber ich weiß, dass hier etwas ganz faul ist. Ich muss allen Vermutungen nachgehen, aber das alles braucht Zeit und Geduld. Und was ist dann mit meiner Freundin?« Baumer machte eine Faust. »Mit dieser Sitzung verliere ich nur Zeit und Geduld.« Gottverdammt fügte er dieses Mal nicht an.

»Der Kommissar Baumer weiß mal wieder alles besser«, plärrte Rötheli aus der zweiten Reihe hervor. »Fährst deinen kleinen Extrazug, was?«, zischte er aus gehässig verzogenem Mund. Hämisches Gelächter wollte aufbrechen, aber Schläfli stoppte dieses im Keim. »Ruhe!«, sagte er scharf und schnitt mit der ausgestreckten Hand eine Linie durch die Luft.

Baumer ignorierte den Chef der Zivilen und blickte weiter den Regierungsrat an. Sein Blick kam von unten, war aber weder bittend oder flehend, auch nicht fordernd. Baumer schaute ihn einfach auf gleicher Höhe an, obwohl er saß. Sein Blick sagte: »Du bist doch ein Profi. Ich bin es auch. Lass uns vorwärts machen. Sowieso. Anna wartet.«

Rötheli wurde wild, als er sah, dass Baumer nicht auf seinen Vorwurf reagierte und ihn salopp auf dem Abstellgleis stehen ließ. Er konnte sich nicht zurückhalten und putzte Baumer herunter. »Wir haben den Mörder bald. Der kommt nicht weit.« Rötheli stach seinen Zeigefinger ins Gesicht von Baumer und verzog den Mund schief. »Täter kommt von Tatort, das passt zusammen. Dort, am Tatort, müssen wir beginnen, Herr Kommissar!«, knirschte er, indem er die letzten beiden Worte betonte und sie beleidigend weit auseinanderzog.

Weil Baumer weiterhin nur den Regierungsrat anstarrte, zischte Rötheli hinterher: »Im ilcaffè findest du den Mörder nicht.« Dabei schaute er höhnisch triumphierend in die Meute. Das löste prompt ein herablassendes Lachen bei Röthelis eigenen Unterhunden aus, die im Raum verstreut saßen und froh waren, dem einsilbigen Kommissar eines auszuwischen. Natürlich lachten sie auch, weil sie sich mit diesem Hohn bei ihrem eigenen Chef einschleimen konnten.

Alles Arschkriecher, ging es Baumer durch den Kopf.

Der Regierungsrat musste jetzt entscheiden, wie weiter, denn die Leute im Raum ließen ihren Blick nun von Rötheli ab und schauten ihn direkt an. Schläfli sah, dass ihre Augenlider ein klein bisschen zugegangen waren. Die Lippen waren leicht verkniffen. Nicht wenige hatten sich ein wenig vorgebeugt, in Erwartung eines weiteren Schauspiels. Einer hatte sich sogar an der Lehne des Vordermannes nach vorne gezogen, gierig, ja nichts zu verpassen.

Schläfli sah wohl, dass die Leute wissen wollten, ob er den Mut hätte, Baumer zu verstampfen? Er hatte ein feines Gespür für Menschen.

Ein Politiker halt.

Andi Baumer ahnte, was jetzt abgehen würde. Er war einer, die anderen viele. Auf welche Seite würde sich ein Politiker schlagen?

Baumer rumpelte sich hoch, indem er sich hart an Meiers Schultern aufstützte. Dieser knickte unter dem Gewicht ein. Als der Regierungsrat sah, wie Baumer sich aufmühte, kam er instinktiv auf ihn zu, half ihm sogar, gut auf die Beine zu stehen. Auch der Kommissar tat etwas Instinktives. Er brummelte ein Dankeschön und stakelte dann mühsam Richtung Ausgang.

Als Baumer schon fast draußen war, ging das Geschwätz im Zimmer los. Baumer war bei den Bürokraten nicht sonderlich beliebt. Zu eigenmächtig ging er jeweils vor und zu erfolgreich war er damit bisher gewesen. Die meisten ihrer Kommentare waren nur blödes Gemurmel, aber irgendwo im Raum hörte er ein verquetschtes »Geh doch zu deiner Giannischwuchtel!«

Baumer schmiss die Tür hinter sich zu und war endlich wieder allein. Er stapfte noch ein paar Schritte weiter, blieb dann stehen, entlastete sein schmerzendes Bein. Er presste die Luft aus geblähten Backen und sog endlich genug Sauerstoff ein. Dann ließ er den Kopf zwischen die Schultern fallen. Baumer Andreas, noch Kriminalkommissar in Basel und ein ziemlicher Idiot, wie er selbst zugegeben hätte, stand da wie bestellt und nicht abgeholt.

»Andi, was ist los?«, sagten die Füße, die sich vor ihn hingestellt hatten.

*

Die Füße vor Baumer waren im Vergleich zu seinen eigenen klein. Vielleicht Größe 43. Andi hatte Nummer 51. Es mussten Polizistenfüße sein, denn die Hose über den schwarzen Schuhen war Teil der marineblauen Uniform eines Basler Polizeibeamten, eines Wachtmeisters. Baumer schaute daran hoch und realisierte endlich, dass Stefan Heinzmann vor ihm stand.

»Was ist los?«, fragte der Verspätete erneut und bückte sich, um seinem Freund besser ins Gesicht sehen zu können. Seine Hand hatte er Andi Baumer besorgt auf die Schulter gelegt.

»Schon … schon gut«, gab dieser Entwarnung.

»Ist die Sitzung schon vorbei? Auf was wartest du hier?«

»Nichts«, antwortete Baumer.

Heinzmann konnte sich keinen richtigen Reim auf Baumers Verhalten machen und runzelte die Stirn.

Da ging die Tür zum großen Sitzungszimmer auf und Schläfli kam heraus. Der Regierungsrat schloss sofort wieder die Tür hinter sich und marschierte auf die beiden zu. Er stellte sich vor Baumer hin und wartete, bis der sich aufgerichtet hatte und ihn anschaute. Heinzmann beobachtete gespannt, was hier ablief und schwieg.

Schläfli begann zu sprechen. »Was genau wollten Sie mir eben sagen?«

Es dauerte einen Moment, dann hatte sich Baumer endlich so weit in der Hand, dass er sprechen konnte. »Es ist ein Mord geschehen. Und wir haben keine einzige konkrete Spur.«

Schläfli nickte. »Das habe ich auch schon gemerkt.«

Baumer sagte ihm, was jetzt wohl geschehen würde. »Wir werden von unwichtigen Informationen überschwemmt werden.« Eine ganze Batterie von Leuten würde diesen Hinweisen nachgehen. Das Fiasko war abzusehen.

Schläfli erkannte sofort, dass es vor lauter Details mehr als ein Durcheinander, sondern regelrechtes »Gnusch« geben würde. So konnte er keinen Mörder stellen, um ihn vor den Wahlen seiner Klientel zu präsentieren. »Was denken Sie, sollten wir tun?«, fragte der Regierungsrat, der es gerne gehört hatte, das Baumer in der Wir-Form geredet hatte. Offenbar kam sein Kommissar endlich zur Vernunft, nachdem er in letzter Zeit so verändert gewirkt hatte.

»Ich habe keine Ahnung, wo beginnen«, gab Baumer zu. »Aber mich plagt ein verdammt dummes Gefühl. Das Opfer wollte mich dringend sprechen. Ich spüre, dass ich schnell eine Spur hätte, wenn ich in Ruhe arbeiten könnte.«

Heinzmann sprang seinem Freund zu Hilfe, ohne zu wissen, worum es eigentlich ging. »Wenn Baumer etwas spürt, dann ist was dran«, sagte er bestätigend zu Schläfli.

»Das weiß ich selber«, entgegnete der Politiker leicht genervt. Dann atmete er tief durch. Schließlich sagte Markus Schläfli anerkennend zu dem ihm untergebenen Kommissar: »Baumer. Ich kenne Sie. Ich weiß, dass Sie kein Columbo sind. Aber Sie getrauen sich einiges. Ihre Eigenmächtigkeiten machen zwar den Betrieb kaputt, aber bringen vielleicht gerade die entscheidenden Hinweise. Sie sind bereit, ein Risiko auf sich zu nehmen. Ich halte viel von Ihnen.« Er blickte auf Baumers Oberschenkel.

Baumer glaubte den Worten kaum. Er sah den Regierungsrat mit heruntergezogenen Mundwinkeln und zusammengepressten Lippen an. Der bekam sofort ein schlechtes Gewissen.

»Ja. Baumer. Ich hab schon verstanden.« Er räusperte sich. »Und ich gebe es zu.« Er bewegte sich von einem Bein zum anderen. »Ich bin Ihnen etwas schuldig.«

Baumer erwiderte immer noch nichts.

Als Schläfli das sah, schnalzte er ermüdet und wirbelte die Hände herum. »Verdammt. Ja. Sie sind in diese üble Schießerei geraten, haben Ihr Leben eingesetzt und haben jetzt ein kaputtes Bein.

Vielleicht hätte ich das verhindern können, wenn ich auf meinen Laden besser aufgepasst hätte. Scheiße! Mein Fehler.«

Jetzt sagte niemand mehr etwas. Alle drei schauten betreten zu Boden. In dieser synchronen Bewegung waren sie leicht nach vorne gebeugt, hatten sich einander körperlich genähert. Vielleicht waren die drei alten Eidgenossen auf dem Rütli auch so zusammengestanden und hatten den ewigen Bund geschlossen. Keine Heroen. Nur Leute, die unter Druck von außen bekümmert zusammenstanden, weil sie zusammenstehen mussten, und entschieden hatten, dass es, trotz aller Differenzen, besser sei, zusammenzuhalten und sich gegenseitig zu unterstützen.

Schläfli atmete tief ein. Er hatte sich wieder im Griff. Dann atmete er ruhig aus und fügte etwas an. Er sagte es so, dass klar war, dass er es ernst meinte. Er sagte ganz einfach: »Ich entschuldige mich bei Ihnen, Baumer.«

»Schon okay«, sagte Baumer sofort.

»Hören Sie, Baumer. Machen Sie, was Sie wollen. Machen Sie es, wie Sie wollen. Sie brauchen hier keine Routinesachen abzuspulen. Ich befreie Sie von dem Gerümpel. Gehen Sie Ihren Intuitionen nach.«

Baumer hörte es gerne.

»Nur eine Bedingung«, drehte sich Schläfli wieder zu Baumer und blickte ihn von oben herab an.

»Welche?«, wollte Baumer wissen.

»Ich will als Erster erfahren, was Sie herausgefunden haben, noch bevor irgendein anderer informiert wird. Und ich will es spätestens drei Tage vor der Wahl hören.«

Baumer verstand. Schläfli wollte den Rahm abschöpfen, falls er denn etwas finden würde. Der Politiker wollte selbst die Presse informieren, und zwar als Allerallerallererster. Baumer hatte kein Problem damit. Sein Job war es, einen Mörder zu fangen - oder eine Mörderin. Auf der Agenda seines Chefs stand die eigene Wiederwahl. Das ging beides gut zusammen. Schläfli war alles in allem in Ordnung. Mit einem anderen Regierungsrat würde es nicht wirklich besser werden. Vielleicht nur um einiges schlimmer.

Der um seine Wiederwahl Bangende sah in Baumers Gesicht Zustimmung. Sein Kommissar hatte zwar nicht geantwortet, doch der Politiker Schläfli war ein geschulter Menschenkenner und erkannte jede Stimmung in seinem Gegenüber rasch und sicher, wie ein alter Zöllner die Schmuggler an den Nasenflügeln erkennt. »Gut Baumer. Dann gehen Sie jetzt und bringen Sie mir die Bösen.«

Andreas Baumer nickte. Der Deal zwischen dem jungen Leutnant Schläfli und dem missmutigen Rekruten Baumer stand. Baumer würde am Exerzieren nicht teilnehmen müssen und auch keine Gasalarm-Übungen machen und keine Handgranaten werfen. An dem Tag aber, an dem der Oberst des Generalstabes zu Besuch wäre, um den vielversprechenden Leutnant zu inspizieren, würde auch der anarchische Rekrut stramm stehen und zackig grüßen.

Schläfli nickte auch. Mehrmals. Seine Haltung entspannte sich. Dann drehte er um, ging zum Sitzungszimmer. Im Weggehen wandte er sich nochmals um, zuckte fröhlich mit seinen Schultern. »Ich muss zurück«, rief er zu Baumer und Heinzmann. »Ich habe noch drei Stunden Sitzung vor mir, um den Routinemist zu organisieren.« Er winkte und warf Heinzmann und Baumer ein herzliches »Ciao« zu. Der Regierungsrat öffnete die Tür zum Besprechungszimmer. Ein Stimmengewirr schlug ihm entgegen, das aber sogleich verebbte. Ein letzter Blick zu den beiden Polizisten. Ein Winken mit dem mächtigen Kinn. Dann schloss sich die Tür hinter Schläfli.

»Jetzt musst du aber liefern«, meinte Heinzmann zu seinem Freund.

Baumer blickte seinen Freund an. »Ja, jetzt müssen wir liefern«, dachte er, »und zwar so schnell wie möglich.« Er dachte an Anna und bekam sogleich Bauchschmerzen.

*

Heinzmann ließ einen Espresso (Milch, Extrazucker) aus der Maschine in der Eingangshalle vom Spiegelhof heraus. Dann schob er weitere Münzen in den Geldschlitz bis die Anzeige erneut 1 Franken 20 zeigte. Er drehte sich um und fragte Baumer, der hinter ihm in einen Stuhl gefallen war, welche Art Kaffee er wolle.

»Egal«, würgte Baumer hervor.

»Mann, Mann, Baumi. Dir muss es wirklich dreckig gehen, wenn du nicht mal mehr weißt, was du trinken willst«, versuchte Heinzmann, seinen Freund aufzuheitern, doch dieser antwortete nicht. »Cappuccino oder Espresso?«, insistierte Heinzmann.

»Hm«, knirschte Baumer.

Heinzmann drückte auf »Kaffee mit Zucker«. Sein Kumpel nahm zwar fast nie Zucker, aber er fand, ein paar mehr Kohlenhydrate würden seinem Freund guttun.

»Hier, trink«, sagte er, als er sich in den Stuhl neben Baumer setzte und ihm den Becher mit der heißen Brühe reichte.

Baumer ergriff den Plastikbecher, schaute hinein. Er verzog verächtlich den Mund. Oben auf dem heißen Wasser konnte man noch einige Kristalle des Instantkaffees sehen, die sich nur zögerlich auflösten. Die schwarzbraunen Körnchen mit den öligen Flecken um sie herum sahen aus wie von Torpedos tödlich getroffene Transportschiffe, die ausbluten und in einem spiegelnden Meer untergehen.

»Hhm, fein«, lobte Heinzmann genießerisch seinen Espresso, den er sich in kräftigen Schlucken einverleibte. »Genau das habe ich jetzt gebraucht.«

Baumer sah seinen besten Freund an, wie er mit geschlossenen Augen den letzten großen Schluck des Getränks genüsslich einsog. Dann sah er erneut in seine Brühe. Immer noch führten ein paar Schiffe einen Todeskampf und wollten und wollten nicht untergehen. Also packte er das kleine Plastikstäbchen und rührte den Kaffee brutal um. Diesem Wirbelsturm hatten die angeschlagenen Tanker nichts mehr entgegenzusetzen und gingen unter mit Mann und Maus.

Andi fiel das Stäbchen aus der linken Hand, als er gedankenverloren trank. Zum Glück hatte Heinzmann das nicht gemerkt, sonst hätte er Andi gescholten. Aber er wäre sofort aufgestanden, hätte das Stäbchen unter dem Stuhl hervorgekratzt und in den Abfalleimer getragen.

Nachdem Andi ein paar Schlucke vom braunen Gebräu getrunken hatte, ging es ihm ein wenig besser. Dann erzählte er Heinzmann, was im Konferenzraum vorgefallen war.

Der Wachtmeister hörte zu und schüttelte während der Erzählung immer wieder ungläubig den Kopf. Aber er machte keine Bemerkung, ließ Baumer einfach ausreden. Dann musste er gähnen, trotz des eben getrunkenen Instantkaffees. Das Koffein würde erst später seine Wirkung entfalten, dann, wenn Heinzmann wieder auf der Straße war, bei den Bordsteinschwalben und bei den hypernervösen Fixern. Doch noch war er bei Baumer, seinem Freund, vielleicht seinem Einzigen. Auch der stand am Rande der Gesellschaft und benahm sich, als hätte er einen Schuss ab. Und Heilung gab's hier keine.

Was tun?

Einen Mörder fangen.

Heinzmann schnalzte. »Nach allem, was du mir erzählt hast, finde ich, dass Schläfli ganz gut reagiert hat.«

Das war auch Baumer bewusst, aber er konnte es unmöglich zugeben. »Politiker.« Das war alles, was er hervorbrachte.

Heinzmann konnte sich denken, wie Baumer das meinte. »Komm schon, Andi«, sagte er schließlich in väterlichem Ton. »Der Schläfli ist schon in Ordnung. Der hätte dich brutal zusammenstauchen können, so wie du dich aufgeführt hast. Aber er vertraut dir.«

»Vertrauen?«, kommentierte Baumer ein wenig hilflos, als er den Becher an den Mund führte. Wie oft hatte er in letzter Zeit dieses Wort gehört. Je mehr man davon sprach, umso ungenauer schien ihm die Bedeutung. Und wer besonders penetrant Vertrauen einforderte, hatte meist nur etwas zu verstecken.

Baumer wollte trinken, hielt inne, setzte den Becher aber sofort wieder ab.

Heinzmann bemerkte, wie Andi den Kopf schüttelte und den noch halb vollen Kaffeebecher in den bei der Maschine bereitstehenden Abfalleimer werfen wollte. Der Becher schlug am Rand des Eimers auf. Er wirbelte durch die Luft und verspritzte seinen Inhalt in kreisförmigem Bogen weit in den Raum, bevor er auf den Linolboden klatschte.

»He, pass doch auf?«, meckerte Stefan Heinzmann, Wachtmeister, und immer im Dienst. »Was ist überhaupt los mir dir in letzter Zeit?«

Baumer kämpfte sich hoch, doch Heinzmann packte ihn beim Arm. »Du haust mir nicht ab, Freundchen«, gab Heinzmann den Tarif durch.

»Was ... he ... was?«, versuchte sich Baumer, von seinem Freund loszuwinden, doch der schraubte seine Pranke um Andis Oberarm, so fest, dass Baumer aufschrie.

»He, du tust mir weh.«

»Dann hör auf, dich wie ein Kind zu benehmen!«

Andi Baumer sah seinen Freund wütend an, aber er sah nur in ein wetterfestes Polizistengesicht, das schon ganz andere Kaliber weichgekocht hatte. Endlich sah Baumer ein, wer heute der Stärkere war. Er öffnete seine Lippen, die zuvor bitter zusammengepresst waren. Seine angespannte Haltung lockerte sich. Fast im Gleichklang löste Heinzmann seinen Griff.

Stefan Heinzmann hatte Andis Blick ausgehalten. Nun schaute er zu seinem Stuhl hin. Mit scheinbar größter Selbstverständlichkeit richtete er sich darauf erneut bequem ein. Er tat das ruhig und mit Bedacht. Alles in seiner Haltung schien zu sagen: »Es ist alles in Ordnung. Alles okay, Andi. Und nun komm. Erzähl mir deine Sorgen.«

Weil Baumer das offenbar nicht sofort verstand, bewegte sich Heinzmann im Stuhl langsam von einer Seite auf die andere, nahm den einen Arm von der Lehne herunter, legte den anderen auf die zweite Lehne, drehte die Hand scheinbar absichtslos hinauf zu Andi. Das hieß: »Komm, Andi. Setz dich zu mir und erzähl. Sag mir, was dich quält. Geteiltes Leid ist halbes Leid.«

Andreas Baumer sah auf seinen Freund hinunter, der ihm so sehr ein guter Freund war, dass es beinahe schon wehtat. Als ihm das bewusst wurde, zerbarst seine innere Anspannung wie ein Damm, der den See nicht mehr halten kann, der unter schweren Regenfällen angeschwollen war, und auseinanderbricht. »Ich ... Es ...«, stammelte er, als er sich umständlich neben den achtsamen Freund zu setzen versuchte.

Stefan Heinzmann bewegte sich nach vorne, bot seinem Freund den Unterarm zum Halt. Der stützte sich an Heinzmanns Schulter ab. Die dummen Insignien eines Wachtmeisters Klasse 1 drückten ihm dabei schmerzhaft in die Handfläche.

Als Baumer endlich auch saß, entspannte er sich ebenso wie sein Kumpel. Keiner sprach etwas. Nach einer Weile sog Baumer schwer und tief die Luft ein, blies sie aus wie ein Wal. Dann endlich sprach er aus, was er sich nicht eingestehen und niemandem sagen wollte, auch nicht Stefan, aber er wusste, es musste raus.

»Ich ... vermisse sie so sehr.«

Als es endlich über seine Lippen gekommen war, kamen ihm sogleich die Tränen.

»Ja, ich weiß«, sagte Heinzmann sofort und schnaubte ebenso tief aus, wie es Andi zuvor getan hatte, denn Heinzmann wusste, dass die Welt kompliziert und schwierig ist und alles nicht einfach und dass es nicht Anna war, die schöne Anna im fernen Griechenland, die Baumer so sehr vermisste.

So sehr.

*

In der Nacht kam sie zu ihm. Er saß im Zug nach Vals und hatte ihre Stimme zwei Sitzbänke hinter sich gehört. Er wagte es nicht, sich umzudrehen. »Ist sie das?«, fragte er sich. »Ja, das muss sie sein«, gab er sich sogleich die Antwort, denn wieder hörte er, wie sie lachte. Und mehr als das Lachen noch, war es sein Bauch, der ihm ein Zeichen gab, und auch sein Herz, das er plötzlich in seiner Brust groß und mächtig schlagen spürte. Sie zeigten ihm ohne Zweifel, dass sie es sein musste, die hinter ihm saß.

Sie.

Maja.

Seine große Liebe. Die Frau, die er in seinem Herzen immer mit sich tragen würde.

»Aber was macht sie hier?«, fragte er sich, sie kann doch unmöglich auch nach Vals wollen ins Hotel Alpina. In dieses Hotel am Dorfplatz mit dem fabelhaften Essen. Dort, wo er sich immer einquartiert hatte, um sich alle paar Jahre beim Wandern und Wellnessen für ein paar Tage zu erholen. Auf den Mahagoniliegen in den kleinen Kabäuschen in der wunderbaren Therme von Zumthor schlummernd, hätte er glücklich sterben können.

Andi wollte aufstehen, zu Maja hingehen und sie fragen, wohin sie fahre, ob sie mitkomme nach Vals, aber er hatte keinen Mut, sich zu erheben. Er spürte, dass sie nicht bei ihm, nicht mit ihm sein wollte. Und er hatte große Angst, dass er neben ihr diesen Mann finden würde. Diesen Anderen. Diesen. Diesen Martin.

Sein Oberkörper fiel nach hinten, sein Kopf stieß an die Kopflehne, und er schaute enttäuscht und entmutigt nach oben und sah – es war ein Wunder – direkt in das Gesicht seines Engels. Sie strahlte und lächelte ihn an. Maja, die kleine Maja. Sie hatte sich von der anderen Seite her über die Rückenlehne des Zugsessels gebeugt und schaute von oben auf Andi hinunter. Andi spürte sofort eine alles einnehmende Zuneigung zu diesem Gesicht voller Freude und Glück.

»Willst du mir nicht Hallo sagen, Andi?«, sprach ihn seine ewige Freundin an. »Jetzt sitzt du allein da, und ich bin doch nur wegen dir hier.« Und Andi zerfloss sofort in Begehren nach dieser Stimme, diesem Gesicht, dieser Frau. Seiner Liebe.

Unfassbare Schönheit.

Andi wollte Maja antworten, ihr sagen, dass er sie vermisse, wie nichts auf der Welt, aber er getraute sich nicht zu sprechen. Doch Maja lachte ihn weiter an. Sie strahlte über das ganze Gesicht. Er wollte fragen: »Bist du heimlich eingestiegen? Willst du etwa mit mir kommen? Du hast doch einen Freund?«, aber er getraute sich nicht, dies auszusprechen. Nicht einmal in diesem Traum. Eine schreckliche Angst nahm ihn gefangen, denn er befürchtete, sie könnte antworten: »Ja. Andi. Ich habe einen Freund. Er heißt Martin und wir fahren zusammen weiter bis nach Rom.«

Aber Maja strahlte ihn weiterhin entzückt an und sagte zu seiner Überraschung: »Ich liebe doch nur dich, Andi. Dich ganz allein!« Und ihr Gesicht kam näher zu ihm und brachte eine Welle an Glück und Zufriedenheit mit, die sich wohlig in Andis Wesen einnistete, wie eine satte Katze sich schnurrend in eine warme Decke schmiegt.

»Und was ist mit mir?«, mischte sich plötzlich die alte Helen Amadio-Meier ein, die gegenüber von Andi im Zug saß. »Verlässt du mich etwa?«

Andi erschrak ob der bösen Unterbrechung und er musterte die alte Frau. Sie saß auf ihrer Sitzbank, ihre kurzen Füße baumelten über dem Boden und das blumige Kleid spannte über ihren Knien. Sie hob ihre Arme. »Wann kommst du endlich mal wieder vorbei bei mir, Andi? Du kommst mich ja so selten besuchen. Ich muss dir etwas sagen.«

Andi hätte die alte Frau gerne beruhigt, ihr versichert, dass er kommen werde, natürlich, so bald als möglich. Aber er wollte nicht reden mit ihr, wollte nur Maja anschauen, nur sie sehen und nochmals und nochmals hören, dass Maja nur ihn liebte, nur ihn, Andi, ihn, und immer nur ihn und nicht diesen anderen, diesen diesen ....

8

Am Morgen wachte Andreas Baumer auf und erinnerte sich sogleich in vielen Einzelheiten an den Traum, den er in der Nacht geträumt hatte. Maja war wieder einmal zu ihm gekommen, wie sie es öfter tat in der letzten Zeit. Sie hatte ihn in der Nacht überrascht, als Andi sich nicht wehren konnte, und hatte ihn mit ihrer Liebe überfallen, einer Liebe, die sie im realen Leben nie für Andi empfunden hatte. Mittlerweile spürte Andi bereits im Schlaf, dass an dieser Maja etwas nicht stimmen konnte. Doch natürlich ergab er sich immer den Beteuerungen der geträumten Geliebten, dass er sich irre, dass sie natürlich nur ihn begehre und dass sie nun für immer bei ihm bleiben werde.

Andi hatte diese hübsche Pariserin, mit der er ein paar Jahre zusammen gewesen war, geliebt – zu sehr geliebt. Seine Zuneigung war eingeschnitten in sein Innerstes, wie ein Herz tief in eine Baumrinde geschnitzt ist und grobe Wunden hinterlässt. Das Holz wächst weiter jedes Jahr und die Narben werden größer. Andi konnte diese Beziehung nicht vergessen, auch wenn die Liebe letztlich unerfüllt blieb. Oder vielleicht genau deswegen?

Auch nach dem Traum in dieser Nacht war es ein schmerzhafter Prozess gewesen, aufzuwachen und ein weiteres Mal in die Welt geworfen zu werden. Es war wie ein Sterben, das man in umgekehrter Richtung durchlebte. Alles Glück einer paradiesischen Harmonie musste zurückgelassen werden und der Schmerz legte sich als durchnässte und halb eingefrorene Winterkleidung auf die nackte bibbernde Haut.

Endlich stand er auf und machte sich mit seiner kleinen Kaffeemaschine von Bialetti einen Kaffee. Baumer besaß alle Größen dieses italienischen Geräts. Am Morgen nutzte er immer die Kanne für fünf Espressi. Baumer goss den ganzen Inhalt dann in eine einzige größere Tasse, fügte kalte Milch dazu und machte sich so einen ersten knackigen Morgenkaffee.

Als er jetzt mit dem Kaffee so dasaß, fiel ihm plötzlich ein, dass auch die Amadio darin erschienen war. Sollte das etwas bedeuten?

Baumer glaubte nicht an Übersinnliches. Die tote Amadio hatte ihm auf diesem Weg sicherlich keine geheime Botschaft schicken wollen. Es war ihm einfach das im Schlaf erschienen, was ihm momentan eh im Kopf herumging und ihn plagte.

Und doch.

Vielleicht hatte sein Unterbewusstsein gearbeitet, hatte Fakten geordnet und Sinn hergestellt. Baumer versuchte sich zu erinnern, was die Rentnerin im Traum gesagt hatte. Es dauerte ein wenig, bis er draufkam: Sie will, dass ich sie besuchen komme?

Baumer wurde unruhig. Wollte sein Unbewusstes, dass er nochmals zur Wohnung der Amadio ging? Hatte er dort etwas übersehen? Rasch überschlug er, was er alles dort gesehen hatte. Es fiel ihm nichts besonders auf.

Also überschlug er erneut alle möglichen Gedanken, die er zum Fall Amadio-Meier bisher hatte: Mord durch Stich ins Genick; kein Verdächtiger; kein erkennbares Motiv. Der wichtigste Ansatzpunkt war natürlich, dass Helen Amadio ihn unbedingt hatte sprechen wollen. Daraus hatte er geschlossen, dass die alte Baslerin ihm etwas sehr Bedeutendes mitzuteilen hatte, eine kriminelle Machenschaft wahrscheinlich, von der die Frau erfahren hatte. Von wem erfahren? Wen betreffend? In ihrem Notizbüchlein waren ihm viele Telefoneinträge aus dem Spital aufgefallen. Daher war er losgezogen und hatte die alten Bekannten von Frau Amadio besucht, die dort eingeliefert worden waren. Doch hatte er keine Anhaltspunkte für ein Verbrechen gefunden. Sophia Rüdiger war gestorben, wie jeder einmal sterben muss. Sie ging ins Licht und ließ nur ihren Körper zurück. Ihr Tod war dieses abschließende Glied, das die Kette des Lebens zu einem geschlossenen Kreis zusammenfügt. Danach sieht man weder Anfang noch Ende. Jetzt sagte ihm die alte Amadio im Traum, dass er sie nochmals besuchen kommen solle. Besuchen! Er musste also bei ihr zu Hause suchen gehen? War es etwa doch ein naher Bekannter, ein Verwandter gar, der die kleine vife Rentnerin um ihren wohlverdienten Ruhestand gebracht hatte?

Plötzlich hörte Andreas Baumer, Kriminalkommissar in Basel und von seinen Kollegen – wie alle hartnäckigen Wissensarbeiter – als Sonderling abgestempelt, eine innere Stimme. Helen Amadio, geborene Meier sagte: »Komm schon, Andi! Ich will dir etwas zeigen.«

»WAS?«, schrie Baumer, und sein Schrei hallte in seiner Küche wider. Er erschrak selbst darüber, und prompt zerplatzte der stille Dialog mit der Ermordeten.

Andi schnaufte wütend. Er versuchte die hohe Stimme der Amadio wiederzufinden, aber es war vergebens. Alles war er jetzt hörte, waren die Geräusche seiner Umwelt. Seine Küchenuhr, die tickte. Die seichte Musik im Radio. Weit weg schleuderte dumpf eine Waschmaschine. Durch die Fensterscheiben hindurch vernahm er eine Lautsprecherdurchsage vom Bahnhof. Es war die Stimme einer Frau. Sie kam aus dem Computer. Der hatte die zuvor aufgezeichneten Informationsbrocken perfekt zusammengestellt und spielte sie jetzt nacheinander ab. Die gespeicherte Frau sprach mit fehlerloser Grammatik, in überdeutlicher Aussprache. Ihre Hinweise klangen erstaunlich flüssig, einzig ein klein wenig abgehackt: »Einfahrt des Intercitys. Von. Zürich. Mit. Vier Minuten. Verspätung. Auf Gleis. Drei.«

Als kurze Zeit später der Intercity aus Zürich im Bahnhof Basel SBB einfuhr, hatte Baumer seinen Entschluss gefasst und war bereits unterwegs zu Helen Amadio-Meier. Er würde sie besuchen. Sie würde mit ihm sprechen. Würde ihm Informationen geben. Er würde den entscheidenden Hinweis in der Wohnung finden. Er müsste sich nur die Zeit nehmen, um zuzuhören und zu schauen. Dann würde er alles erfahren, was er wissen musste.

*

Ein halbe Stunde später kam Andreas Baumer mit einem Taxi in der Rotbergerstraße an. Er bezahlte die übergewichtige Fahrerin und gab – wie immer – ein gutes Trinkgeld. Kurz danach stand er vor der Wohnung der Ermordeten. Er brach das neue Siegel an der Tür, in der das Schloss immer noch ausgerissen war, und schob sie auf. Er trat ein und begann seinen Freundschaftsbesuch.

Er schaute im Zimmer umher.Es sah noch gleich aus, wie das letzte Mal. Nichts war verändert worden. Den Teppich versuchte er möglichst nicht zu betrachten. »Es gab wenig Blut«, so hatte es Heinzmann zwar erzählt. So hatte es auch Dr. Regazzoni, der Gerichtsmediziner, festgestellt. Aber auch wenn es nur ein kleines Loch war, das sie in ihrem Nacken trug und auch wenn das Herz sofort zu schlagen aufgehört hatte, so war doch Blut herausgelaufen, das er nicht sehen mochte.

Baumer wartete auf eine Inspiration.

Sie kam nicht.

Also trat er zum Buffet, öffnete die Schubladen, durchstöberte sie. Er blätterte die Ordner durch. Es fiel ihm nichts Außergewöhnliches auf.

Erschöpft vom Stehen ließ er sich vorsichtig auf das moderne lederne Sofa fallen. Er war froh, dass er seine Beine ausstrecken konnte. Der rechte Oberschenkel schmerzte immer wieder einmal. Mittlerweile kamen die Schmerzen aber nicht mehr überraschend und pochend und – trotz herabgesetzter Dosis an Schmerzmitteln – nur noch undeutlich. Baumer spürte sie vor allem noch bei bestimmten, stark belastenden Bewegungen. Insgesamt schien ihm dies ein gutes Zeichen zu sein. Das Bein schien endlich zu heilen.

Heilen.

Anna.

Baumer dachte an seine Anna. An die schöne blonde Anna. Dann horchte er in sich hinein. Wollte die Amadio sich wieder zwischen sie stellen, erneut dazwischenfunken? Nein. Er hörte nichts. Also konnte er jetzt einfach wieder einmal seine Freundin in Ruhe anrufen. Also rief er an. Das Telefon läutete ein paar Mal, dann nahm Anna ab und meldete sich mit leiser und scheuer Stimme.

»Ja«, sagte sie und es war mehr ein Hauchen als ein deutlich gesprochenes Wort.

»Anna, bist du es?«, fragte Baumer und auch sein Satz war ängstlich gesprochen, so als ob er befürchtete, dass sie sofort auflegen könnte, wenn sie merkte, dass er es war.

»Ja, ich bin es«, antwortete sie, und Andi spürte sofort, dass sie sowohl verärgert als auch enttäuscht war. Enttäuscht von ihm, dass er nicht bei ihr war und nicht mir ihr, jetzt dort in Griechenland und vielleicht auch nie, später in Basel.

Andi brauchte einen Moment. Dann fragte er, wie es ihr gehe.

»Gut. Und du?«

»Ich?«

»Ja, du.«

Baumer merkte in Annas Stimme und in ihren knappen Sätzen, dass ihr Ärger Überhand zu nehmen begann. Das wollte er nicht. Er hatte Anna bereits schon zu sehr zur Seite gedrückt. Er hatte sie schlecht behandelt, also sagte er:

»Entschuldige.«

Andi hoffte einfach, dass sie ihn verstehen würde. Er hatte in den letzten zwei Tagen so gehandelt, wie er musste. Vielleicht überprofessionell. Aber er konnte nicht anders.

Es ging um einen Mord an einer wehrlosen alten Frau. Wenn er sich nicht für diese Alte einsetzen würde, wer würde es dann tun im Polizeikorps? Etwa Rötheli und seine Pilze? Die dachten nur an ihre Karriere und hatten genug mit sich und ihren dummen Machtspielchen zu tun. Heinzmann? Ja, der würde das tun. Aber Stefan Heinzmann fuhr Nachtpatrouille, war immer beschäftigt, würde allein nichts ausrichten können. Er war der Kommissar. Das Lösen von Mordfällen war seine Aufgabe. Dass er dabei auch gut seine Probleme vergessen konnte, wenn er von einem Fall geplagt wurde, behielt er für sich. Seine Arbeit half ihm, seinen Schmerz zu unterdrücken, wie dick aufgetragene Dispersionsfarbe düsteren Schimmel verschwinden lässt – bis er wieder durchbricht. Darum musste er auch immer neue Fälle lösen. Es war ein Zwang.

Natürlich hatte Anna unter seiner Art und Vorgehensweise gelitten, das war ihm selbstverständlich bewusst. Aber so ist es halt, redete er sich schnell ein, wenn man sich einen Polizisten als

Freund nimmt. War er deshalb schuldig? Er fand nicht. Tat es ihm leid? Ja, das tat es. Also sagte er dies Anna auch.

»Es tut dir also leid. So, so«, bemerkte sie. Dann fügte sie mit spöttischem Unterton an: »Meinst du das ernst?«

Andi überlegte kurz und kam zum gleichen Schluss wie zuvor. Ja, es tat ihm leid, irgendwie, denn Anna war nett und hatte es nicht verdient, so behandelt zu werden. Also bejahte er ihre Frage.

Baumer wäre nicht erstaunt gewesen, wenn sie ihn weiter gescholten hätte. Doch sie schien nachzudenken, was sie mit diesem Baumer noch wollte. Deshalb fragte sie ihn in einem Tonfall, der zeigte, dass seine Antwort ihr wichtig war. »Tut es dir wirklich leid, Andi?«

»Ja. Es tut mir wirklich leid.« Doch kaum hatte er diesen Satz ausgesprochen, merkte er, dass er eigentlich nur ein schlechtes Gewissen ihr gegenüber hatte. Er versuchte deshalb, das Gespräch weg von Schuld zu lenken. »Was machst du jetzt?«

»Oh, ich genieße den Tag. Endlich mal kein Stress. Nur daliegen und die Sonne genießen.«

»Wie geht es deinem Rücken?«

Anna lachte auf. »Ha, der Rücken ist okay«, gluckerte sie, »dafür ist mein Bauch jetzt rot.«

»Hast du dich nochmals verbrannt? Tut es weh?«

»Nein, nein, es geht schon. Ich habe Glück gehabt. Es ist nicht so schlimm wie auf den Schulterblättern. Und dein Joghurt-Trick wirkt wahre Wunder.«

»Bleibst du weiter nur am Pool?«

»Nein, nicht mehr, jetzt fahre ich immer mit Anita an den Strand.«

Baumer wunderte sich nicht, dass Anna Anschluss gefunden hatte. Er musste nicht einmal nachfragen, wer diese Anita sei. Anna erzählte es freudig. »Anita kommt aus Lörrach. Du, die saß im selben Flieger wie wir.«

»Ist sie allein?«

»Sie ist mit ihrem Kind da, ein Mädchen. Es heißt Stephanie und ist vier. Wir haben uns kennengelernt, als wir mit der Eisenbahn an den Strand fuhren.«

»Was für eine Eisenbahn?«, fragte Baumer, der von keiner Bahnlinie auf Kreta wusste.

»Na, dieses Tschu-tschu-Bähnchen. Dieses Elektrodings, das die Touristen herumfährt.«

Andi Baumer erinnerte sich nun an dieses kitschige Gefährt, dessen Zugelement einer Dampflokomotive nachgebildet war und in dem die Touristen in offenen Wägelchen von Hotel zu Hotel gefahren wurden.

Anna fuhr fort. »Ja, und dann stand die Anita mit der Stephanie an der Station, und wir sind nebeneinander eingestiegen und ...«

Er hörte Schritte auf der Treppe. Die nur angelehnte Wohnungstür wurde langsam aufgeschoben, die Türangeln quietschten.

Baumer erschrak. Er fuhr herum und ließ beinahe das Handy fallen. Er starrte in die Richtung der Wohnzimmertür, hinter der der Eingangsbereich der Wohnung lag.

Langsam wurde sie geöffnet.

*

Ein großer, stattlicher Mann mit dünnem Schnurrbart, gekleidet wie ein Monsieur und etwas über fünfzig Jahre alt, erschien in der geöffneten Tür. Erschreckt fuhr er zusammen, als er einen fremden Mann auf dem Sofa liegen sah und wich verängstigt zurück. »Wer sind Sie?«

»Ich bin Kommissar Baumer!«

»Kommissar?«

»Ja. Kommissar Baumer. Kriminalpolizei Basel-Stadt.«

Der Mann entspannte sich. »Ach so, ich dachte schon ...«

»Und wer sind Sie?«, wollte nun Baumer wissen, immer noch auf dem Sofa liegend und den Kopf zur Tür hin gedreht.

»Ich bin Robert Amadio. Das ist die Wohnung meiner Mutter.« Er sprach seinen eigenen Namen mit französischer Intonation aus. Robeer!

»Einen Moment, bitte«, unterbrach Baumer und führte, immer noch ausgestreckt auf dem Sofa liegend, sein Handy wieder ans Ohr.

»Anna?«, sprach er ins Mikrofon.

»Was … was ist los?«, hörte er am anderen Ende der Leitung eine japsende Stimme.

»Ich muss leider unterbrechen, Anna.«

Anna!

Baumer sagte nur Anna. Nicht Schatz. Nicht Liebes. Nicht Liebste. Nur Anna. Nicht Schätzeli.

Anna sagte nichts.

»Es tut mir leid. Es geht nicht anders.« Er schluckte. Dann rang er sich noch zu einem »Bis bald« durch.

Am anderen Ende der Leitung war es still. Baumer wartete einen Moment. Dann noch einen. Dann unterbrach er die Leitung.

»Entschuldigung«, sagte Andreas Baumer zum Sohn von Helen Amadio-Meier und mühte sich in eine gerade Sitzposition. Diesen Mann hatte ihm die Vorsehung hierher geschickt. Einer, den man ohnehin hätte vorladen müssen. Ein Mann, der Auskunft geben könnte. Oder ein möglicher Täter! Mit dem müsste man reden, der hatte sicherlich etwas zu erzählen, würde sich vielleicht in Widersprüche verstricken. Endlich ein Puzzleteil!

»Lassen Sie uns doch in die Küche gehen!«, forderte Baumer seinen »Kunden« auf, sich ein wenig zusammenzusetzen. Und vielleicht, ging es ihm durch den Kopf, könnte man sich ja auch gleich einen Kaffee machen.

Kurze Zeit später saßen sie zusammen in der großzügigen Küche von Helen Amadio-Meier und unterhielten sich. Robert Amadio erzählte Baumer, dass er gerade aus Paris gekommen sei, wo er seit mehr als zwanzig Jahren als Directeur lebe. Er sei hergeeilt, um die Beerdigung seiner Mutter zu organisieren. Der Mann saß aufrecht am Tisch und berichtete, wie er von seiner Sekretärin informiert worden war, dass die Polizei in Basel ihn um einen Rückruf gebeten habe.

Der Kommissar fand bemerkenswert, wie gefasst der Sohn des Mordopfers war. Wahrscheinlich hatte er schon Zeit gehabt, den ersten Schock zu bewältigen. Vielleicht hatte er auch unbewusst damit gerechnet, dass irgendwann ein Telefon kommen würde, um ihm mitzuteilen, dass seine bereits recht betagte Mutter – leider, leider – verstorben sei. Aber Mord?

»Wer macht so was? Was ist das für ein Spinner?«, entfuhr es jetzt doch dem kontrollierten Amadio. Dann schüttelte er energisch den Kopf. »Ich verstehe es nicht.« Schließlich versank er in Nachdenklichkeit.

Baumer sah auf den Mann vor sich, musterte ihn insgeheim. Robert Amadio hatte ihm bereits ein paar Hinweise gegeben, die er für seine Arbeit brauchte. Die Sekretärin hatte ihn also informiert, so Amadio. Die war sein Alibi für die Tatzeit. Allerdings müsste man auch die Frau überprüfen. Vielleicht war sie seine Geliebte und Teil des Mordplans, um ihm ein Alibi zu verschaffen, während er in Basel seine Mutter ermordete.

»Dumme Vermutungen«, mischte sich plötzlich die alte Amadio ein. »Mein Robert macht doch so was nicht.«

Baumer getraute sich nicht, der Ermordeten in seinem Kopf zu widersprechen. Sowieso hatte sie wahrscheinlich Recht. Die Polizei hatte ihn in Paris erwischt. Das würde er nicht berichten, wenn es nicht wahr wäre. Wobei. Der TGV von Basel nach Paris braucht nur wenig mehr als 3 Stunden.

Baumer musste über Amadio mehr in Erfahrung bringen. Er brauchte Hinweise und Spuren zum Mord und begann daher das Gespräch, um im gemeinsamen Erzählen einen Schritt weiterzukommen. Er teilte Helens Sohn in der Küche einfach mit, was er selbst wusste. »Ihre Mutter hatte versucht, mich zu erreichen.«

»So?«, fragte Amadio und zog den Mund zusammen.

»Sie hatte mir etwas berichten wollen. Wissen Sie davon?«

Der Pariser Direktor gab sich Mühe, diese Information einzuordnen. Seine Augenbrauen waren gesenkt, seine Kiefer mahlten. Dann sah Baumer, dass sich eine Erkenntnis in die Gesichtszüge von Amadios Gesicht einschlich.

»Ja, doch. Ich erinnere mich«, sagte der Geschäftsführer einer Buchhaltungsfirma aus Paris. »Meine Mutter hat mich vor ein paar Tagen angerufen. Sie hatte mich gerade in einer wichtigen

Sitzung mit einem langjährigen Kunden erwischt, der extra aus der Bretagne angereist war.«

Baumers Augen gingen auf. Vielleicht hatte dieser Robert von der Vermutung seiner Mutter etwas mitbekommen. Aber er wollte die aufkommende Erinnerung des Mannes nicht unterbrechen. Also nickte er nur und wartete ab, was der Mann zu erzählen hatte. Der fasste sich ans Kinn, rieb es nervös und sagte: »Ich nahm es nicht ernst, was sie sagte.«

Baumer nickte erneut, aber sein Gegenüber nahm es nicht wahr. Der Sohn von Frau Amadio machte sich bereits Vorwürfe. »Ja … Hhm … Sie kennen das vielleicht. Man kann mit allen Leuten reden. Aber der eigenen Mutter wirklich zuhören? Das fällt manchmal schwer.«

Baumer hörte gespannt zu, bewegte sich nicht, außer dass er die Aussagen von Amadio immer mit einem Kopfnicken bestätigte. Er murmelte ein zustimmendes Ja, um Amadio die Chance zu geben, weiterzureden.

»Sie rief mich an«, berichtete Robert Amadio dann, und man spürte förmlich, wie es ihm immer schwerer fiel zu berichten. »Sie erzählte mir, dass etwas Schlimmes vorgefallen sei. Ich fragte, was? Meine Mutter sagte, ihre Freundinnen stürben alle.« Amadio rutschte nach vorne und pendelte wie ein Gorilla von einer Seite zur anderen. Dann gestikulierte er in Richtung Baumer und sagte mit aufgeregter Stimme. »Ich habe natürlich gelacht. Alte Frauen? Die sterben doch dauernd. Das ist ja normal!« Er kicherte erneut, aber es war ein verzweifeltes Lachen.

Baumer wackelte vorsichtig mit dem Kopf, die Mundwinkel hatte er stark nach unten gezogen, den Mund ein wenig vorgeschoben. Das konnte alles bedeuten. Gemeint war: Vielleicht, vielleicht auch nicht.

Er hob den Kopf und schaute Amadio wieder direkt an. Es war eine Aufforderung an ihn, mehr von diesem Anruf zu erzählen, vielleicht würde man im Nacherzählen das Ganze verstehen. »Wie ging das Gespräch weiter?« Er legte den Kopf ganz leicht zur Seite.

»Gar nicht«, schüttelte Robert Amadio energisch seinen Kopf. »Als ich sagte, es sei normal, dass alte Frauen sterben, hat sie kurz angebunden aufgehängt. Sie kennen das sicher. Mütter können einem solche Sachen ziemlich übel nehmen.« Amadio sprang auf und verwarf verzweifelt die Hände. »Ich war einfach im Stress und hatte keine Zeit für solches Sterbezeugs.«

Baumer schaute auf die Tischplatte vor sich. Sagte der große Mann, der vor ihm in der Küche jetzt auf und ab ging, die Wahrheit? Hatte tatsächlich die Amadio aufgelegt? Oder hatte vielleicht ihr Sohn selbst aufgelegt. Seiner eigenen Mutter? Hatte er vielleicht etwas Dummes gesagt wie, »keine Zeit jetzt für blöde Gerüchte« oder »geh doch zur Polizei mit deinen Geschichten, aber lass mich in Ruhe«? Spielte das überhaupt eine Rolle, wer zuerst das Gespräch abgebrochen hatte? Immerhin hatte er einen weiteren wichtigen Hinweis bekommen. Amadio war im Stress, bei einem wichtigen Kunden. Ging sein Geschäft vielleicht gar nicht so gut, wie es seine edle Kleidung vermuten lassen sollte? Brauchte der Mann dringend Geld?

Es gab noch so viel abzuklären. Wie gerne hätte Baumer jetzt einen Kaffee getrunken. Eine kleine Pause eingelegt am Tag. Ein wenig abschalten und nachdenken.

Robert Amadio drehte sich, fasste den Rand des Tisches mit den Händen. »Glauben Sie, meine Mutter hatte was Wichtiges entdeckt? Ist sie deshalb ermordet worden?«, beugte er sich zu Baumer hin und bat mit ebenso fragendem wie leidendem Gesichtsausdruck den Kommissar um Aufklärung. Er wollte von Baumer eine Antwort und ebenso Absolution, dass nicht er schuld sei am Tod seiner Mutter.

Baumer wich instinktiv zurück, als könne er damit Amadios schuldbewusstem Blick entgehen. Schließlich bemerkte der Kommissar: »Ich weiß nicht, was passiert ist. Das Ganze ist ein Mysterium.«

Robert Amadio rüttelte am Tisch. »Aber meine Mutter ist doch tot, tot, tot.« Dann schrie er: »Jemand hat sie umgebracht!«, und er verschluckte sich fast dabei.

Baumer konnte nicht aufstehen. Er hatte das Bein tief unter dem Küchentisch versenkt. Also sprach er einfach beruhigend auf den erregten Mann ein. »Bitte, Herr Amadio.« Er streckte ihm die geöffnete Hand entgegen. »Beruhigen Sie sich!« Den Buchstaben U im Wort ‚beruhigen' sprach er mit sonorer Stimme langsam und gedehnt aus.

Der Mann im Anzug drehte sich noch ein paar Mal hin und her, wedelte mit seinen Händen herum, schlug die Fäuste ineinander. Tränen stiegen ihm in die Augen und er schniefte mehrmals. Endlich wurde er sich der Anwesenheit des Kommissars wieder bewusst. Er bekam sich in den Griff, setzte sich erschöpft und schwerfällig, richtete seine Armani-Krawatte. Er schien 20 Jahre gealtert.

Baumer beugte sich zu ihm vor, legte ihm seine Hand auf den Unterarm. Er spürte den Stoff des Jacketts aus feinster Schurwolle – Merino Extra Fine – zart in seinen Fingerspitzen. Baumer fuhr mit der Hand vor und zurück und sprach dabei verständnisvoll zu seinem Gegenüber. »Herr Amadio. Geben Sie sich keine Schuld. Ihre Mutter würde das nicht wollen. Ich verspreche Ihnen, dass wir aufklären werden, was Ihrer Mutter passiert ist.«

»Ja, ist in Ordnung«, nickte er so würdig, wie es einem Directeur gebührt. Dann war er plötzlich wieder Sohn und sagte: »Danke. Danke vielmals.« Er schaute dabei nicht auf. Seinen Unterarm ließ er aber auf dem Tisch liegen und zog ihn lange nicht unter Baumers Hand heraus.

*

Ein Stunde danach war Kommissar Baumer immer noch in der Wohnung von Helen Amadio. Der Sohn der Ermordeten, dem niemand seine Schuldgefühle würde ganz abnehmen können, war gegangen. Er hatte seinen chicen Hermès-Koffer in der Wohnung gelassen und hatte nur ein paar amtliche Dokumente der Toten eingesteckt: Pass, Geburtsurkunde und so. Es gab einige Formalitäten zu erledigen. Auch das Bankbüchlein hatte er gesucht und an sich genommen. Zwar wollte Amadio seinem Gast noch einen Kaffee machen, aber es war keine frische Milch im Haus, und Baumer hatte dankend abgelehnt.

»Gehen Sie nur. Das sollten Sie heute noch erledigen«, hatte der Kommissar zum Alleinerben der Helen Amadio-Meier gesagt.

Denn er wusste, dass diese Amtsgänge und die Organisation der Beerdigung den Mann ablenken und zugleich in Betrieb halten würden.

Dann hatte er die Wohnung endlich wieder für sich allein. Dieses Mal legte er sich nicht mehr auf die Couch. Er stand da und entschied sich, so lange nachzudenken und stehen zu bleiben, bis er das erste Puzzleteil gefunden hatte.

Vergeblich.

Nach einer halben Stunde hielt er es nicht mehr aus auf seinen Beinen und legte sich erneut auf die Couch. Das Ausstrecken tat wohl, und er nickte beinahe ein. Als er vom Zucken des eigenen Körpers, das ankündigte, dass er in den Schlaf fallen würde, geweckt wurde, richtete er sich rasch ein wenig auf.

Verdammt. Baumer schlug sich an die Stirn und ein feuriges Schnaufen platzte aus ihm heraus. Es gab doch einen entscheidenden Hinweis. Die Spur war offensichtlich. Die Amadio hatte ihren Sohn angerufen. »Meine Freundinnen sterben alle«, hatte sie gesagt. Es ging um den Tod von alten Frauen – Kantonsspital hin oder her. Das war die Spur, die er verfolgen musste.

»Hast du mich jetzt endlich verstanden, Baumer?«, sagte eine innere Stimme zu Baumer.

»Ja, Helen, jetzt habe ich begriffen«, antwortete Baumer der Stimme in seinem Kopf. »Du hast mir etwas sagen wollen. Aber du bist jetzt tot und kannst nicht mehr selber kommen. Aber dein Sohn war da. Der hat es mir gesagt. Deine Freundinnen sterben.«

»Ja, Baumi. Alle meine Freundinnen sterben«, sagte die kleine Rentnerin aus gutem Haus.

Der Kommissar war plötzlich wieder hellwach. Es hämmerte in seinem Kopf und seine Schläfen pochten. Natürlich! So musste es sein. Die Amadio meinte gar nicht die Frauen, die im Kantonsspital lagen. Es gibt noch mehr Freundinnen, die tot sind. Das war das erste Puzzleteil. Ein schönes Puzzleteil. Frisch ausgestanzt. Noch gänzlich unverbraucht, öffnete es neue Perspektiven. Daran ließen sich weitere Teile anlegen.

Baumer erhob sich von der Couch und er war selbst erstaunt, wie gut das plötzlich ging. Er trat zu seiner Jacke, die er an einen Stuhl gehängt hatte, und griff in die Innentasche. Er zog das Telefonbüchlein der Amadio hervor, das er dort verstaut hatte. Er blätterte es von vorne bis hinten durch. Baumer suchte etwas Auffälliges. Aber was? Er wusste es selbst nicht genau. Er begann wieder von vorn. Betrachtete Seite um Seite. Jede Nummer verglich er mit allen anderen.

Plötzlich wurde er langsamer, ging dann schnell nochmals zurück. Wieder vor, wieder Zurück. Er schaute sich die einzelnen Einträge dieser Seiten genau an. Dann blätterte er das Büchlein ein letztes Mal durch. Schließlich legte er es wieder weg, bedächtig und vorsichtig. Klappte es ein, als wäre es eine seltene Bibel und legte es vor sich hin auf den Tisch.

Nur ein paar Minuten noch, eine kleine Überprüfung und er würde Gewissheit haben, ob er Recht hatte. Er öffnete die Schublade, in der er zuvor, auf der vergeblichen Suche nach Spuren und Hinweisen alte Fotografien entdeckt hatte. Auf drei Fotobüchern lagen ungeordnet mehrere Fotos, vermischt mit einem Dutzend Trauerkarten. Ein paar Umschläge der Karten waren vergilbt und alt, die meisten Kuverts aber neu und noch blütenweiß. Kommissar Baumer las jeden dieser einzelnen Briefe penibel durch. Ihnen beigelegt waren die entsprechenden Todesanzeigen. Helen Amadio hatte sie fein säuberlich ausgeschnitten aus der Basler Zeitung, der Riehener Zeitung oder dem Prattler und Muttenzer Amtsanzeiger. Baumer sah auch diese Annoncen genau an. Als er mit dieser Untersuchung fertig war, wusste er, dass er endlich eine Spur gefunden hatte.

Dann trat er beinahe ehrfürchtig zum Buffet, als wäre es ein Altar. Er schaute das Bild des Sohnes an, blickte genau hin, machte sich seine Gedanken zu Robert Amadio, stellte es dann ein wenig gerader. Eine kleine Porzellanfigur eines Schweizer Bauernmädchens zog er ein kleines Stückchen aus seiner Nische hervor, drehte sie funkelnd mehr ins Licht. Das danebenliegende Büchlein – »Wertvolle Fribourger Souvenirs des 18. Jahrhunderts« – richtete er wieder auf. Er nahm auch die Broschüre der Klinik Alpensonne vom Buffet, überflog sie. Fast beiläufig las er die Kontaktdaten der Klinik, die Straße, wo die Klinik lag, die Telefonnummer. Dann faltete er die Broschüre wieder akkurat zusammen, legte sie fein säuberlich in eine freie Nische zurück.

Als alles geordnet war, nickte er mehrmals mit einem seligen Lächeln im Gesicht. Er wusste, dass sein Verdacht kein bloßer Verdacht war, sondern eine echte Spur. Eine Spur, die ihn unweigerlich zum Mörder führen würde. Dem Mörder einer alten Rentnerin aus Basel, die er ganz besonders gemocht hatte. Diesem Sauhund würde er höchstpersönlich die Handschellen anlegen und …

Für einen ganz kurzen Moment nahm sein Gesicht einen irren, gierigen Gesichtsausdruck an.

9

Am nächsten Morgen kam Kommissar Baumer um 8 Uhr aus den Federn. Er hatte endlich wieder einmal eine einigermaßen ausgiebige Nachtruhe genießen können. Es war auch Zeit gewesen, denn die Reise – Kreta hin und zurück – und die Nachforschungen der letzten zwei Tage hatten ihn völlig aus dem Rhythmus geworfen. Aus einem Rhythmus, der im Leben des Kommissars sowieso harzte und knirschte. Jederzeit konnte ihn ein Telefonanruf erreichen. Dann zeigten die Leuchtstäbchen auf seinem Radiowecker ein paar Ziffern. Manchmal war es 6 Uhr 13. Die Ziffern konnten aber genauso gut durcheinandergeschüttelt sein und 1 Uhr 36 oder 3 Uhr 16 anzeigen. Das war egal. Er würde in jedem Fall mit einem nur halb geöffneten Auge auf den Wecker schauen und müsste dann sofort aufstehen.

Als er gestern endlich nach Hause gekommen war, war er ruhiger als alle Tage zuvor gewesen. Er hatte eine erste Spur. Das gab ihm Gewissheit, dass sein Bauchgefühl ihn nicht im Stich gelassen hatte, ja es bestätigte, dass er überhaupt eines hatte. Der Tod von Helen Amadio-Meier, so sinnlos er auch schien, war mit Zweck und Absicht herbeigeführt worden. Jetzt galt es nur noch den Mörder aufzuspüren. Das würde ihm gelingen, dessen war sich Baumer sicher.

Baumer war mit sich und der Welt vorerst wieder ganz im Reinen. Der Mörder war bei weitem noch nicht gefangen, doch war er eine Verbindung mit Baumer eingegangen, so wie ein Fisch, der im weiten grenzenlosen Meer fröhlich schwimmt und nicht merkt, dass der Fischer das große Netz um ihn herum bereits zusammenzieht.

Die Arbeit an diesem Fall gab Baumer Ruhe, Sicherheit und die Möglichkeit zu vergessen. Zugleich setzte sich im Bauch von Baumer ein erster Keim einer fernen Unruhe fest. Denn mit der ersten Spur war auch bereits bestimmt, dass der Fall irgendwann gelöst sein würde. Danach hätte er erneut kein Ziel mehr vor Augen, würde wieder von quälenden Erinnerungen eingeholt werden.

Doch das Ende dieses Falles war zum Glück noch fern. Baumer hatte weiterhin ein Ziel. Und dieses eine Ziel - das Lösen des Mordfalls - gab ihm Orientierung und Halt.

Sinn.

Vielleicht würde sich auch die Beziehung mit Anna wieder einrenken. Heute würde er sich Zeit nehmen für ein Gespräch. Er würde seiner blonden Freundin zuhören, so wie es seine Partnerin verdiente. Gestern war es dafür zu spät gewesen. Und heute morgen?

8 Uhr 11.

In Griechenland war es schon zwei Stunden später, aber Anna schlief sicher noch. Er wollte sie nicht wecken, denn er selbst hasste es, an freien Tagen aus dem Bett geschellt zu werden.

Baumer bewegte sich ins Bad, um zu duschen. Seit er nach seinem Beinschuss aus dem Spital entlassen worden war, hatte er sich immer im Sitzen geduscht. Dazu hatte er einen Schemel in die Badewanne gestellt. Doch heute war ihm das zuwider. Der Kommissar spürte, dass er heute ganz gut auf den Beinen unterwegs war und wollte diese Hilfe nicht mehr. Er war noch kein alter Mann. Noch nicht! Er packte den Schemel, dessen Sitzfläche bereits von der ständigen Nässe ergraut war und stellte ihn auf seinen kleinen Mikrobalkon zum Trocknen an die zaghaft wärmende Märzsonne. Dann warf er T-Shirt und Turnhose ab und stieg in die Badewanne. Er zog den roten Plastikvorhang zu und stellte sich unter das warme Wasser.

Baumer nahm seinen Kopf zurück und schloss die Augen. Er spürte neben der Masse der Strahlen, die seine Brust massierten, jetzt auch weitere verirrte Strahlen. Einer traf ihn scharf am Hals, zwei andere an den Schultern, ein einzelner dicker Strahl, geformt aus mehreren kleinen, polterte an seinen Bauch. Für Baumer fühlte es sich an, als ob er eine Ganzkörpermassage erhielte. Er genoss diese Wohltat und wand sich unter der Brause wie eine

Schlange im Amazonas. Nur als ihn ein einzelner schneidender Strahl im Nacken traf, war ihm sofort unwohl und er drehte den ungeschützten Nacken rasch weg.

Baumer blieb vielleicht zehn Minuten einfach nur unter der Brause stehen. Als sich die Haut seiner Finger verschrumpelte, seifte er sich noch rasch ein, über den rechten Oberschenkel strich er dabei nur sehr behutsam. Zum Schluss spülte er sich gründlich ab und trocknete sich zügig.

Nach der Dusche zog er sich an. Aus dem Schrank nahm er eine schwarze Unterhose von ISA (Swiss Made) und ein weißes Unterhemd von Boss hervor. Dann packte er eine seiner Jeans der Marke Lee. Dieses Mal eine, welche ein bisschen weiter geschnitten war als die anderen. Die würde seinem lädierten Oberschenkel ein wenig mehr Raum lassen. Er legte sich hin und zog sie im Liegen an. Es ging erstaunlich gut und die Hose spannte kaum. Wegen der fehlenden Bewegung der letzten Monate hatte er viel Muskelmasse verloren.

Baumer stellte sich auf die Füße und fühlte sich sichtlich wohl. Das Bein schmerzte kaum. Flugs zog er eines seiner teuren Baumwollhemden an – Patrik Ervell, zartes Blau-weiß mit feinem Silberfaden, abgerundete Kragenenden. Er knöpfte es rasch zu und fühlte sich seit langer Zeit endlich wieder einmal als normaler Mensch. Wie viel Würde man sich mit einem feinen Hemd in der kalten Welt der Dinge doch erkaufen kann.

»Jetzt geht's dir an den Kragen«, drohte er rachesüchtig der verlotterten Trainingshose mit den Klettverschlüssen in den Seiten, die er in den letzten Monaten getragen hatte. Er packte sie und ging damit in die Küche. Mit der Geflügelschere zerlegte er das Teil nach Strich und Faden. Das Zerfetzen machte ihm außerordentlichen Spaß. Nie wieder eine solche Hose anziehen.

»Nie meh, nie meh Nati Bee«, intonierte er beschwingt den Song, mit dem sich der FCB aus der unteren Liga verabschiedet hatte, als er für ein paar Jahre den Taucher in die tiefere Spielklasse gemacht hatte.

Baumer stopfte die Stofffetzen in den Abfalleimer. Er freute sich diebisch. Endlich wieder Mensch. Endlich wieder körperlich fit.

Wenigstens das.

Er zog seine Socken in Rekordgeschwindigkeit an, schlüpfte in die Schuhe. Jacke über die Schulter und ab in die Stadt.

*

Zwanzig Minuten später stand Baumer endlich wieder einmal in seiner Lieblingskaffeebar, dem ilcaffè an der Falknerstraße. Er war freudig erregt an den Klappstühlen vorbeimarschiert, die Gianni bereits an der Fensterfront aufgestellt hatte und welche die Passanten zu einem Päuschen einluden. Es war aber trotz aufgelegter Wolldecken noch zu kalt, als dass jemand seinen Kaffee draußen hätte genießen wollen. Auch Baumer wollte hinein in seinen Tempel. »Endlich wieder einmal Routine«, dachte er, und selbst die Stöcke, an denen er immer noch gehen musste, konnten seiner guten Stimmung nichts anhaben. Er nahm die zwei Stufen am Eingang mit Schwung und begrüßte Gianni, den Besitzer vom ilcaffè, mit mehr Worten als er oft in einer ganzen Woche sprach.

Der Barrista sprang hinter der Theke hervor. »Baumi, Baumi!«, rief er schallend durch den ganzen Raum, so dass sich die Gäste zum Mann mit den Stöcken hin umdrehten.

Baumer war das egal. Sein Blick ruhte auf Gianni, der wie eine Gazelle zu ihm herübergesprungen kam, die Hände wild, aber penibel an seiner Servierschürze abtrocknete und ihn schließlich mit weit ausgebreiteten Armen an den Schultern packte.

»So schön«, säuselte Gianni und blickte Andi tief in die Augen. Dann zerfiel sein Lachen. Sein Gesichtsausdruck nahm eine neutrale, fast gleichgültige Haltung an, wie die des Primus' in der Schule, der den vom Lehrer hochgelobten Aufsatz abholt. Gianni zog den Kommissar behutsam zu sich, gab ihm Küsschen links, Küsschen rechts.

Baumer hörte sie als kleine Explosionen von Luft, als zärtliches Minigranatenschmatzen, weil Gianni genau auf der Höhe seiner Ohren ins Nichts küsste.

Gianni streckte seine Arme wieder aus und sein Gesicht explodierte erneut in Freude wie eine Feuerwerksrakete, wenn sie am Schweizerischen Nationalfeiertag von einem glücklichen Kind entzündet in den Himmel steigt und in tausend farbigen Sternen erstrahlt.

Baumer lächelte selig.

»Was nimmst du, Baumi? Sag!«, freute sich Gianni, seinen Gast bedienen zu können, und er beeilte sich, wieder hinter seine Theke zu kommen. »Espresso? *Dimmi!*«

»Ja, ein Espresso«, bestellte Baumer. Dann drehte er sich endlich zum Fensterbrett an der großen Scheibe. Sofort erinnerte er sich daran, wie er immer mit Maja hier gestanden hatte und sie zusammen Espressi .... »Stopp, Andi. Hör auf damit. Quäl dich nicht selber«, schalt er sich hart.

Gianni war derweil hinter die Theke gegangen und legte los. Er hielt den Kolben unter das Gefäß mit gemahlenem Kaffee, zog zwei Mal – Klack, Klack – am Hebel auf der rechten Seite des Kaffeepulverfässchens und ließ das Pulver hineinfallen. Dann presste er es fest, spannte den Kolben– rummsknirsch – in die Maschine ein und drückte – päck – den Knopf für einen großen Kaffee. Während die Maschine bereits anlief, stellte der Barbesitzer – klimper – eine Tasse behände unter die Ablaufrinnen.

Baumer musste lachen. Giannis Bewegungen liefen automatisch ab, wie im Schlaf. Ein Zenmeister des Kaffeemachens. Denn während er diesen Espresso machte, scherzte er schon mit dem nächsten Gast, der an seiner Theke stand und die Gelegenheit wahrnahm, ihm stolz von seiner Eroberung in der letzten Nacht zu erzählen.

Oh là là.

Als Gianni den fertigen Kaffee zu Baumer brachte, stellte er das Tablett mit der Tasse und dem kleinen Glas Wasser sorgsam auf die Balustrade. Während er es zurechtrotierte, berührte er seinen Gast zärtlich am Oberarm. So machte er es immer, wenn er Baumer seinen Espresso brachte. Es war natürlich eine Geste der Vorsicht. Sie diente dazu, Baumer zu warnen, dass er nicht erschrecke und im Umdrehen den Kaffee umstoße. Aber die Berührung war mehr. Sie zeigte, was Gianni von seinem liebsten Gast hielt, und sie besagte: »Schön, dass du hier bist. Baumi. Ich mag dich. Einfach so.«

Baumer genoss diesen stillen Moment zwischen ihnen beiden und lächelte Gianni über den Rand der Tasse hinweg an. Gerade als er den ersten Schluck nehmen wollte, hielt der Streifenwagen von Heinzmann auf der gegenüberliegenden Seite an. Der Wachtmeister rangierte ihn halb auf den Bürgersteig, halb auf die Straße. Er stieg aus und ging zu Baumer ins ilcaffè. Sein Beifahrer, der Gefreite Meier, blieb im Wagen sitzen und kramte in ein paar Blättern, die auf einem A4-Brett festgeklemmt waren. Er machte sich Notizen.

Als Heinzmann ins ilcaffè eingetreten war und zu Andi an das Fensterbrett hintrat, fragte Andi seinen Freund, ob er immer so vorschriftswidrig parkiere.

»Keine Sorge, Meier dreht gleich eine Runde.«

Tatsächlich sah Baumer jetzt, wie der Gefreite um den schweren Mercedes ging, auf der Fahrerseite einstieg, den Motor startete und sich vorsichtig zwischen zwei Straßenbahnen in den Verkehr zurückblinkte.

»Wie geht's dir heute, Andi?«

»Gut.«

Heinzmann lachte. »Ja, das sehe ich. Du scheinst wieder unter die Lebenden zu kommen.«

Normalerweise hätte Baumer auf die Frotzeleien seines Freundes kaum reagiert, hätte vielleicht gebrummelt und ihm so zu verstehen gegen, dass er seine Späße lassen solle. Aber heute war Baumer wie neugeboren. »Stimmt, Stefan. Mir geht es gut.«

»Du hast auch ziemlich viel abgenommen. Das steht dir gut.«

»Es ist nicht das Abnehmen an sich«, entgegnete Baumer und blickte mit gesenktem Kopf auf seine Füße hinunter. »Ich fühle mich tatsächlich wie neugeboren.« Er streckte sich. »Ich habe ja gesehen, was es heißt, abzutreten.«

Stefan atmete tief ein, wurde nachdenklich.

»Hhm. Ja«, sagte er. »Dabei hast du ja noch Glück gehabt. Du bist nach dem Schuss einfach in Ohnmacht gefallen. Aber ich war voll da. Das war nicht lustig.«

»Stefan, ich weiß schon, was du für mich getan hast«, lobte Baumer seinen Freund. Aus den Erzählungen der Ärzte wusste er, dass Stefan ihm schlicht und einfach das Leben gerettet hatte. Stefan hatte bei der Schießerei, bei der Andi eine Kugel abbekommen hatte, Andis Blutung notfallmäßig gestoppt, ihn zu seinem Auto geschleppt und war mit Baumer, der bereits mehr tot als lebendig war, ins Spital gerast. »Du hast mir das Leben gerettet«, wollte Baumer es aussprechen, aber noch bevor er diesen Satz zu Ende gebracht hatte, wischte Stefan diese Schuld mit einem »Bahh«, einem Lächeln und einer wegwerfenden Handbewegung vom Tisch.

»Nein, nein, Stefan. Es ist schon so. Ohne dich wäre ich jetzt bei den Engeln.«

»Sonst noch einen Wunsch, mein Freund? Sag's ruhig, Amigo. Ich bin immer für dich da.« Er schlug seinen Ellenbogen freundschaftlich in Baumers Oberarm, schmunzelte. »Zum Glück hast du jetzt abgenommen, dann habe ich das nächste Mal nicht so einen schweren Sack zu tragen.« Heinzmann drehte sich von Andi weg und zeigte mit seinem ausgestreckten Zeigefinger auf die Wand neben der Theke. Dort waren mehr als zweihundert verschiedene Espressotässchen aufgereiht. Jedes in eigener Art und mit eigenem Motiv. »He. Schau mal Andi, die vielen Tässchen.« Als sähe er sie zum allerersten Mal.

Andi begann zu lachen. »Ja, ja, Stefan.«

Heinzmann wurde angesteckt vom Lachen seines Freundes und musste selbst über sein misslungenes Ablenkungsmanöver schmunzeln.

Als sie sich wieder beruhigt hatten, steckten die zwei Polizisten die Köpfe zusammen. Baumer wurde nachdenklich. Er sagte: »Scheiße, dass es mir gerade jetzt wieder sehr viel schlechter geht.«

»Hä? Was hast du denn jetzt schon wieder?«, fragte Heinzmann, von Baumers plötzlichem Sinneswandel völlig überrascht.

»Meine Platte ist verrutscht.«

»Was?«, erbleichte der Mann in Uniform. Er wollte Baumer instinktiv unter die Arme greifen, um seinen Freund vor dem Fallen zu retten.

»He, was soll das?«, wehrte sich Baumer gegen die plötzliche Umklammerung.

Heinzmann begriff nicht, wieso Baumer so ruhig blieb. War er etwa schon im Schock wie der englische General, der neben Wellington ritt und dem eine Kanonenkugel das Bein wegschoss. Der sagte in aller Gemütsruhe auch nur dazu: »By Jove, I think I lost my leg.«

»Ich bin okay. Nix passiert«, kicherte Baumer, den die Besorgnis von Heinzmann vergnügte.

»Was denn jetzt?«, wurde Heinzmann ungeduldig und strafte Baumer mit einem eindringlichen Blick.

»Ich bin ganz. Es geht mir gut. Du weißt das und ich weiß das«, klärte Andi seinen Freund auf. »Aber die Ärzte in der Klinik Alpensonne, wohin du mich jetzt gleich bringen wirst, wissen das nicht. Verstanden?«

»Alpensonne?« Heinzmann verstand nicht wirklich. Aber er nickte zögerlich.

»Also los. Die Schlacht beginnt«, sagte Baumer energisch, packte die Stöcke und drängte zum Ausgang. »Auf zur Alpensonne.«

*

Dreißig Minuten später standen sie in der blauen Parkzone im Gellertquartier, wo das Alters- und Pflegeheim mit angeschlossener Privatklinik lag. Heinzmann hatte Meier angefunkt und zurückbeordert. Zu dritt waren sie dann in die Richtung der Klinik Alpensonne gefahren. Unterwegs hatte Heinzmann seinen Patrouillenkollegen abgesetzt. Dessen Auftrag: Kontrollgang über Heuwaage – Rialto – Basler Zoo und zurück. Meier hatte gemurrt, aber sich rasch in sein Schicksal ergeben. Also war er bei der Heuwaage ausgestiegen.

Nun ging Meier an der Birsig entlang, einem kleinen Flüsschen, das vor der Innenstadt noch offen durch Basel läuft. Dort im

Nachtigallenwäldeli, das entlang des Wasserlaufs zum Eingang des Basler Zoos führt, hatte es immer wieder mal Überfälle auf Passanten gegeben. Die Drogenpolitik, zu deren Konzept auch die nahe Drogenanlaufstelle gehörte, wo die Junkies saubere Spritzen und Ersatzdrogen bekamen, hatte die Zahl solcher Verbrechen zwar reduziert. Aber es gab doch immer wieder mal den einen oder anderen Überfall eines Not leidenden Drogensüchtigen auf einen Spaziergänger oder eine Spaziergängerin ohne Hund. Der Gefreite Meier sollte daher in diesem besonders bedrohten Gebiet Präsenz zeigen und die Anwohner durch seine Anwesenheit ein wenig beruhigen. Das zumindest war der Vorwand für Heinzmann, um Meier ohne allzu große Widerrede loszuwerden. Es tat ihm sogar ein wenig leid, dass er seinen Kumpel anschwindeln musste, denn Kameraden verarscht man nicht ungestraft. Aber was Baumer vorhatte, schien doch eine gewisse Geheimhaltung notwendig zu machen.

»Du willst also tatsächlich als Patient in dieses Heim?«, fragte er seinen Freund, als sie ihre Rollen in dieser Aufführung nochmals durchgingen.

»Ja«, antwortete Baumer.

»Also einfach in die Alpensonne spazieren. Hier bin ich, Leute!«, murrte Heinzmann und machte ein bedenkliches Gesicht.

»Wieso nicht?«

»Weil du kein Hollywoodschauspieler bist. Die glauben doch, dass du sie für blöd verkaufen willst.«

Baumer sagte nichts.

Das ärgerte Heinzmann noch mehr und er hob die Hände. »Bist du Brad Pitt oder was?«

»Das Heim hat eine angeschlossene Privatklinik. Die müssen mich aufnehmen. Los jetzt«, drängelte Baumer vorwärtszumachen, bevor er selbst den Mut verlor. Er stieg aus und zwang Heinzmann, ihm zu folgen.

Die beiden Polizisten marschierten von ihrem Auto, das sie in der Hagenbachstraße abgestellt hatten, durchs Gellertquartier in Richtung Aeschenplatz. Nach ein paar Ecken kam der Eingang der Klinik Alpensonne ins Blickfeld. Er wirkte bescheiden. Fast konnte man ihn übersehen. Auf dem Gehsteig kamen den beiden Männern nur wenige Leute entgegen.

Gut so!

Als sie genau auf der Höhe des Eingangs waren, zog Baumer seine Show ab. Er stolperte über seine Stöcke und platschte auf den Boden. Er schrie sofort bestialisch auf. Für die Passanten, die die Szene beobachteten, sah es aus, als hätte sich dieser Mensch schwer verletzt. Die meisten blieben erschrocken stehen, führten ein oder zwei Hände zum Mund. Nur eine junge Frau – es sind immer junge Frauen – sprang herbei.

Fast hätte Baumer selbst über seine Show gelacht. Der Sturz hatte ihm überhaupt nicht wehgetan. Wozu hatte man auch jahrelang im Handball das richtige Fallen gelernt. Eine Hand stützt ab, die andere wird vor der Brust eingeschlagen. Über die Schulter abrollen. Fertig. Das ist der ganze Trick.

Beinahe bemerkte er zur jungen Frau, die ihm zu Hilfe eilte, dass doch nichts passiert sei, kein Problem. Zum Glück besann er sich noch rechtzeitig seiner Rolle. Er schrie daher nochmals laut auf. »Mein Bein, mein Bein!«

Jetzt kamen auch weitere Passanten hinzugesprungen. Die meisten blieben jedoch in sicherem Abstand vor der Gruppe stehen, so dass sie nicht helfen mussten, aber alles gut sehen konnten.

Heinzmann gab der jungen Frau Anweisungen. »Gehen Sie in die Klinik. Holen Sie Hilfe. Sie sollen mit einer Trage kommen.«

Die junge Frau war einen Moment unschlüssig. »Gehen Sie!«, befahl Heinzmann, und der Zeigefinger an seinem ausgestreckten Arm zielte auf die Alpensonne.

Es dauerte nur kurze Zeit, dann kam die hilfreiche Frau zurück. Im Schlepptau hatte sie zwei Leute aus der Klinik, die eine Transportliege heranrollten. Offenbar Pflegepersonal, denn sie trugen hellblaue Arbeitskleidung, wie man sie auch im Krankenhaus oft sieht. Auf der Brust kringelte sich der Begriff Alpensonne als Teil des Logos, das aus Berg, Sonne und Sitzbank bestand. An den Füßen trugen sie Crocs, die grellbunten Plastiksandalen, die in dieser Saison die Spitäler in Beschlag nahmen wie ein resistenter Pneumokokkenstamm. Die Farben? Schreiorange und giftgrün.

Heinzmann informierte die Pflegeleute in knappen Worten, dass der Mann hier eine Platte im Oberschenkel habe. Vielleicht sei die gebrochen. Es herrsche Verblutungsgefahr. »Schnell, keine Zeit zu verlieren. Bringen wir ihn hinein.«

Die zwei Leute aus der Alpensonne, ein Pfleger und eine Krankenschwester schauten unentschlossen auf den Gestürzten. Aber Heinzmanns natürliche Autorität, und nicht minder seine Polizeiuniform, zu der eine SIG-SAUER, Modell 225 gehörte, duldete keine Widerrede. Endlich begriffen die Pfleger, dass es ernst war, und kümmerten sich um den Patienten.

Ein paar Minuten später hatten sie Baumer vorsichtig auf die Transportliege gelegt. Den Oberschenkel hätten sie eigentlich zuerst fixieren müssen, aber Heinzmann drängte darauf, das Bein des Mannes einfach gemeinsam festzuhalten und nur rasch in die Klinik zu gehen. Also fuhren Heinzmann und der Pfleger den gestürzten Baumer in die Alpensonne, während die Krankenschwester und die junge Helferin sich Mühe gaben, sein Bein festzuhalten und ruhigzustellen.

Baumer wusste nicht genau, wann er brüllen sollte. Sicherlich hätte bei einem echten Ernstfall jede Bewegung eines erneut gebrochenen Oberschenkels wahnsinnige Schmerzen ausgelöst. Aber dauernd schreien war doch ermüdend. Also begnügte er sich schließlich damit, leise zu wimmern.

*

In der Klinik nahm alles seinen geregelten Lauf. Zuerst Untersuchung durch einen Assistenzarzt mit Namen Firsov. Dazu Auskünfte von Andreas Baumer, was mit ihm geschehen sei. Vermutung des Arztes, der Knochen könne wieder lädiert worden sein. Entschluss von Dr. med. Firsov, Baumers Oberschenkel zu röntgen. Also wurde der Verunfallte auf seiner Liege von einer Schwester zum Durchleuchten geschoben.

Währenddessen sprach der Assistenzarzt, ein etwa 30-jähriger Mann mit den typisch slawischen Gesichtszügen, mit Heinzmann. »Kennen Sie Herrn Baumer?«, fragte der Arzt, dessen kleine Augen fest von hohen Backenknochen eingerahmt wurden, mit russischem Akzent. Seine Haare waren dunkelbraun, für eine Respektsperson deutlich zu wild gewachsen und mehr als eine Spur zu lang gelassen. Seine Augenbrauen über den eng stehenden Augäpfeln waren dicht, seine Nase flach und breit, wie die eines Boxers.

»Ja. Ich kenne Herrn Baumer«, antwortete der Wachtmeister dem Arzt.

»Wie lange ist erster Unfall von Herr Baumer her?«

»Sind Sie Russe?«, ignorierte Heinzmann die Frage des Assistenzarztes bewusst. Er wollte so wenig wie möglich von der Krankengeschichte preisgeben. Vor allem wollte er den Gang dieser Unterhaltung selbst bestimmen.

»Russe? Wieso interessiert das Sie?«, fragte Dr. Firsov in nur leicht gebrochenem Deutsch zurück. Offenbar war auch er geschult darin, die Oberhand im Gespräch zu behalten.

»Firsov sagten Sie doch. Das ist ein russischer Name, oder nicht?«

»Ist das wichtig für Sie?«, fragte der Arzt misstrauisch.

»Nicht wirklich. Nationalitäten sind mir ziemlich egal. Auf den Charakter kommt es an.« Heinzmann lächelte eine Fratze. »Wie lange sind Sie denn schon in der Schweiz?« Heinzmann versuchte, dieser Frage einen betont legeren, neutralen Anstrich zu geben, aber der Arzt nahm dem Wachtmeister das bohrende Aushorchen offenbar krumm.

»Diese Frage stellt mir immer nur Fremdenpolizei. Was sind Sie für ein Polizist?«

»Ich? Also, ich bin ein ganz gewöhnlicher Straßenpolizist«, antwortete Heinzmann und lächelte wie ein Kind, das ein Bonbon möchte.

»Und Herr Baumer. Was macht er?«

»Ach. Der arbeitet in der Verwaltung. Der ist Beamter. Sitzt nur rum.«

»Ah. So.«

Firsov sah den Wachtmeister an. Der schaute zurück. Beide waren darum bemüht, so uninteressiert wie möglich zu wirken. Keiner wollte sich in die Karten blicken lassen. Beide wussten das voneinander.

Stefan Heinzmann war froh, als ein Pfleger zu Dr. Firsov trat und ihn um eine Entscheidung in irgendeiner Sache bat. Der Assistenzarzt nahm den Mann zur Seite. Er hörte ihm kaum zu, nahm nur offensichtlich uninteressiert auf, was dieser ihm zu sagen hatte, blickte immer wieder zum Uniformierten hin.

Heinzmann schaute sich derweil in der Aufnahme des privaten Spitals Alpensonne scheinbar gelangweilt um. Betrachtete den Raum mit seinen drei nebeneinander aufgestellten Betten, um die man halbtransparente, grasgrüne Vorhänge zuziehen konnte. Das stellte bei der Untersuchung von Patienten eine gewisse Privatsphäre her. Selbstverständlich beobachtete der Wachtmeister Klasse 1 gleichzeitig das Pärchen aus Pfleger und Arzt, das sich ein paar Schritte von ihm entfernt unterhielt.

Während der Klinikangestellte dem osteuropäischen Arzt irgendein Problem zur Kenntnis zu bringen suchte, schaute Firsov zu Heinzmann herüber. Er musterte den Wachtmeister unverhohlen.

Heinzmann nahm das aus dem Augenwinkel wohl war. Mehr noch spürte er auf seiner Haut, was hinter ihm passierte. Hinsehen musste er nicht. Er hatte genug Erfahrung, um seine Sinne immer darauf geschärft zu halten, was einer hinter seinem ungeschützten Rücken anstellte.

Der Pfleger war mittlerweile ein wenig genervt. Weil Firsov immer noch den Polizisten taxierte und ihm kaum zuhörte, versuchte er nochmals, dessen Aufmerksamkeit auf sein Problem zu richten.

Firsov drehte sich endlich zum Angestellten und gab schließlich irgendeine Anweisung. Der Pfleger schien mit der Antwort zufrieden und machte sich flugs auf den Weg, sie auszuführen. Der Arzt hingegen blieb stehen, schaute auf den Boden vor sich. Er schien über etwas nachzudenken, schaute nochmals zum Mann in Uniform hin. Dann ging er eilig zu einem Telefon, das an der Wand hing, nahm den Hörer ab, wählte eine Nummer und sprach ein paar Sätze in die Muschel. Dabei drehte er sich zum Wachtmeister. Schaute diesen kühl an.

Stefan Heinzmann sah das nicht. Er hatte sich von Firsov gänzlich weggedreht. Er wollte dem Mann im Arztkittel und mit den vielen Kugelschreibern in der Brusttasche keine Chance geben zu erkennen, dass er sehr wohl merkte, wenn ihn einer beobachtete. Auch jetzt spürte er den Blick des Russen in seinem Rücken. Ihm konnte keiner was vormachen. Über all die Jahre auf der Straße als Polizist hatte er ein untrügerisches Sensorium für Gefahr entwickelt, wie ein Mäuslein, das im Keller eines ehrwürdigen alten Bürgerhauses am Rheinufer wohnt und sich bei seinen Ausflügen vor den streunenden Katern aus den Puffs ein paar Straßen weiter in Acht nehmen muss.

Firsov hängte auf und ging auf Heinzmann zu. »Unser Chefarzt Dr. Freundlieb, kommt gleich. Es ist der Direktor hier. Es ist sicher gut, wenn auch er sieht Herrn Baumer.«

»Ist das denn nötig?«, fragte ihn der Wachtmeister. Er tat ein wenig verängstigt.

»Dr. Freundlieb ist ein ausgewiesener Spezialist. Ich habe gerne seine fachliche Meinung«, entgegnete Firsov und drehte sich zu Baumer hin, der vom Röntgen bereits zurückgerollt wurde und die eben gemachten Röntgenbilder in einer Mappe auf seinem Bauch festhielt.

Unmittelbar nach der Gruppe mit Baumer kam ein hochgewachsener Arzt in die Aufnahmestation.

Heinzmann erkannte sofort, dass dies der Chefarzt Dr. Freundlieb sein musste.

Freundlieb hatte einen ergrauten Spitzbart und akkurat geschnittene graue Haare, die von einzelnen schwarzen und dadurch besonders auffälligen Strähnen durchzogen waren. Sein Haaransatz war stark zurückgegangen und ließ den halben Schädel erkennen. Seine Halbglatze leuchtete im Neonlicht der Aufnahmestation wie ein Ei im Vogelnest.

Der Klinikdirektor hielt den Kopf aufrecht und still. Die Augen hingegen sprangen von einer Ecke der Notaufnahme in die andere. Ab und an folgte der Kopf mit einem zackigen Drehen seinem Blick, schnappte dann sogleich wieder zurück. Weil er so groß war und seinen Kopf nie senkte, sah es aus, als hätte er das

Kinn nach vorne geschoben. Der Spitzbart tat sein Übriges dazu, ihm ein arrogantes Aussehen zu geben.

Die unteren Chargen im Spital drehten sich instinktiv zum Klinikdirektor hin, nickten artig mit dem Kopf, bekamen aber keinerlei Antwort.

Noch bevor der große Mann in Weiß ans Bett von Baumer trat – der hatte ihn auf dem Rücken liegend noch nicht wahrgenommen – donnerte seine Stimme los. »So, dann schauen wir doch einmal, was wir hier haben.« Mit diesem Satz getan, trat Freundlieb zu dem Patienten und hielt seine Hand hin.

Baumer wollte sie ergreifen, aber die Geste hatte gar nicht ihm gegolten. Die Hand Freundliebs forderte einfach die Röntgenbilder, die er sich selbst zu schade war, aus dem Etui zu nehmen.

Firsov packte sofort die Mappe, zog die Röntgenbilder heraus und hielt sie seinem Chef hin.

Der fasste ein Bild nach dem anderen und hielt sie hoch in das grelle Licht, das von einer kalten Neonröhre in den Raum geworfen wurde. Offenbar brauchte Freundlieb für die Betrachtung der Bilder kein Leuchtpult. Auch wenn er so nur wenig erkennen würde, für Dr. Freundlieb war das sicherlich genug, um sich ein Urteil zu bilden. Es würde unfehlbar sein.

»Was fehlt Ihnen denn?«, tat Freundlieb jetzt interessiert, noch immer ein hochgehaltenes Röntgenbild inspizierend.

»Ich glaube, meine Platte ist wieder gebrochen«, antwortete Baumer scheu.

»Da kann ich Sie beruhigen«, sagte Freundlieb sofort und ziemlich laut und ließ das Bild hinuntersinken. »Es ist alles noch ganz.« Seine Stimme klang wieder sonor. Dann lächelte er sogar ein klein wenig, fast wie ein lieber, mitfühlender Großvater.

»Ich habe höllische Schmerzen«, versuchte Baumer, seine Story durchzuziehen, und verzerrte sein Gesicht.

Der Klinikchef hob nochmals dasselbe Bild ins Licht, tat so, als ob er das Ganze nochmals prüfen wolle. Natürlich hatte Freundlieb aber bereits gesehen, was er sehen wollte. Sein Urteil war schon längst gemacht. Er senkte das Bild erneut und sah Baumer nun zum ersten Mal ins Gesicht.

»Also vielleicht sind Sie ein wenig erschrocken. Ich höre, Sie sind gestürzt.«

»Voll aufs Bein«, tat Baumer wehleidig, als hätte er wieder Schmerzen. Dazu gehörte, dass er mit der rechten Hand den Oberschenkel auf und ab fuhr, wie um ihn zu beruhigen.

»Na ja«, meinte Freundlieb. «Auf dem Bild sieht es nicht schlimm aus. Vielleicht gab es einen kleinen Stoss. Die Schiene hält aber.«

Baumer ließ nicht locker. »Vielleicht ist irgendwo ein Bruch. Womöglich ist eine Schraube ein wenig ausgerissen.«

Freundlieb schaute mit halbgeschlossenen Augenlidern zu Firsov. Sein Blick sagte: »Ach, diese Patienten. Wissen immer alles besser.«

»Was arbeiten Sie denn?«, fragte der Klinikdirektor, und Baumer spürte, dass es den Arzt tatsächlich interessierte.

»Ich? Warum fragen Sie?«, tat Baumer erstaunt.

»Weil ich entscheiden muss, ob ich Sie entlassen kann?«

Das leuchtete ein. Doch Baumer und auch Heinzmann fragten sich, ob es noch weitere Gründe dafür gab, warum ihn Freundlieb nach seinem Beruf gefragt hatte.

»Ich bin Beamter«, befriedigte Baumer die Neugier des Mediziners. »Ich habe einen Bürojob in der Verwaltung.«

Dann nahm den allwissenden Dr. Freundlieb doch noch etwas wunder. »Sie sind auch Polizist?«, fragte er den Mann auf der Liege.

Baumer brauchte einen Moment, bis er die Frage richtig einordnen konnte. War es für Dr. Freundlieb wichtig zu wissen, ob er ein Polizist sei? Nicht wirklich. Jedem Arzt hätte es genügt, wenn er die Information bekommen hätte, dass der Patient in der Verwaltung arbeitete. Ein Bürolist also. Einer, der am Computer sitzt, nicht herumspringt und der einen gut verheilten Oberschenkelknochen präsentiert, dessen Platte weiterhin perfekt sitzt. Den könnte man nach Hause schicken, und es würde sich nicht einmal lohnen, ihm für diesen kurzen Spaß eine Rechnung auszustellen.

Baumer musste unweigerlich schmunzeln. »Na, Spitzbart«, dachte er vergnügt. »Bist genau so neugierig wie wir?« Das sagte er dem Prof. Dr. Freundlieb natürlich nicht, aber er konnte sich die heimliche Freude nicht verkneifen. Stattdessen erklärte er dem Chefarzt: »Ja, ich bin Polizist«, und musterte ihn dabei penetrant.

Der Klinikchef blickte so neutral wie ein UN-Diplomat.

Also erhöhte Baumer den Druck, während er seinen Blick kein Jota von dem groß gewachsenen Mediziner abließ. Er sagte: »Ich bin von der Kriminalpolizei.«

Freundlieb blickte weiterhin neutral, als ob ihn das alles nichts anginge. Doch er zuckte eine winzige Spur zusammen. Das geschah unbewusst, weil es aus seinem Innersten kam. Sein Mund hatte sich für eine Zehntelsekunde ein wenig geöffnet, fast nicht zu sehen, aber sein spitziger Bart hatte sich bewegt. Und Baumer hatte es bemerkt. Er war überzeugt, dass sich Freundlieb Sorgen machte, weil er sich fragte, was die Polizei von ihm wolle.

Der Arzt hatte sich erstaunlich schnell wieder im Griff und zeigte Baumer eine starre Maske. Er versuchte so zu tun, als ob ihn dass alles nicht wirklich interessierte – »Aha, Kriminalpolizei.« – aber so richtig gelang es ihm nicht mehr.

Baumer wollte den Klinikdirektor nicht vom Haken lassen. Er redete weiter. »Kann ich ein paar Tage hierbleiben? Einfach bis die Schmerzen weg sind und ich wieder auf den Beinen bin. Ich habe einen Zusatz für Erste Klasse in meiner Krankenversicherung.«

Freundlieb antwortete nicht sofort. Er musste diese Frage zuerst einordnen, versuchen zu ergründen, was dieser Polizist hier wollte.

Das war ein weiterer Hinweis für Baumer, dass der liebe Herr Chefarzt nicht nur als Klinikdirektor dachte: Er würde gut an ihm verdienen können, und trotzdem zögerte er? Was hatte dieser Mann zu verbergen? Hatte er nur Angst, dass man die Steuerabzüge der Klinik unter die Lupe nehmen wollte, oder wusste er Bescheid über irgendwelche dunklen Machenschaften?

Das Zögern von Freundlieb bemerkte natürlich auch Heinzmann, der nicht dumm war und diese Hinweise sehr wohl registriert hatte. Warum musste Dr. Freundlieb überlegen, ob er einen Patienten Erster Klasse aufnehmen wollte? Das hier war eine kleine Privatklinik und jeder Patient bringt bares Geld. Cash. Money. Mäuse. Kohlen. Stütz. Pinkepinke.

Freundlieb kratzte sich die Nase. Sein Hirn hatte gearbeitet. »Wir können Sie leider nicht aufnehmen«, sagte er und zog den Mund zusammen.

Es war offensichtlich, dass er einen möglichst plausiblen Grund für seine Absage suchte, damit er Baumer in unverdächtiger Weise ablehnen konnte. Der hochgewachsene Mediziner blickte seinen Assistenzarzt an, der bisher geschwiegen hatte, aber nun seinem Chef prompt zu Hilfe kam.

»Wir sind überbelegt«, erklärte Firsov. Er legte den Kopf zur Seite und zog die Schultern hoch.

»Tut mir leid. Sie sehen, es geht nicht«, bekräftigte der ergraute Direktor seinen Besuchern nochmals. Er hatte endlich seine überlegene Haltung wiedergefunden. »Sie müssen ins Spital zurück, wo sie behandelt wurden. Aber sie sind ja transportfähig.« Diese Feststellungen sprach Freundlieb halb zum Mann auf der Liege, halb zu seinem Assistenzarzt hin. Es waren sowohl Informationen an Baumer als auch bereits die Anweisungen für Firsov, was mit dem vermeintlichen Patienten und seinem Kumpel zu geschehen habe.

So beendete der große Doktor Freundlieb seine Visite und er ging, wie er gekommen war. Ohne Verabschiedung verließ er gemessenen Schrittes den Raum. Er sah stur geradeaus, im Bewusstsein, dass hier alles perfekt geregelt war und auch ohne eine stündliche Inspektion weiter funktionieren würde. Firsov, seine rechte Hand, hatte die Situation im Griff, er vertraute ihm.

Unbeirrbar schritt er hinaus. Ein Mann, fair und gerecht gegenüber allen und so rein und unbefleckt wie eine Jungfrau. Ein Unantastbarer, der über dem Gesetz steht.

*

Die beiden Polizisten mussten die Show zu Ende spielen. Ein Krankenwagen wurde bestellt, um Baumer ins Kantonsspital zu transportieren. Während der Wartezeit in der Aufnahme der Klinik Alpensonne konnten sich die Zwei nicht wirklich besprechen. Der kraushaarige Firsov blieb in der Notfallstation und ließ sie nicht mehr aus den Augen. Allerdings bemühter er sich, zugleich Abstand zu den zwei Polizisten zu wahren. Er wollte nicht erneut in ein Gespräch verwickelt werden. Das war offensichtlich. Heinzmann ging deshalb auf die Toilette und versuchte danach, abseits vom Assistenzarzt in ein Gespräch mit einer Krankenschwester zu kommen. Eine kleine Plauderei, das Natürlichste der Welt.

Im gleichen Augenblick als der Wachtmeister auf die Schwester zuging, rief Baumer nach Dr. Firsov. Der konnte nicht anders, er musste zu dem eingebildeten Kranken hingehen und hören, was der wollte.

Firsov brauchte nur ein paar Sätze von Baumer zu hören, um zu merken, dass der nicht wirklich ein Problem hatte. Immer wieder drehte er sich zum Durchgang hin, der von der Aufnahme in die Klinik führte. Dort stand Heinzmann, die eine Hand an der Wange und den Ellenbogen an eine Wand angelehnt, die andere locker auf dem Griff der Pistole. Er unterhielt sich mit einer hübschen Schwester. Die lächelte ihn an und quatschte fröhlich mit dem Wachtmeister. Offenbar gefiel ihr der Mann. Vielleicht beeindruckte sie auch nur die Uniform.

Der Russe entschuldigte sich kurz angebunden bei Baumer und ging zügig zu der redseligen Krankenschwester hin. »Schwester Monika. Kann ich Sie sprechen, bitte?« Sein Gesicht hatte er zusammengezogen, als hätte ihm ein übler Gestank in die Nase gestochen.

Heinzmann beendete das Gespräch willig und ließ den Arzt und die Schwester allein, so als ob er nicht im Weg sein wollte. Als er zu Baumer hinging, zwinkerte er ihm lächelnd zu.

Wenig später kam der Krankenwagen. Kommissar Baumer versicherte, dass es ihm doch schon besser ging. Die Transportliege sei nicht mehr nötig. Also wurde er von Heinzmann und einem Pfleger gestützt zum Auto hingeführt, wo man ihm half einzusteigen.

Firsov behielt seine beiden unerwünschten Gäste genauestens im Auge, suchte weiterhin nach Erklärungen, was die beiden hier bei ihm wollten. Seine Hände hatte er in die Taschen seines Arztkittels gesteckt. Er nahm sie erst heraus, als Heinzmann auf ihn zukam und ihm seine Hand hinstreckte.

»Danke für Ihre Hilfe«, verabschiedete sich der Wachtmeister. »Ich glaube, es geht Herrn Baumer jetzt doch schon besser. War offenbar nur ein großer Schreck.«

»Ja, hoffen wir, dass es war nur das«, sagte Firsov grimmig, der sein Misstrauen kaum mehr verstecken konnte.

Der Basler Wachtmeister stieg hinten in den Wagen zu Baumer. Der Fahrer der Ambulanz schloss hinter ihm die Schwenktür, stieg dann selbst vorne auf der Fahrerseite ein. Er startete den Motor und fuhr Richtung Kantonsspital. Heinzmann, der auf der Sitzbank neben Kommissar Baumer saß, sah hinten aus dem Fenster in der Tür hinaus.

Der Russe stand mit zerknautschtem Gesicht und verschränkten Händen da und starrte dem grüngelben Krankenauto mit seinen himmelblauen Leuchtstreifen nach. Dann drehte er ab, rieb sich mit einer Hand das Kinn, so als ob er nicht sicher sei, was er als Nächstes tun müsse. Noch einmal blickte er zurück zum Wagen, zupfte sich nun unschlüssig am Ohrläppchen.

Kaum waren sie außer Sichtweite, rief Heinzmann dem Fahrer Anweisungen zu, wie er zu fahren habe.

Der Sanitäter war verblüfft, maulte, aber der Wachtmeister ließ keinen Zweifel aufkommen, dass nur er bestimme, wohin die Reise gehen werde. An die Heuwaage!

»Dies ist ein Notfall, Mister«, sagte der stämmige Heinzmann zum Sanitäter und lachte dann Baumer an. »Der Meier ist sicher schon gewaltig genervt.«

»Oh.« Baumer schlug sich an den Kopf. »Den habe ich völlig vergessen.«

Heinzmann stellte das Funkgerät wieder an, das er im Spital ausgeschaltet hatte und rief seinen Patrouillenkollegen.

Meier meldete sich im Funkgerät mit einem Schwall an Flüchen und Verwünschungen.

»Ich liebe dich auch«, frotzelte Heinzmann.

Aber der seit zwei Stunden verschmähte Meier fluchte weiter wie ein Rohrspatz.

Ein paar Minuten später hielten sie neben dem Gefreiten an. Der wunderte sich, warum Heinzmann und Baumer in einem Rettungswagen vorfuhren.

Der Führer der Ambulanz jedoch hatte sich schon in sein Schicksal ergeben und fragte Heinzmann, wie es jetzt weiterginge.

»Fahr den Mann hier Richtung Aeschenplatz, aber lass mich und den Kranken zuerst hier raus.«

»Kein Problem, Chef, das machen wir doch gerne«, antwortete ihm der Fahrer, während er die Augen verdrehend seinen Kollegen ansah, der auf der Beifahrerseite saß und in der Nase bohrte.

»Was ist eigentlich los, hier?«, brummte Meier, als die Tür hinten am Auto aufging. Der Ärger war ihm ins Gesicht geschrieben.

Heinzmann versuchte, ihn zu beruhigen, während er ausstieg und Baumer half, aus dem Wagen zu kommen. »Meier, fahr mit meinen neuen Freunden hier zum Mercedes. Er steht in der Hagenbachstraße.« Damit der junge Gefreite nicht wieder losfluchte und machte, was Heinzmann ihm auftrug, schob er schnell noch eine Entschuldigung nach. »Sorry, dass du warten musstest, Meier«, sagte er. »Du hast was gut bei mir.«

»Ich habe doch nicht auf dich gewartet, bin ja kein kleines Kind mehr.« Meier schickte noch ein paar Kraftausdrücke los und zog, ohne Ciao gesagt zu haben, die große Tür zu. Wie auf Kommando fuhr der sperrige Krankenwagen davon und ließ Baumer und Heinzmann zurück.

Die beiden Polizisten blickten einander an. Dann lachten sie los. Was für ein Tag! Mann o Mann. Heinzmann schlug seinen Arm herzhaft um Baumers Schulter. Dann kicherte er. »Du bist mir einer. Grandiose Idee, als Patient ins Spital gehen zu wollen.«

»Mhm«, lachte Baumer und streckte den Kopf nach vorne wie ein Pferd, das ein dargebotenes Zuckerstückchen erspäht hat.

Heinzmann frotzelte weiter. »Wirklich profimäßig dein Sturz. Habe beinahe selbst geglaubt, dass du dir wehgetan hast«, gluckste er und schlug mit der einen Faust in Andis Schulter, während er seinen Freund mit dem anderen Arm zu sich hin zog.

Der Kommissar kam ein wenig aus dem Gleichgewicht. »He, Achtung«, sagte er, lachte aber weiter spitzbübisch ob ihrer perfekt gescheiterten – also durchaus erfolgreichen – Aktion. »Pass auf, sonst bringst du mich doch noch ins Krankenhaus.«

»Nicht mehr nötig. Wir wissen alles, was wir an Infos haben wollten.«

»Firsov hat Dreck am Stecken«, presste Baumer triumphierend hervor. Er streckte den rechten Unterarm vor. Sein Stock wurde hochgehoben und vibrierte in der Luft, wie die Axt eines Scharfrichters, der zum Schlag ausholt. Am höchsten Punkt steht die Axt einen Moment still. Dann zittert sie einen Moment. Dann, dann zuckt sie und saust herunter.

Auch Heinzmann triumphierte. »Firsov steckt bis zum Hals im Dreck!«

»Dreck. Ja, der steckt voll im Dreck«, pflichtete Baumer erneut bei. Er hatte seinen ersten Verdächtigen.

»Und der liebe Freundlieb ist auch dabei«, höhnte Heinzmann.

»Der Doktor war zwar ganz cool«, sagte Baumer. »Aber nicht ganz. Hast du gesehen, wie es bei dem im Kopf gerattert hat. Der weiß etwas.« Der Kommissar schaute seinen Freund ekstatisch an und nickte wie wild. Ein Kind im Hungerwinter von 1917, das gefragt wird, ob es ein Stück Brot möchte.

Stefan Heinzmann dämpfte den Enthusiasmus seines Freundes. »Freundlieb war auffällig, ja das stimmt. Aber das muss noch nicht auf Schuld deuten.«

»Stimmt«, akzeptierte Baumer die Unschuldsvermutung für den Klinikdirektor. »Vielleicht vermutet der Spitzbart selbst, dass etwas nicht mit rechten Dingen in seiner Klinik zu- und hergeht, ist daher misstrauisch.«

»Das sollte er auch. In der Alpensonne geht was vor«, ratterte Heinzmann. »Verdammt noch mal. Der Firsov hat seinen Argwohn vor uns kaum verbergen können.«

»Vielleicht ist er einfach bei allen Polizisten so skeptisch. Die Leute aus dem Ostblock sind gegenüber den Behörden oft auf der Hut.«

»Nein, das ist zu einfach gedacht. Der Russki ist eindeutig zu nervös gewesen.«

»Eine ganz miese Show«, lachte Baumer.

»Ja. Der Mann holt den Klinikdirektor. Wozu? Einen eingebildeten Kranken hätte er selber abservieren können. Und er wollte nicht, dass ich mit den Leuten in der Klinik rede, funkte dauernd dazwischen. Der Firsov hat Dreck am Stecken. Dafür verwette ich meine Pension.« Dann wurde er ein wenig nachdenklich und zog seinen Polizeideckel vom Kopf. Leicht betrübt fügte er an: »Wenn wir nur wüssten, um welchen Dreck es sich handelt?«

*

Welchen Dreck gibt es in Basel? Gibt es speziellen Dreck? Gar einzigartigen? Stinkt der Abfall in Basel anders als in anderen Städten? Ist er fauliger, modriger, schwefliger, ätzender als in Zürich oder Chicago oder Berlin? Was passiert mit dem Müll? Bleibt er liegen wie in Mumbai, wo er von ein paar armen Teufeln mit bloßen Händen weggeschafft wird. Unberührbaren, bei deren Anblick ein Brahmane sofort wieder ins Haus geht und sich energisch die Hände wäscht, wenn sie das Erste sind, was er beim Verlassen seines Hauses sieht. Modert der Dreck in großen Abfalleimern wie in New York, wo die Dünste der übrig gebliebenen Reste von Riesenhamburgern und Megapizzas aus den Eimern kriechen und sich wie dichter Nebel in die Straßen legen? Wie stinkt der Dreck in Basel? Stinkt er überhaupt in dieser schönen Stadt oder wird er weggeräumt, bevor er beginnt, unangenehm zu riechen. Verbrannt als Rohstoff in der Kehrichtverbrennungsanlage bis davon nur noch sauberer Strom übrig ist, der teuer ins nahe Ausland verkauft wird. Hat in Basel alles Sinn und Zweck? Ist Basel eine Modellstadt? Leben hier keine Menschen, sondern Bürger, die keinen Schmutz und Dreck machen, sondern rohstoffreichen Kehricht produzieren. Gibt es in dieser Stadt nur Saubermänner, die allen Abfall akkurat sortieren und vorschriftsmäßig in die blauen Abfallsäcke stopfen, die man gegen Gebühr erwerben muss – zwei Franken pro 30-Liter-Bebbi-Sack.

Baumer erinnerte sich daran, wie in Basel Anfang der 70-er Jahre das erste größere China-Restaurant seine Tore öffnete. Prompt kamen Gerüchte auf, man hätte hinter dem Restaurant im Abfall massenweise Whiskasbüchsen gefunden. Chinesen - servieren Katzenfleisch aus der Dose!, hatte er als Kind diese Verleumdung sofort geglaubt, als wären sie das Resultat einer mathematischen Gleichung.

Jetzt, mit einiger Erfahrung im Berufsleben, ließ sich der Kommissar nichts mehr vormachen. Er konnte sehr wohl unterscheiden zwischen Gerücht und Fakt, zwischen Sein und Schein. Ein schöner Anzug? Kann jeder kaufen. Ein teurer Sportwagen? Vielleicht nur auf Kredit. Elitäre Sprache? Zu oft nur ausgrenzendes und abwertendes Geschwätz. Ein Titel? Leicht erworben aufgrund der gnädigen Geburt. Oder grad im Internet gekauft.

Freundliebs und Firsovs Titel waren hingegen echt.

Der Dreck, in dem sie steckten, ebenso.

10

Kommissar Baumer und Wachtmeister Heinzmann waren zu Fuß von der Heuwaage Richtung Basler Stadttheater gegangen. Es waren nur ein paar Hundert Meter. Kurz vor dem Stadttheater waren sie in die Stänzlergasse abgebogen, weil sie ins Stoffero wollten, eine italienische Bar, die nur 20 Meter weit in dieser Gasse gelegen ist. Die Temperaturen waren zwar noch niedrig, aber die Sonne hatte den Platz vor der Bar schon genügend erwärmt, dass man draußen sitzen konnte.

Die beiden Polizisten ließen sich in Designerstühlen von Philippe Starck auf der ebenerdigen Terrasse nieder und bestellten zwei Espressi. Andreas Baumer ging gegen Abend sehr gerne hierher. Das Stoffero war eine der ersten Bars in Basel gewesen, die bereits vor langen Jahren auf *Italianità* machte. Mittlerweile war sie so etwas wie ein Klassiker, ein echtes Original unter all den vielen Abfüllstationen und Frittierbuden, die wie Geschwüre einer überbordenden Profitsucht in ganz Basel wucherten. Niemand schien mehr etwas zustande bringen zu wollen in dieser Stadt. Alle wollten nur noch verkaufen und handeln – dealen! – ohne selbst irgendwas arbeiten zu müssen. Pinkepinke war ein berauschendes Gas, das in die Menschen eingedrungen war, wie der bittere Duft von Mottenkugeln in schlappe Kleider im Schrank. In diesem ganzen Gestank war die Bar nahe an der belebten Steinenvorstadt für die zwei Polizisten ein Ort geblieben, wo sie noch ohne Stress einen Kaffee trinken konnten. Gleich wie im ilcaffè identifizierten sich die Bediensteten mit der Firma und wirbelten gerne für ihre Gäste. Für dieses gemischte Volk – Leute von der Straße, ein paar Kunstschaffende, nicht selten ein paar Profis vom FC Basel – bedeutete das, dass sie ohne Brimborium rasch und effektiv und zugleich nett bedient wurden. Vor allem wurde kein Gast von einem anderen schräg angeschaut, hier waren alle willkommen.

Baumer liebte das Stoffero auch wegen dessen Spezialitäten. Frische Sandwichs – Panini – die direkt im Stoffero zubereitet wurden. Für Baumer war ein solches Brötchen nicht selten der Ersatz für ein Nachtessen. Zwar hatte er einiges mehr im Kochrepertoire als Heinzmann mit seinen Spaghetti bolognese, aber der Kommissar kochte äußerst selten für sich selbst. Die unregelmäßigen Zeiten brachten es mit sich, dass er meist vergaß einzukaufen; und wenn er doch daran dachte, waren die Läden oft schon zu. Auch konnte es sein, dass er von seinen selbst gekochten, mit Mallorca-Meersalz gut gewürzten Bratkartoffeln zu Lachsstreifen mit Dill zu einer Leiche weggerufen wurde. Auch deshalb hatte er sich angewöhnt, am Abend als Alternative zu einem Nachtessen einfach im Stoffero ein Brötchen essen zu gehen. Das könnte er im Notfall grad mitnehmen, wenn man ihn riefe, um einem unglücklichen Opfer, dem die Lider noch nicht heruntergeschoben worden waren, noch einmal in die Augen zu sehen.

Heute würde er sich aber Zeit nehmen, denn heute war ein guter Tag für Baumer. Er hatte einen Fall. Einen großen sogar – all die toten Frauen. Und er hatte einen Verdacht, der gekeimt war wie ein Maiskorn auf dem weiten Feld im Witterswil, das mächtig wuchs und bereits die übermannshohe Pflanze erahnen ließ.

Kommissar Baumer war gut gelaunt und musste also nicht lange überlegen, bestellte sogleich ein »Tonno Melanzane auf Vollkorn«, als die Bedienung die Espressi brachte. Das Sandwich mit Thunfisch und gebratenen Auberginestreifen auf scharfer Peperoncini-Paste war sein Favorit. Heinzmann wählte ein »Prosciutto cotto«, ebenfalls auf Vollkorn. Während die beiden Freunde auf das Essen warteten, besprachen sie, wie es weitergehen solle.

»Was vermutest du, Andi?«, fragte Heinzmann. Einmal kräftig schlucken hatte ihm genügt, und sein Tässchen war leer.

Baumer zögerte, atmete tief ein und sagte dann: »Vermuten kann man viel. Aber lass uns lieber davon ausgehen, was wir haben.«

»Was haben wir?«

Baumer führte den rechten Finger an die Lippen, dachte kurz nach. Dann sprach er so, als ob er ablesen würde, was er in seinem Kopf auf einer Liste notiert hatte. Es klang wie eine roboterhafte Beschreibung der Fakten. »Helen Amadio entdeckt etwas Kriminelles. Was es sein könnte, wissen wir durch ihren Sohn. Alte

Frauen sterben! Das ist der entscheidende Hinweis. Dann stellen wir fest ...«, Baumer plapperte die Fakten herunter, »... dass im Kantonsspital alles in Ordnung ist. Kein Hinweis auf irgendein Fehlverhalten.«

»Das ist aber jetzt auch eine Vermutung«, warf Heinzmann ein.

»Ja. Aber eine ziemlich gute Vermutung. Theoretisch könnte zum Beispiel diese Lea ja mit den Morden in Zusammenhang stehen. Eine überfürsorgliche Schwester. Ein weißer Engel mit dunklen Obsessionen.«

»Glaubst du das?«

»Das glaube ich nicht. Lea ist eine super Krankenschwester. Vertrau mir, das sehe ich mittlerweile von weitem.« Baumer berührte sich unbewusst und zugleich zärtlich am rechten Oberschenkel.

Heinzmann nickte, aber Baumer nahm es kaum wahr. Er fuhr mit seiner Aufzählung fort. »Aber Achtung. Die Amadio-Meier kennt noch mehr alte Frauen. Die starben in der Klinik Alpensonne. Wir gehen dahin. Der Assistenzarzt, ein gewisser Firsov, verhält sich verdächtig.«

»Und ob«, dröhnte Heinzmann. »Der Mann hat ...«, wollte er einhaken, aber der Kommissar leierte seinen Sermon herunter, ohne auf ihn zu achten: »Er holt den Chefarzt. Für eine simple Visite bei einem eingebildeten Kranken. Unnötig! Der Chefarzt interessiert sich auch nicht für das Gebrechen des Kranken. Für den Kranken an sich schon.«

»Sind Sie Polizist?«, ahmte Heinzmann den Chefarzt nach.

Baumer nahm diesen Faden sofort auf, aber sprach weiter mehr zu sich als zu seinem Partner am Tisch. »Ja«, nickte er. »Das hat er gefragt.« Er lachte kurz auf. »Als ob er das für die Behandlung wissen müsste. Verwaltungsbeamter in sitzender Position. Diese Information hätte jedem anderen Arzt zur Diagnose genügt.«

»Und tschüss«, ließ sich Heinzmann vernehmen.

»Genau. Ein unbescholtener Arzt hätte uns sogleich abgeschoben. Danke. Adieu. Gute Besserung«, imitierte der Kommissar, welches Verhalten ein unbescholtener Dr. Freundlieb wohl gezeigt haben würde. »Aber der Spitzbart konnte seine Neugier nicht zügeln.« Baumer wechselte seine Rolle und spielte sich selbst, wie er mit Freundlieb gesprochen hatte. »Ich bin Polizist – und zwar von der Kriminalpolizei!«

»Kri … Kriminalpolizei?«, tat Heinzmann erschrocken.

»Ha, da erschrickt der liebe Herr Doktor. So, wie einer nur erschrickt, wenn er keine saubere Weste hat.«

Stefan Heinzmann zog den Mund zweifelnd in die Breite, drückte ein Auge zu. »Bei Freundlieb bin ich mir noch nicht ganz sicher. Vielleicht war er nur nervös, weil er selbst schon vermutet, dass etwas in seiner Klinik nicht im Lot ist.«

»Kann sein«, akzeptierte Baumer den Einwurf, »Aber warum will er mich dann ums Verrecken nicht in seiner Klinik haben.« Er nippte an seinem Espresso.

»Obwohl sie gar nicht ganz ausgelastet sind«, pflichtete der Wachtmeister bei.

Das war nun eine neue Information für Baumer. Deshalb fragte er nach. »Woher weißt du das?«

»Die Kleine hat es mir erzählt.«

»Die Krankenschwester?«

»Ja, klar. Ich habe ihr gesagt, dass es sicher eine harte Arbeit hier sei, jetzt wo das Spital voll belegt ist. Sie müsse doch sicherlich Überstunden machen.«

»Überstunden? Nein, das müssen wir nicht machen. Die Klinik ist nicht voll belegt«, wisperte Baumer in einer hohen Frauenstimme. »Das hat sie dir geantwortet. Richtig?«

Heinzmann nickte. »Danke übrigens noch für die Ablenkung von Firsov. Leider hat der Russki aufgepasst und hat unser kleines Plauderstündchen unterbrochen.«

Baumer versank wieder in Gedanken und zog die logische Schlussfolgerung aus ihren Untersuchungen in der Alpensonne. »Der Russki ist verdächtig!« Automatisch führte er seine Espressotasse an den Mund, nahm einen weiteren Schluck des starken Gebräus.

Heinzmann knirschte. »Genau.« Er machte eine Faust. »Nur, was genau hat er verbrochen?« Er schlug ungeduldig auf den Tisch. »Was hat der Mord an der Amadio mit der Alpensonne zu tun?«

Auch Baumer wurde unruhig. Es rumorte in seinem Bauch wie wild, aber er konnte die genaue Ursache des Rumpelns nicht lokalisieren. Alle diese Toten. Warum mussten sie sterben? Was ging in der Alpensonne vor sich. Es war ein Mysterium.

Heinzmann versuchte, vorwärts zu denken. »Solange wir lediglich ein Gefühl und nichts Konkretes in der Hand haben, wird man uns keine Untersuchung in der Klinik bewilligen. Sowieso hätten wir keine Ahnung, wo suchen. Wenn die alten Frauen dort umgelegt werden, mit Gift etwa, nützt es auch nichts, wenn wir dort Giftzeugs finden. In jedem Spital gibt es einen Schrank mit irgendwelchen starken Medikamenten, das gehört einfach dazu. So wie große Spritzen – Skalpelle!«

»Bleiben wir bei den Frauen«, lenkte Baumer rasch ab. »Sie waren alt«, versuchte Baumer wieder eine Systematik in das Denken zu bekommen. Er nahm einen Schluck Kaffee, setzte dann die Tasse vorsichtig ab. »Ich habe die Todesanzeigen dieser Frauen gesehen, die die Amadio gesammelt hat. Da steht: … friedlich entschlafen in der Klinik Alpensonne. Oder es heißt: … danken wir den Ärzten und dem Pflegepersonal der Klinik Alpensonne für ihre aufopfernde Pflege. Und so weiter. So viele Freundinnen in so kurzer Zeit, alle verstorben in der Alpensonne. Und wer sagt uns, dass es nicht noch andere überraschende Todesfälle gibt.«

»Und was schließt du daraus?«

»Zuerst dachte ich, es müsse eine überforderte Pflegerin oder so was sein. Die bringt ihre Patientinnen um, indem sie sie mit dem Kopfkissen erstickt.«

»Oder Luft in die Arterien spritzt.«

»Arrh, Stefan, hör auf. So genau will ich es nicht wissen.«

»Oder sie mischt Zyankali in den Tee.«

»Stefan!«

»Rattengift«, meinte Heinzmann trocken und streckte das Kinn vor.

Baumer gab es auf. Sein leicht übergewichtiger Freund vergnügte sich. Vielleicht war das seine Art mit solchen Geschichten umzugehen. Stefan war durchaus sensibel. Einen Spaß hier und dort wollte er sich aber nicht nehmen lassen. Natürlich hätte er nie blöde Sprüche vor Angehörigen oder Betroffenen gemacht. Aber hier war man unter sich. Sie waren beide Profis, und ein Scherz, ein Fluch zur richtigen Zeit hilft die Arbeit zu ertragen.

Der Kommissar wurde von Heinzmann plötzlich in die Seite gestoßen. Als Baumer aufschreckte, deutete der Wachtmeister mit einer kleinen Kopfbewegung auf eine Frau, die sich ein paar Tische weiter auf einen der marineblauen Designerstühle setzte. Auf dem Gesicht ein erwartungsvolles Lächeln zog er die Augenbrauen weit nach oben.

Die Frau ihnen gegenüber hatte blonde gewellte Haare. Sie trug hellblaue Dreiviertelhosen mit neckisch aufgesetzten Taschen. Ein weißes Poloshirt von Lacoste spannte über ihrem erstaunlich groß wirkenden Busen. Zwischen dem Hosenbund und dem Shirt zeigte sich ein fit getrimmter Bauch, noch gänzlich ungebräunt. Die Hose hing so tief herunter, dass man die letzten flaumigen Ausläufer von Schamhaaren erkennen konnte.

Anna.

Baumer erinnerte sich schlagartig an seine Freundin in Kreta. Er musste ganz einfach wieder einmal anrufen. Dringend! Er musste zeigen, dass es ihn noch gab und dass er an sie dachte. Aber jetzt? Jetzt konnte und wollte er nicht. Erst musste er sich über die Fakten im Mordfall Amadio-Meier (Stich ins Rückenmark; Motiv unklar; erste Spur: Tote Frauen in Privatklinik Alpensonne; Freundlieb, Firsov) absolut im Klaren sein. Dann erst würde er in Ruhe anrufen können. Er zupfte seinen Kumpel am Ärmel.

Heinzmann jedoch ließ seine Augen nicht von der Frau gegenüber ab. Verzweifelt versuchte er mit der jungen Dame Blickkontakt aufzunehmen. Die hingegen ignorierte den Polizisten penetrant, obwohl sie die Blicke dieses Mannes sicherlich auf ihrem Busen, ihrem Bauch, ihren Lippen spüren musste. Es war offensichtlich, dass sie sich größte Mühe gab, nicht in seine Richtung blicken zu müssen.

»Stefan!«, zupfte Baumer energisch an Heinzmanns Ärmel.

»Ja«, sagte dieser, ohne seinen interessierten Blick von der jungen Frau gegenüber zu lösen.

»Hör mir zu, Stefan!«, insistierte Baumer, aber Heinzmann wollte nicht hören.

»Lass doch diese Mademoiselle, das ist doch keine echte Frau.«

»Hhm«, brummte Heinzmann.

Baumer wollte ihm vorhalten, dass er immer nur auf Frauen anspreche, die so alt sind, wie seine Silvia, als sie ihn verlassen hatte. Immer vergucke er sich in die falschen, und die guten in seinem Alter sehe er dann nicht. Aber er ließ es bleiben. Stattdessen sagte er: »Stefan?«

Endlich drehte sich Heinzmann zu seinem Freund.

»Also«, fuhr Kommissar Baumer fort, »wenn es ein Pfleger oder eine Pflegerin wäre, dann wüsste der Chefarzt nichts. Nicht einmal die erfahrene Stationsschwester wäre im Bilde, hätte kaum einen Verdacht. Morde durch Pfleger sind Taten eines Einzeltäters. Sie geschehen still und heimlich. Oder?«

»Ja. Das sehe ich auch so«, nahm Heinzmann wieder am Gespräch teil. Nur noch vereinzelt sendete er verzweifelte Kontaktversuche Richtung Tisch 19, wo seine vermeintliche Traumfrau saß.

»Der Fakt, dass der Assistenzarzt sich verdächtig verhält und der Chefarzt erschrickt, als er erfährt, dass ich von der Kripo bin …«

»… und der Fakt, dass sie dich auf keinen Fall im Haus haben wollen«, fiel Heinzmann seinem Freund ins Wort.

»Ja, und auch das«, nahm Baumer diesen Gedanken mit in seine Argumentation auf. »Also, insgesamt diese Verhaltensweisen zeigen deutlich, dass in der Alpensonne etwas Krummes läuft.«

»Aber was?«, rief Heinzmann abermals laut aus und schlug so hart mit der Faust auf den Tisch, dass der Kaffeelöffel klimpernd von der Untertasse seines Espressos sprang. Jetzt hatte Heinzmann die volle Aufmerksamkeit der Schönheit, die beim Toben des Polizisten zusammengezuckt war und zu den beiden Männern hingesehen hatte. Baumer nahm die erschreckten Blicke der Frau wahr. Sein Freund nicht.

Nur wenig später kamen die Panini. Baumer aß seines langsam und ganz genießerisch mit kleinsten Bissen. Er hatte eine Spur und das füllte bereits seinen Magen. Um sein Designerhemd nicht zu beschmutzen, beugte er sich immer wieder weit nach vorne, wenn er abbiss.

Heinzmann hingegen zerfetzte sein Panino mit gierigen Bissen und schlang es rasch hinunter. Er hatte gesehen, wie sich ein etwa 30-jähriger Mann in perfekter Italo-Garderobe hinter seine angebetete Schönheit gestellt hatte. Der junge Mann hatte dunkle, ölige Haare. Sie glänzten wie Briketts zum Heizen. An der linken Hand trug er einen fetten Siegelring. Er legte sie der Schönen auf die Schulter und säuselte ein »Ciao, Bella« in den Abendhimmel. Sie quietschte vergnügt, sprang auf und herzte den Mann, als wäre er Eros Ramazotti höchstpersönlich. Der blickte cool bis nach Mailand und genoss die Blicke der anderen Männer um ihn herum. Dann setzten sich die beiden eng zusammen und turtelten glücklich und redeten und redeten und küssten sich, weil es kein Glück außer ihrem auf der Welt gab.

Heinzmann fuhr mit der Papierserviette so energisch über seinen Mund, dass sie zerriss. »Verdammt noch mal«, polterte er. »Was machen wir jetzt? Wie kommen wir weiter?«

Baumer legte seine Hand auf den Unterarm seines Freundes. »Schon okay, Stefan, beruhige dich«, sprach er in mildem Ton.

Der Wachtmeister blickte zu seinem besten Freund hinüber. Er sah in ein verschmitztes Gesicht. »He, ist dir was in den Sinn gekommen?«

Baumer sagte nichts, lächelte nur.

Heinzmann machte die Augen auf. »Du hast doch eine Idee.«

Der Kommissar nahm das letzte Schlückchen von seinem Espresso. Er stellte das Tässchen ab und sagte: »Ja.«

*

Als Baumer am Abend vom Stoffero aus nach Hause ging, hatte er Anna vergessen. Er studierte weiter am Fall herum – musste daran herumstudieren – und versuchte ausgehend von seinen Vermutungen und einer Idee, die ihn nicht mehr losließ, eine handfeste Strategie zu bauen. Er war sich sicher, dass mindestens Firsov mit dem Tod von Helen Amadio-Meier zu tun hatte. Freundlieb, der Klinikchef, hatte sich ebenfalls merkwürdig verhalten. Vielleicht war er Mitwisser, vielleicht auch nur ein Direktor, der doch nicht alle Fäden im der Hand hatte und das durch Hochnäsigkeit zu kaschieren suchte. Ob er überhaupt und wenn ja, wie weit oben auf der Liste der Verdächtigen zu stehen kam, würde man herausfinden.

Bei diesem »Räuber und Police«-Spiel müsste man allerdings behutsam vorgehen. Eine konkrete Spur hatte der Kommissar noch nicht. Juristisch gesehen hatte er nicht einmal irgendeinen stichhaltigen Grund, eine Hausdurchsuchung durchzuführen. Doch Baumer spürte in seinen Eingeweiden einfach, dass in dieser Klinik nicht alles mit rechten Dingen zu- und herging. Das galt es aufzuklären. Dafür hatte ihn die Amadio ja auch anrufen wollen, war Baumer überzeugt. Auch sie hatte vielleicht nur einen leisen Verdacht gehabt und noch nichts Konkretes entdeckt. Auf eine Polizeistation war die Rentnerin damit nämlich gar nicht erst gegangen. Bei Gerüchten und bloßen Vermutungen sind den Beamten die Hände gebunden. Das wäre verlorene Zeit gewesen, die zu einer Aktion zu bewegen. Also hatte sie versucht, ihn zu erreichen. Ihn, Kommissar Baumer, von dem sie wusste, dass er keine Geschichte unter den Tisch fallen lässt und keine Angst vor Fettnäpfchen hat.

Baumer zückte sein Handy. Er war sich gewiss, dass er Grund genug hatte weiterzumachen. Seine Strategie war klar, sein Plan sauber entwickelt. Er müsste nur noch ein paar Sachen organisieren. Um telefonieren zu können, blieb er stehen, denn er ging über längere Strecken immer noch an Krücken und konnte nicht gleichzeitig Stock und Handy bedienen. Baumer klickte sich ins D der Adressliste und dort bis zum Eintrag eines guten Freundes.

Dannerbrille.

Unter diesem Namen hatte Baumer die Handynummer von Rolf Danner eingespeichert. Der war Journalist bei der Zürcher Boulevardzeitung Blick und Spezialist für Mordfälle. Sein Markenzeichen war eine übergroße Brille in der Mode der 70-er Jahre. Der Reporter trug sie immer - egal zu welcher Uhrzeit. Sie war satt getönt und schmiegte sich eng an die Rundung der Augenhöhlen. Die Marke? Völlig unbekannt. Wahrscheinlich hatte Danner sie bei einem Besuch in Ostberlin 1984 erstanden. Nur dort gab es zu dieser Zeit, als er ein junger Student war, überhaupt derartige Brillen zu kaufen. Heute sah man solche Modelle bei vielen jungen Leuten. Aber nur Danner würde es auch in fünf, in zehn, ja in allen Jahren tragen. Er sah damit aus wie ein großes, sehr agiles Insekt zumal Danner eine quirlige Person war, immer unterwegs, immer auf dem Sprung.

Baumer ließ sein Handy die Verbindung aufbauen. Es läutete nur kurz, dann nahm Danner ab, und Baumer hörte den Journalisten inmitten eines orkanartigen Lärms ins Handy brüllen.

»Baumi, hey, hallo!«, schrie der Reporter. »Was läuft, Mann?«

Der Kommissar wusste, dass hier ein Gespräch kaum möglich sein würde. Sein Gesprächspartner war entweder in einer Diskothek oder in der Druckerei seines Zeitungsverlages, oder in einer Bierbrauerei an der Abfüllstation, oder beim Start einer Ariane-Rakete. Baumer wollte in gleicher Lautstärke ins Mikrofon schreien, realisierte aber gerade noch, dass er selbst ja nicht in gleichem Maße zu schreien brauchte.

»Ich brauch dich«, erklärte der Kommissar dann doch in ziemlich großer Lautstärke.

Danner brüllte: »Wann? Wo?«

Baumer schrie zurück. »Gegenfrage: Übliche Bedingungen?« Er musste sich vergewissern, ob der Reporter auch in diesem Fall seine Regeln akzeptieren würde. Nähere Informationen würde Danner nur bekommen, wenn er ihm schwor, die Schnauze zu halten, bis der Mörder gefangen wäre.

Das war Danner klar und er brüllte zurück, »Ja, Baumi. Ja, ja, ja!«

Also war alles abgemacht. Der Mann vom Blick war in Baumers Boot. Das war kein Vergnügungsdampfer. Es war ein kleiner Kahn, immer in Gefahr von einer bösen Welle überspült zu werden. Zusammen würden sie mit dieser Nussschale in See stechen, um den schweren Kreuzer von Admiral Freundlieb auf seiner Kaperfahrt zu stellen, vielleicht sogar zu versenken.

Baumer gab dem Mann am anderen Ende der Leitung letzte Anweisungen. »Morgen. Café Fortuna. Neun Uhr.«

»Au, verdammi noch mal. Jetzt geht's aber rund. Was für eine geile Sache läuft hier?«, brüllte Danner in die Leitung.

»Morgen«, rief Baumer und klickte seinen Kumpel weg. Es war genug gesagt. Um neun am nächsten Tag würde man Nägel mit Köpfen machen.

Dann tat der Kommissar den nächsten Anruf.

»Regazzoni«, meldete sich eine distinguierte Stimme. Baumer schien, als würde das Hüsteln des Gerichtsmediziners, mit dem er sich die Stimme gesäubert hatte, als Echo noch in der Leitung stecken.

»Guten Abend, Professor«, begrüßte ihn der Kommissar.

»Ich bin nur Doktor, Herr Baumer, das wissen Sie doch. Rufen Sie mich deswegen so spät abends an, um mich daran zu erinnern?«

Andreas Baumer musste ein Lachen unterdrücken und konnte nicht verhindern, dass Regazzoni es durch die Leitung hindurch noch als kurzes gepresstes Schnauben bemerkte. Aber der Mediziner ließ sich nichts anmerken. Er wartete offenbar auf die Erklärung des Kommissars. Baumer schien es, als könne er den Gerichtsmediziner aufrecht am Telefon stehen sehen. Wahrscheinlich hatte der »Professor« immer noch Hemd und Krawatte an. Die Füße, vom vielen Stehen am Untersuchungstisch schmerzend, in edlen Bally-Schuhen.

»Ich brauche Ihre Hilfe«, sagte Baumer.

»Kann das nicht bis morgen warten.«

»Ja, schon, aber … ich brauche wirklich Ihre Unterstützung.«

Es dauerte einen Moment, dann fiel bei Regazzoni der Groschen. Der Kommissar hatte wieder einmal irgend so ein krummes Ding vor, und er sollte mitmachen. Dafür war Andreas Baumer bekannt. Er war keiner dieser superschlauen Detektive. Doch getraute er sich, Aktionen durchzuziehen, bei denen anderen die Hosenbeine flatterten. Regazzoni wusste, dass sich Andi Baumer ebenso gnadenlos in die Gefahr warf, wie Ernst Jünger sich und seine Leute in die Schlacht in Cambrai. Keine Rücksicht auf Verluste. Regazzoni selbst hatte schon an ein paar dieser Stoßtruppaktionen teilgenommen. Und jedes Mal waren die Fetzen geflogen.

»Sie brauchen wieder meine Hilfe?«

»Ja.«

»So mit allem drum und dran.«

»Ja.«

Regazzoni machte einen gewaltigen Atemzug. Es war so etwas wie ein Anti-Exitus. Er blähte die Lungen auf und sog und sog und sog. Er hielt die eingeatmete Luft fest, bis er nicht mehr konnte, presste sie dann unter Schmerzen wieder aus. Der Mediziner wusste, wenn Baumer um seine Hilfe bat, musste die Kacke am Dampfen sein. Kommissar Baumer würde ihn nicht wegen irgendwelchem Krimskrams fragen. Der Mann mit den kurzen braunen Haaren und den übergroßen Füßen brauchte ihn nur, wenn er einen schweren Verdacht hatte, vielleicht einen Mörder schon an der Angel, er aber mit normalen Mitteln nicht mehr weiterkam. Sicherlich würde dieser Kommissar ihn in immense Schwierigkeiten bringen.

»Sie brauchen wirklich meine Hilfe? Geht es wirklich nicht ohne mich?«

»Nein.«

Baumer hörte einen zweiten tief bekümmerten Seufzer. Dann hörte er, wie der Tessiner gedrückt sagte, als wäre er in sich zusammengesunken: »Ja, gut, also. Wenn es sein muss.«

*

Bis Baumer zu Hause ankam, machte er nochmals zwei Halte.

Während des ersten informierte er Wachtmeister Heinzmann, dass er alles organisiert habe. Danner und Regazzoni seien mit an Bord. Heinzmann hatte vergnügt geantwortet: »Super, Andi. Endlich geht's los.«

Nach ein paar weiteren Hundert Metern stoppte Baumer erneut. Er setzte sich auf eine Parkbank beim Bahnhofplatz und rief

Anna an. Es war bereits dunkel, und die Luft hatte sich sehr abgekühlt. Aber er wollte – musste! – endlich mit ihr reden und fragen, wie es ihr gehe. Er würde sogar antönen können, dass er eine Spur habe, vielleicht hätte er den Fall rasch gelöst. Dann würde er es wiedergutmachen können, mit neuer Zeit für sie.

Andi Baumer stellte sich auf ein langes Gespräch ein. Dass er zu Hause an der Hochstraße mit der Festnetzleitung viel weniger bezahlt hätte, war ihm jetzt egal. Er hatte bereits viel zu lange gewartet, um Anna anzurufen. Die Zeit drängte. Also wählte er ihre Nummer. Ein ungewohnter Piepston ertönte, wahrscheinlich weil es eine internationale Leitung war. Der Ton erklang in gleichen Abständen. Offenbar wurde tatsächlich eine Verbindung aufgebaut. Dann knackte es.

»Hallo«, hörte Baumer Anna sprechen.

»Hallo, Anna. Hier ist Andi.«

»Andreas«, sagte Anna.

Andreas?

»Hallo, Schatz.«

»Schatz?«, fragte Anna unterkühlt.

Sogleich war die Märzenluft in Basel für Baumer nicht nur frisch, sondern richtig kalt. Er zog beide Beine zusammen, knickte in sich zusammen und schlug den Kragen seiner Jacke hoch. Andi fragte vorsichtig, wie es ihr ginge.

»Wie es mir geht?«, fragte sie zurück.

Es schien ihm, als hätte Anna eine Handvoll Eiswürfel in die ihr offerierte, heiße Schokoladenmilch geworfen. Er wartete weiter auf ihre Antwort.

»Interessiert dich das wirklich?«, zweifelte Anna an seinem Interesse.

Weil Baumer sein Gegenüber nicht sah, konnte er nicht deuten, ob die Frage ironisch gemeint war. »Ja, es interessiert mich wirklich«, bestätigte er und wusste in dem Moment selbst nicht, ob er log oder die Wahrheit sagte.

»Mir geht es gut«, meinte Anna kurz angebunden.

Es fiel Baumer schwer, den schnippischen Unterton in ihrer Antwort zu ignorieren. Trotzdem fuhr er fort, als hätte er keinen Vorwurf gehört. »Was machst du denn?«

»Ich amüsiere mich.«

Immerhin, dachte er. Immerhin hat sie Spaß und kann sich vergnügen. Dann beschlichen ihn doch leise Zweifel, ob sie das etwa nur gesagt hatte, um Distanz zu ihm zu schaffen und ihm gleichzeitig ein schlechtes Gewissen zu machen. Doch dann wertete Andi den schnippischen Unterton als positives Zeichen. Wenigstens sprach sie noch mit ihm. Und sie griff ihn sogar an. Das war gut, denn wenn man sich noch streitet, kann man sich auch wieder versöhnen. Lieber ein Knall als stilles Ignorieren. Lieber mit einem Tiger kämpfen als mit einem Stein. Noch ist nicht alles verloren. Sie soll sich ruhig abreagieren und mich herunterputzen, sagte Andi zu sich selbst. Dann geht es ihr besser und wir können uns wieder verstehen. Also sagte er zu ihr: »Anna, ich habe eine ...« Weiter kam er nicht, denn urplötzlich war die Verbindung unterbrochen.

»Mist Griechenland Scheiß Leitung«, fluchte Baumer und versuchte sofort, wieder einen neuen Kontakt zu bekommen. Aber das Display seines Nokia war überhaupt nicht hinterleuchtet. Eine schwarze Fläche schaute ihn an. »Was ist denn jetzt los?«, dachte er noch, nur um im nächsten Moment zu realisieren, dass er überhaupt keine Batterieleistung mehr hatte.

Huere Mist!

Verzweifelt versuchte er, das Ding wieder in Gang zu setzen, aber der Begrüßungsbildschirm wurde immer nur kurze Momente gestartet, dann soff das Handy wieder ab. »Nein, Nein!«, schrie Baumer. »Das glaubt sie mir nie. Nie!«

Es half alles nichts. Baumers Handy – er hatte es erst kürzlich erworben – hatte keine Batterieleistung mehr. Das war ihm mit dem alten nie passiert! Das hatte ihn immer rechtzeitig mit Pieptönen gewarnt, dass bald Schluss sei, aber hier in diesem Ding hatte er selbst alle Warntöne ausgeschaltet. Sie hatten ihn genervt, weil er zu Beginn mit der Bedienung nicht zu Rande gekommen war und es jedes Mal mit Gepiepse reagierte, wenn er sich vertippte. Nun hatte er das Gerät im Griff, aber völlig vergessen, die Warnung für mangelnde Leistung wieder einzuschalten.

Der Kommissar stresste sofort nach Hause, mutete seinem Bein sogar ein wenig zu viel zu. Als er in der Hochstraße in seiner Wohnung ankam, setzte er sich mit schmerzendem Oberschenkel sofort ans Telefon und rief nochmals an. Doch jetzt tönte die Leitung nach Griechenland anders. Das Signal klang irgendwie höher, aggressiv. Nach sechs schrägen Tönen knackte es prompt, und eine griechische Stimme sprach knatterhaft ab Band. Baumer verstand nicht, was die Roboterstimme zu ihm sagte. Aber er wusste wohl, was diese Ansage bedeutete: »Baumi, du Arschloch. Jetzt bist du einmal zu oft zu weit gegangen.«

»Hueremist!«, fluchte Baumer. »Mist, Kacke«, knirschte er weiter, während er das Handy ans Akkuladegeräts hängte und an den Strom anschloss. Sodann konnte er das Gerät wieder einschalten und er begann sofort, eine SMS zu schreiben. Er war sich bewusst, dass jetzt jedes Wort von übergroßer Bedeutung sein würde. Also gab er sich die allergrößte Mühe, Anna zu erklären, was vorgefallen war. Auch müsste er ihr hoch und heilig versichern, dass es ihm leid tue. Nach einer langen Viertelstunde war die Nachricht endlich fertig.

Hallo, Anna. Es tut mir wirklich schrecklich leid. Entschuldigung. Mein Akku war gerade fertig. Ich habe es vorher leider nicht gemerkt. Habe dich noch einmal vom Festnetz angerufen. Wo bist du? Bin zu Hause. Ruf doch bitte an. Hoffe, es geht dir gut? Gruß A.

Baumer las den Text nochmals durch. Er fand, dass die Botschaft ganz okay sei. Seinen eigenen Namen konnte er nicht mehr ausschreiben, denn eine SMS fasst nur 259 Zeichen. Aber die Abkürzung würde genügen. Anna würde wissen, wer sich hier entschuldigte.

Entschuldigen?

Baumer las den Text noch einmal. Nun fand er, dass das Wort Entschuldigung zu viel des Guten war. Entschuldigen wollte er sich nicht wirklich. Die Batterie war schuld, nicht er. Auch fand er, dass ein bisschen viele Leids drin standen. Musste es ihm leid tun? Sollte er sich entschuldigen dafür, dass er war, was er war? Einer von der »Schmier«. Ein »Schugger« eben, der sich einsetzt für die, die sich nicht wehren können, und das den ganzen Tag und die ganze Nacht und sieben Tag in der Woche, ja alle Tage im ganzen Jahr.

Baumer machte sich nochmals an die Nachricht. Er löschte die Entschuldigung. Auch ein Leid und ein Schrecklich fielen seinem Daumen zu Opfer. Dafür konnte er nun seinen Namen ausschreiben. Ein letzter Blick auf den Text:

Hallo, Anna. Es tut mir leid. Akku war grad fertig. Konnte dich daher nicht grad zurückrufen. Bin sofort nach Hause. Habe dich erneut angerufen. Wo bist du? Ich bin zu Hause. Ruf doch bitte an. Wie geht es dir? Geht es dir gut? Gruß Andreas

Das wollte ihm genügen. Er tippte die Nummer von Annas Handy ein, drückte auf die Senden-Taste. Das Gerät stellte die Verbindung ein, dann wurde die Nachricht übermittelt. Das Display zeigte an, wie Baumers Botschaft elektronisch zerstückelt in kleinen Portionen nach Griechenland verschifft wurde. Dann kam das Symbol dafür, dass die Meldung erfolgreich abgeschickt worden war.

Kaum versandt, kamen Baumer Zweifel, ob er nicht doch die erste SMS hätte abschicken sollen. Das wäre sicherer gewesen. Er fühlte sich plötzlich mies. »Was für ein Idiot du doch bist«, sagte er zu sich selbst und begann erneut zu tippen.

Hallo Anna. Es tut mir wirklich leid. Bitte ruf an. Kuss Andi.

Er wollte diese SMS der bereits versandten hinterherschicken, als er sich erneut anders besann. »Das ist ja noch kitschiger als in der ersten Mail«, staunte er über seine hilflosen Versuche, mit Anna zu kommunizieren. »Das geht nun gar nicht. Anna ist nicht dumm.«

So verbrachte Baumer den Rest des Abends. Er verfasste immer neue Texte, die ihm aber allesamt nicht gefielen. Entweder waren sie zu banal, oder zu unterwürfig, dann zu forsch, immer aber zu kitschig. Er war mit keiner zufrieden, sandte keine davon ab. Zwischendurch versuchte er immer wieder mal, Anna in Griechenland telefonisch zu erreichen, aber sie nahm nie ab. Schließlich gab er es auf, ging rasch zu Bett. Bis da war er überzeugt, dass er alles richtig gemacht hatte, und er wurde auf Anna richtiggehend wütend. Soll sie sich doch mit ihrem Yannis in der Open-Air-Disco am Strand vergnügen und sich die ganze Nacht um die Ohren schlagen. Er musste morgen ausgeruht sein.

Morgen, da gab es viel zu besprechen mit Danner, Regazzoni und Heinzmann. Sie mussten einen Mörder, vielleicht eine ganze Mörderbande fangen. Wie sie das tun würden, hatte sich Baumer im seinem Hirn bereits zurechtgelegt, überschlug es gleich nochmals. Damit brachte er sich aber um den Schlaf, denn prompt gingen ihm diese Ideen wieder und wieder durch den Kopf. War die Strategie nicht zu riskant? Bei Erfolg würden sie zwar einen Mörder fangen, bei Misserfolg aber alle ihren Job verlieren. Hatte er nicht doch etwas übersehen, einen entscheidenden Hinweis ignoriert, der ihn auf eine ganz andere Spur lenken würde?

Beunruhigt über diese Unsicherheit lag er lange grübelnd wach, bevor er endlich in einen zittrigen Schlaf fiel.

11

Neun Uhr morgens war Sitzung. Baumer, Heinzmann, Danner und Regazzoni trafen sich im Café Fortuna an der Güterstraße. Diese Kaffeebar hatte erst kürzlich eröffnet. Baumer hatte sie gleich am ersten Tag besucht, als Eröffnung gefeiert worden war. Er hatte sofort gesehen, dass ihm dieses schmucke Teil gefallen würde. Die Bar war eine umgebaute Parterrewohnung eines alten 40er-Jahre Hauses. Zwei Räume waren beim Umbau zusammengelegt und eine große Fensterfront zur Straße hin geschlagen worden. Dort konnte man ähnlich wie im ilcaffè an einer Balustrade stehen und die belebte Promenade vor dem Café beobachten, durch die ebenfalls eine Straßenbahn – die Nummer 16 – fuhr. Die Bar war mit kunterbuntem und glitzerndem Italokitsch eingerichtet. Licht kam von allerlei Kerzen und Lampen. In einem Glaskasten lagen gekühlt verschiedene Dolci, die süßen italienischen Dessertspeisen, und frischer Schweizer Apfel- und Rhabarberkuchen. Die Informationen auf einer Kreidetafel vor der Bar verhießen, dass im Fortuna auch Panini zubereitet wurden.

Wenn Baumer im Gundeldingerquartier Halt machte, ging er neuerdings öfter hierher. Im Gegensatz zum ilcaffè gab es im Fortuna ruhige Sitzecken, in die sich die vier Männer zurückziehen konnten.

Als die vier bestellt hatten, beugte sich Dr. Regazzoni im Vertrauen zu Baumer. »Ist das hier eine Schwulenbar?«, fragte er und blickte sich heimlich um.

Der Kommissar musste lachen. »Hier sind alle herzlich willkommen.«

Regazzoni wurde sofort rot. »Nicht, dass Sie mich falsch verstehen. Ich meine einfach. Stilvoll! Wirklich! Gefällt mir ausgezeichnet hier.«

»Ja. Schon klar, Regazzoni«, schmunzelte Baumer.

Der »Professor« mühte sich, zu erklären, dass er nichts gegen Homosexuelle habe, aber der Kommissar beruhigte ihn rasch, dass das auch niemand von ihm annehmen würde. Es war ja auch egal. Basel ist eine liberale Humanistenstadt, und das Thema Schwulsein war für Heteros schon lange erledigt. Das war nicht immer so gewesen. Schwulen gegenüber war man zwar in Basel immer ein wenig toleranter gewesen als in anderen Städten. Vorausgesetzt natürlich, dass sich die warmen Brüder im Gebüsch versteckten oder unter sich blieben in ihren Ghettoclubs. In der Öffentlichkeit hatte man sie früher nur toleriert, wenn sie begnadete Künstler waren oder Couturiers im Range eines Fred Spillmanns.

Heute ist das ja alles anders.

Baumer blickte Danner an. Der verbarg seine dunklen Augenringe hinter seiner Fliegenbrille. Dem Journalisten war es völlig egal, wo das Treffen stattfand. Was ihn interessierte, war die Story. Hätte es der Kommissar von ihm verlangt, er wäre hier nackt aufgekreuzt und würde auf dem Tisch mit einer Rose im Mund oder sonst wo tanzen.

Wie nicht anders zu erwarten war, konnte der Journalist seine Neugier kaum verbergen. Der Zürcher legte sofort los. »Also, Baumi. Erzähl! Was ist los?«

Baumer sagte noch nichts, prüfte nochmals die Umgebung. Im Fortuna gab es vereinzelte Gäste. Pärchen, die sich unterhielten. Kein einzelner Gast saß an einem Tisch. Konnte man den Kommissar und seine Gehilfen belauschen? Nicht wirklich. Sie saßen wie geplant im kleinen Nebenraum, Musik lief, und die anderen Gäste redeten und produzierten so eine klebrige Geräuschkulisse, die ihre Gespräche übertünchen würde.

Der Kommissar beugte sich nach vorne.

Das war wie ein Zeichen für den Reporter vom Blick, dass jetzt das Geheimnis gelüftet werden würde. Er schnellte nach vorne und hielt sein Ohr bereits hin, noch bevor Baumer zu reden begann.

Regazzoni andererseits gab sich Mühe, dass man sein Interesse nicht bemerkte. Er war natürlich genauso gespannt wie Danner, würde sich aber nie dazu hergeben, einen solch gierigen Gesichtsausdruck wie der Mann mit der Brille zu tragen. Doch auch er, obwohl er in seiner würdigen und daher etwas steifen Sitzhaltung hocken blieb, sperrte die Ohren weit auf.

»Also, Leute«, sagte Baumer, und Rolf Danner entfuhr sofort ein kurzes, abgehacktes »Ja.«

»Also, ihr wisst ja von der Ermordung der alten Amad …«

»Rotbergerstraße«, fiel Danner dem Kommissar ins Wort und seine Augen sprangen auf. »Also darum geht's?«

»Hm«, bestätigte Andi Baumer und legte dann alles dar, was er und Heinzmann zu diesem Fall herausgefunden hatten. Er berichtete, dass Amadio-Meier nur die Spitze des Eisberges war. Es gab weitere Tote. Ihre wichtigste Spur führte in die Alpensonne. Baumer erzählte, wie er und Heinzmann die Klinik besucht hatten.

Als Baumer fertig erzählt hatte, schoss Danner sofort mit seiner Frage hervor. »Was soll ich tun?« Vorfreudig riss er die Augen auf, so dass seine Stirn nach oben ging. Er rückte seine Brille zurecht.

Regazzoni hingegen hielt sich weiterhin dezent zurück, obwohl auch er äußerst interessiert war zu erfahren, was er zur Aufklärung dieses Mordes beitragen konnte.

Baumer antwortete dem Blick-Journalisten zuerst. »Du Danner, hast eine besondere Stärke.«

»Nur eine?«, ließ sich plötzlich der Mediziner vernehmen. Ein charmanter Seitenhieb. Würdig eines Professors.

Danner ignorierte die Stichelei. »Welche Stärke meinst du?«, fragte er ernsthaft. »Du kannst …«, wollte es ihm Baumer erklären, aber Heinzmann schlürfte so penetrant seinen Kaffee, dass beinahe der Putz von der Decke fiel. Andi Baumer stöhnte auf. »Stefan, bitte.«

Der entgegnete nur: »Viel zu heiß!«

Alle außer Heinzmann lachten. Unbeeindruckt machte er weitere Schlürfgeräusche.

»Also deine Stärken, Danner«, fuhr Baumer fort, indem er sich wieder dem Journalisten zuwandte. »Du kommst unauffällig und schnell an Informationen heran, an die wir nur mit großem Aufwand kommen. Du bist ein verdammt guter Spürhund.«

Danner freute sich aufrichtig über das Lob.

Regazzoni rümpfte die Nase, natürlich nur so, dass es keiner der Anwesenden sah. Heinzmann schlürfte seinen Kaffee.

»Ich will, dass du unseren Dr. Schiwago unter die Lupe nimmst.«

»Wer ist denn das?«, fragte Regazzoni.

»Der Russki natürlich«, staunte Heinzmann. »Sagen Sie bloß, Sie kennen Schiwago nicht?« Er summte dem Mediziner die Melodie des Filmklassikers vor, klopfte mit den Fingerspitzen traumverloren den Takt, lächelte selig.

»Hm, tja«, meinte Regazzoni. «Ich gehe ja mehr in die Oper.«

»Oper?« Heinzmann zog das Gesicht zusammen, als hätte er eine bittere Medizin geschluckt.

Rolf Danner warf beiden einen stechenden Blick zu. Solche Unterbrechungen nervten. »Was konkret soll ich tun?«, wandte er sich schließlich wieder an Baumer.

»Ich will, dass du herausfindest, woher der Schiwago kommt. Wer sind seine Kumpels? Was ist sein Netzwerk?«

Danner war ein wenig enttäuscht. »Ist das alles? Das könnt ihr doch genauso gut …«

Der Kommissar erklärte es ihm. »Schau, Danner. Wenn es nur um Firsovs Aktivitäten in der Schweiz geht, dann können wir das selbst machen. Aber ich will, dass du herausfindest, woher er kommt, wie seine internationalen Connections sind. Das sollst du unter die Lupe nehmen. Das können wir nicht. Dazu bräuchten wir Kollegen aus Russland, oder woher der Firsov eben kommt.«

»Ja, ich verstehe«, nickte der Reporter.

»Eben«, bestätigte Baumer. »Eine einzige Anfrage von uns an unsere geschmierten Kollegen aus dem Ostblock und Firsov weiß es als Erster, dass wir ihm auf die Finger schauen.«

»Gut kombiniert«, verteilte Regazzoni Noten. »Wenn der Assistenzarzt in krumme Dinger verwickelt ist, dann hat er sicher auch ein Vorwarnsystem.«

»Richtig«, meinte Heinzmann und schlürfte erneut.

»Warum willst du, äh wollen Sie über Firsovs internationale Aktivitäten Bescheid wissen?«, fragte Danner, der Andreas Baumer nur unter vier Augen duzte.

»Ja, genau. Warum ist das wichtig? Welche Vermutung hegen Sie eigentlich, Herr Kommissar?«, schob auch der Gerichtsmediziner rasch diese Fragen nach, und es war offensichtlich, dass es ihm ein wenig peinlich war, sie nicht vor Danner gestellt zu haben.

Baumer wand sich. »Ich weiß es selbst nicht. Ich habe nur eine vage Vermutung.«

»Eine vage Vermutung nur?«, sagte Danner leise und zog sein Brillengestell auf die Nasenspitze hinunter. Er schaute Baumer über den Rand der Brille eindringlich an. Weil seine Brillengläser so riesig waren, musste er den Kopf dazu ganz tief halten, sein Kinn berührte fast seinen Kehlkopf.

Baumer ließ sich vom fragenden Blick Danners aber nicht drängeln. Er führte die Kaffeetasse an seinen Mund und nahm einen Schluck. Arabia Caffé. Genüsslich schluckte er das köstliche Getränk hinunter.

Danner begannen die durchgestreckten Nackenmuskeln zu schmerzen. Regazzoni beugte sich doch tatsächlich einen halben Zentimeter vorwärts. Beide dachten: »Spuck es endlich aus, Baumi. Wer steckt hinter dem Mord? Warum all diese toten Frauen?«

Der Kommissar setzte seine Tasse ab. Er sagte nichts.

Danner begann, nervös auf dem Tisch zu trommeln.

Regazzoni verdrehte die Augen.

Der Kaffeeliebhaber blickte ein wenig missmutig in seine leere Espressotasse. Endlich sprach er seinen Verdacht aus. »Ich könnte mir vorstellen, dass Firsov mit starken Schmerzmitteln macht.«

Danner und Regazzoni pfiffen gleichzeitig. Rolf Danner konnte endlich die Halsmuskeln entspannen, er schob seine Brille wieder richtig auf die Nase zurück. Er strahlte über das ganze Gesicht, sagte aber nichts. Regazzoni hingegen meinte nur: »Interessant.«

Heinzmann hatte nicht mitgepfiffen. Diesen Verdacht hatte ihm Baumer schon am Vorabend mitgeteilt.

»Es sind simple Drogen, denke ich«, erklärte Baumer seinen Verdacht. »Die Klinik hat viele alte Patienten. Viele sicherlich mit starken chronischen Schmerzen. Vielleicht führt der Russki illegal Schmerzmittel ein. An denen hat die Alpensonne ohne

Zweifel einen Riesenbedarf. Vielleicht verschreiben sie den Alten die überteuerten Schweizer Medis und rechnen die bei der Krankenkasse ab. Behandeln die Leute aber mit billigen Nachahmermitteln. Die Differenz streichen sie als fetten Gewinn ein.«

Die nächste Schlussfolgerung überließ Baumer dem logisch-analytischen Dr. Regazzoni. »Und Sie vermuten also weiter«, dachte Regazzoni laut, »dass die Generika, also diese Nachahmer, verunreinigt waren oder falsch dosiert und so zum Tod der alten Leute geführt haben.«

»Ja«, sagte Baumer. »Irgend so etwas.«

»Miese Russenware«, dröhnte Heinzmann, und es war allen klar, dass dieser Verdacht durchaus ins Schwarze treffen könnte.

»Geil«, freute sich Danner, der sich schon die Story ausmalte. Schnappschüsse von illegalen Pharmaproduktionsstätten, irgendwo auf einem heruntergekommenen Bauernhof in der russischen Steppe. Bilder von alten Schweizerinnen, die ihre unsäglichen Schmerzen lindern wollen, aber wegen verunreinigter Russenware von Todeskrämpfen gepeinigt elend zugrunde gehen. Und vor allem: Bilder von einem gierigen Russen und dem Klinikdirektor. Ein Halbgott in Weiß, schändlich hintergangen von seinem Assistenten oder sogar der Totmacher selbst. »Wow, Baumi. Das ist ja eine geile Sache.«

Regazzoni zuckte bei diesen Worten zusammen. Es war Zeit, wieder ein wenig Struktur in diese Diskussion zu bringen. »Was erwarten Sie von mir, Herr Kommissar?«, bemerkte er wie ein Professor, der er gerne wäre, aber nie werden würde. Zu wenig Sozialkompetenz hatte man ihm attestiert, wie manch ein inkompetenter Beobachter einem Hund Tollwut unterstellt, der sich wild dreht und ins eigene Fell schnappt und doch nur versucht, einen Floh zu erwischen, der ihn zum Wahnsinn treibt. Fehlende Sozialkompetenz, das war der Dolch, mit dem die Professoren Regazzoni in seiner Berufungskommission niedergestochen hatten. So was geht sauber, macht wenig Blut. Sie lächeln ihr Opfer an und stechen es in den Rücken. Lassen den Dolch nicht fallen, sondern verstecken ihn sofort wieder unter dem weiten Talar. Danach gehen sie an weiß gedeckten Tischen essen.

»Regazzoni!«, sprach Baumer den Gerichtsmediziner an. »Sie haben eine wichtige Stärke, die wir dringend brauchen.«

Wenigstens eine, dachte Regazzoni, aber sprach es nicht aus. Er tat betont lässig, denn er ahnte, was Baumer wohl sagen würde. Er sei Mediziner, daher brauche man ihn. Dass er ein Experte in seinem Metier war, wusste er aber schon. Also wandte er sich schnell zu Danner um und bat ihn um eine Zigarette.

Während Danner die Schachtel hervorkramte, erklärte Baumer: »Als Gerichtsmediziner können Sie Rückstände von Medis nachweisen.«

»Ja, ja. Das dachte ich mir, dass Sie mich für die chemischen Analysen heranziehen wollen. Aber ich kann nicht nur Inhaltsstoffe von Medikamenten bestimmen«, ergänzte Regazzoni.

»Gifte natürlich auch«, lobte Baumer. »Sie weisen alles nach, was in den Körper hineingehört und was nicht.«

»So ist es«, antwortete Regazzoni, aber er schaute Baumer nicht an dabei. Er griff die Zigarette, die Rolf Danner aus der Packung geschüttelt hatte und dem Gerichtsmediziner hinhielt. »Danke, Herr ... äh ... Danner.«

»Avec plaisir«, lächelte der Journalist und nahm sich selbst eine. Rauchen im Duett macht doch mehr Spaß, als allein zu qualmen. Er zog ein Feuerzeug aus der Tasche, ratschte die Flamme an und hielt sie dem Tessiner hin. Der beugte sich zu der blauen Flamme mit dem gelben Kern hin und hielt Danners Handgelenk zart mit der rechten Hand fest. Er zog leicht an der Zigarette bis die Spitze aufglühte und nahm die Zigarette dann sogleich von der Flamme weg, gab sich selbst Feuer.

Baumer und auch Heinzmann beobachteten dieses Schauspiel interessiert. Regazzoni war ganz der Genießer. Er tat konzentriert einen langen Zug und blies den Rauch dann umsichtig und ruhig und in feinem Faden aus. Noch bevor er den letzten Qualm in die Freiheit entlassen hatte, hatte Rolf Danner seinen ersten Zug, den er aufgeregt mit einem kurzen, äußerst heftigen Einschnappen getan hatte, bereits wieder in einer großen wirbelnden Wolke ausgestoßen. Sogleich hielt er sie über den Aschenbecher und schnippte die wenige Asche hinein.

Nachdem die beiden Hilfssheriffs sich also verbrüdert hatten, erklärte Baumer dem Doktor endlich seine Aufgabe. Baumer wollte, dass Regazzoni die Körper von den Frauen untersuchte, die kürzlich in der Alpensonne gestorben waren.

»Wo sind die Leichen?«

»Hhm … Ja, das ist so eine Sache.«

Regazzoni suchte verwundert den Blick des Kommissars. Er hob seine linke Augenbraue und streckte den Kopf.

Baumer sah ihn nicht an. Er versuchte es zu erklären. »Also. Tja.«

»Wo sind sie?«, fragte Regazzoni, während er seine Zigarette hochhielt wie einen Kreidestummel.

»Die meisten sind auf dem Friedhof.«

»Haben Sie eine Exhumierung beantragt?«

Baumer schwieg.

Nun drehten auch Heinzmann und Danner ihre Köpfe langsam in seine Richtung und schauten ihn eindringlich an.

Der hielt ihre Blicke einigermaßen aus. Dann schüttelte er den Kopf. »Keine Exhumierung veranlasst.«

Regazzoni nahm einen schnappenden Zug an seiner Camel, legte diese dann behutsam in einen Aschenbecher ab. Er blies den eingeatmeten Rauch als feines Rinnsal aus. »Warum nicht?«, fragte er dann den Kommissar, so beiläufig, wie er einen Studenten im Seminar fragen würde, warum dieser einen entscheidenden Test bei der Analysierung einer Wasserleiche nicht gemacht habe.

Baumer versuchte sein Versäumnis zu erklären. »Wir haben nichts in der Hand.«

»*So what?*«, mischte sich Heinzmann ein und schlug mit seinen flachen Händen platschend auf den Tisch. Er war direkt von der Nachtschicht gekommen und wurde nun langsam unruhig. »Wir holen uns die Leichen und analysieren sie. Dann ist alles klar. Zewa, wisch und weg! Und fertig.« Das Vorgehen schien ihm einleuchtend, ja absolut zwingend, also stand er auf und ging zur Theke hin und bestellte sich noch einen Kaffee. Der würde ihm zwar wie immer viel zu stark sein, aber das war ihm egal. Sein Koffeinspiegel war zu tief. Lieber einen starken Schwarzen schlürfen, als gar keinen Kaffee bekommen.

Andi Baumer sprach zu Regazzoni. »Wir müssen es so machen, wie Heinzmann sagt. Es geht nicht anders.«

»Warum keine offizielle Untersuchung?«

»Weil ich sicher bin, dass Helen Amadio-Meier ermordet wurde, weil sie diesen Alpensonnenheinis auf die Spur kam. Aber ich weiß nicht, welchen Dreck genau diese feinen Pinkel an ihren Stiefeln haben. Vielleicht finden wir etwas in den Leichen der Alpensonnenpatienten, vielleicht auch nicht. Jedenfalls haben wir nicht genügend Verdachtsmomente, um die Untersuchung zu beantragen. Der Vorteil ist aber, dass wir so keinerlei Verdacht bei Freundlieb und seinem Russenfreund wecken. Besser nichts verraten.«

»Richtig«, nickte Regazzoni.

»Genau. Nur nichts verraten«, bestätigte Danner.

Auch Heinzmann, der mit seinem Kaffee von der Theke zurückkam, hätte gerne zugestimmt. Aber momentan konnte er nicht sprechen. Er hatte sich an der Bar ein mächtiges Croissant gekrallt und es mit zwei Bissen schon zu vier Fünfteln in seinen Backen verstaut. Sein Gesicht sah aus wie das eines Hamsters nach der Fütterung.

Baumer lehnte sich zurück, zufrieden und dankbar über die angebotene Hilfe seiner Freunde. Sie würden also Leichen ausbuddeln gehen. Das müsste still und heimlich geschehen. Vielleicht fänden sie Hinweise auf Drogenmissbrauch. Dann wären sie die Helden. Vielleicht war alles aber auch ganz anders. Daher dürften sie sich auf gar keinen Fall erwischen lassen, bevor sie einen Beweis für ihre Hypothese hatten. Denn sonst wären sie nur gewöhnliche Leichenschänder und würden in ganz kleine Stücke zerhackt werden.

*

Am Nachmittag war Baumer in seinem Büro. Er hatte eine ruhige Zeit vor sich. Die Theorie, dass die Frauen an Russendrogen verendet waren, schien ihm weiterhin die vernünftigste zu sein. Wenn sie falsch lägen, dann würde er nie mehr ein teures Designerhemd tragen können. Doch Baumer war Polizist mit Leib und Seele. Er musste den Mord an Amadio-Meier mit all seinen Hintergründen aufdecken. Und einen anderen Verdacht hatte er nicht. Er musste ihm nachgehen. Also musste er das Risiko tragen – egal wie hoch der Einsatz war.

Nun waren alle Aufgaben verteilt. Danner würde sich ans Werk machen und das ganze Umfeld von Dr. med. Firsov erforschen. Er würde es methodisch machen und selbst den feinsten Staub sammeln, den der Assistenzarzt unter seinem weißen Kragen hatte. Regazzoni hingegen würde erst heute Nacht zum Einsatz kommen. Dann, wenn sie zusammen auf dem Friedhof Hörnli mit dem Spaten in der Hand eine kleine Runde drehen würden. Bis dann war noch Zeit.

Baumer lehnte sich in seinem Drehsessel zurück. Endlich ein wenig Ruhe. Kaum hatte sich dieser Gedanken in seinem Kopf geformt, hörte er ein leichtes Rasseln, dann ein Röcheln, schließlich entwickelte sich ein herbes Schnarchen daraus. Er schaute über seine Schulter. Hinter ihm lag Heinzmann auf einer dünnen Matratze am Boden und schlief.

Heinzmann, Stefan. Wachtmeister. 47 Jahre alt.

47 lange Jahre alt, geschieden. Sein Zuhause? Das war die Straße. Seine Familie? Drogensüchtige und Bordsteinschwalben, Alkoholiker und brutale Machos. Neuerdings kamen Horden stockbesoffener Jugendliche hinzu, die er an Wochenenden immer öfter auflesen musste. Heinzmann war ständig im Dienst und auch letzte Nacht war er nicht in seiner Wohnung gewesen. Direkt vom Stoffero – das Prosciuttobrötchen noch nicht verdaut – war er zu einer Schlägerei gerufen worden.

Seine Mannschaft hatte aus ihm selbst und dem Gefreiten Meier bestanden. Ihre Gegner waren zwei Muskelprotze mit tätowierten Oberarmen, beide etwa fünfundzwanzig und absolut überzeugt, dass sie diese Basler Polizisten zusammentrampeln könnten. Zu ihrem Team gehörten noch drei schrille Frauen mit spitzen Fingernägeln. Das Resultat: Die zwei Muskelprotze wurden ausgeknockt und durften den Boden küssen. Meier hingegen schmerzte die Schulter von einem Faustschlag, der seinem Gesicht gegolten hatte und den er nur knapp hatte ablenken können.

Auch Heinzmann hatte die üblichen blauen Flecken als Andenken erhalten. Solche »Bhaltis« nahm er schon gar nicht mehr wahr. Viel schmerzhafter waren drei lange Kratzer, die blutige Streifen auf seiner Backe hinterlassen hatten. Eine der wie Papageien aufgedonnerten Damen hatte ihm ihre Fingernägel durchs Gesicht gezogen. Mit diesen drei Streifen sah er aus, als wäre er von Adidas gesponsert.

Eine Stunde nach dieser Schlägerei wurde er zum Scharfen Eck in Ettingen und einem bedeutend angenehmeren Kunden gerufen, einem etwa 75-jährigen Rentner. Der war gepflegt, mit dunkelgrauem Anzug bekleidet und hatte in dieser Bar ein Bier getrunken. Der Alte hatte andauernd gelacht. Als es ums Bezahlen der Rechnung ging, hatte er Tanja, der netten Barmaid, nur lächelnd sein Portemonnaie gegeben. Es war völlig leer. In einem Seitenfach jedoch fand die Barfrau die Notiz eines Hospizes in Basel: »Herr Josef Moser ist verwirrt. Bitte vorsichtig ansprechen. Verständigen Sie bitte die …« Also war Stefan Heinzmann ausgerückt – noch bevor er sich ein Pflaster auf die Wange hatte kleben können.

So ging es für den Wachtmeister jeden Tag. In der Nacht Angehörige von Randgruppen aller Art wieder auf den Pfad der Tugend oder gleich nach Hause bringen. Am Tag dann Morde an alten Frauen auflösen. Schlafen? Dann und dort, wo es überhaupt möglich war. Jetzt war es in Baumers Büro möglich.

Der Kommissar sah auf seinen leise schnarchelnden Freund hinunter. Das Liegen am Boden musste für diesen sehr unbequem sein. Immerhin hatte Baumer eine ausrollbare Matratze gekauft, auf der sein Kumpel ausruhen konnte. Seitdem machte es sich Heinzmann immer öfter in seinem Büro bequem. Auch ein Heinzmann muss einmal die Augen zumachen dürfen.

Der Kommissar mühte sich aus seinem Stuhl hoch, wie eine Giraffe, die vom Boden aufsteht. Er streckte sein geflicktes Bein aus, die Stöcke stützte er weit von sich weg auf dem Linoleumboden auf. Dann ein Ruck und den Körper auf die vier Beine gestellt. Die Beine zog er eines nach dem anderen näher an den Körper, stemmte die ganze Masse des Körpers schrittweise auf seine abnorm langen Füße. Dann ging er zu Heinzmann hin. Dieser schnarchte nun eindringlich, aber hörte mit dem Sägen sofort auf, als Baumer an ihn herantrat. Heinzmanns Schlaf war flach. Baumer holte aus dem Schrank eine Decke, die er sich selbst manchmal umlegte, wenn er es im Winter zu kalt in seinem Büro hatte. Er breitete sie über Heinzmann aus.

»Messi«, murmelte Heinzmann im Halbschlaf. Er zog den Zipfel der leichten Decke an seine Schulter, nuschelte mit schrägem Mund und müder Zunge etwas von »zu viel Kaffee«, dann begann wieder ein Rasseln, gefolgt von einem Röcheln. Als das Schnarchen eintraf und den Raum in Beschlag nahm, hatte Baumer das Büro bereits verlassen.

*

Auf dem Flur kamen Baumer einige Leute entgegen. Es musste eine Sitzung stattgefunden haben, denn sie kamen aus der Richtung des großen Besprechungsraums. Die meisten Beamten grüßten den Kommissar. Andere quatschten miteinander und waren froh, dass sie so tun konnten, als hätten sie ihn in ihrer wichtigen Unterhaltung nicht wahrgenommen. Sie ignorierten ihn bemüht. Das war ihre Art zu zeigen, was sie von Baumer hielten. Weniger als nichts.

Als der Strom an Leuten versiegte, erkannte Andreas Baumer den Regierungsrat Schläfli, der sofort den Kopf zum Gruß hob. Er zeigte sein breites Kinn, das im Licht der Neonlampen leuchtete und lächelte. War sein freundlicher Gruß die automatische Reaktion eines Politikers? Baumer konnte es nicht entscheiden.

Links von Schläfli ging Rötheli, der Chef der Zivilfahnder. Der zerknautschte sein Gesicht und verdrehte ostentativ die Augen, kaum dass er Baumer erkannte. Rechts vom Regierungsrat glitt sein glatzköpfiger Schleimerschatten dahin. Er schien mit ihm so eng verbunden zu sein, wie ein Pilz mit einem Baum. Auch dieser Schleimer produzierte ebenso wie ein Pilz nichts, sondern zog alle Energie aus dem gesunden Stamm. Wenn sein Ernährer nicht wiedergewählt würde, könnte auch der Pilz absterben. Wahrscheinlicher war jedoch, dass dieser Pilz in dem Fall plötzlich Beine bekommen würde und sich an einem noch voll im Saft stehenden, neuen Baum anfressen würde.

Markus Schläfli kam auf Baumer zu. Er hielt ihm die Hand hin, aber winkte sogleich wieder ab, weil Baumer ja an den beiden Stöcken ging. »Ach, lassen Sie nur. Es geht auch ohne Händeschütteln!«

»Grüezi«, sagte Baumer zu Schläfli und sah dann tatsächlich auch Rötheli kurz an, der ihn mit einem Ciao begrüßte, das so zerquetscht war wie der alte Gummiknochen eines hungrigen Kettenhundes. Den Pilz an Schläflis Seite ignorierte Baumer. Sein Blick kreuzte den Schläflis erneut.

»Baumer, wir haben uns getroffen, um den Stand der Dinge im Mordfall Amadio-Meier zu besprechen«, klärte der Regierungsrat seinen Untergebenen auf.

Eigentlich hätte es umgekehrt sein müssen. Baumer hätte berichten müssen, was er herausgefunden hatte, aber Schläfli war kein Prinzipienreiter. Schläfli wusste, dass sein Kommissar alles in allem ein guter Fahnder war. Er hatte schon viele vertrackte Fälle gelöst. Oft gelang ihm das, weil er einfach zuhörte. Er behandelte seine Kunden manchmal besser als seine Freunde. Sein Untergebener stand zwar immer knapp vor dem Rausschmiss wegen seiner Eigenmächtigkeiten. Aber vielleicht gelang es ihm auch dieses Mal, den Fall zu lösen. Wenn er, der Regierungsrat, dafür einmal die Rollen tauschen musste, egal. Also berichtete Schläfli weiter seinem Kommissar und fütterte ihn mit Informationen.

»Wir haben einige interessante Hinweise bekommen. Es gibt eine Menge Leute, die überprüfenswerte Beobachtungen gemacht haben. Leider war einiger Verkehr in der Rotbergerstraße um diese Zeit. So ganz genau können wir uns noch nicht auf ein mögliches Täterbild festlegen.«

Das war Baumer schon klar. Genau das hatte er erwartet. Je mehr Leute Rötheli fragen würde, umso mehr mögliche Täterprofile würde er bekommen. Die Rotbergerstraße stößt an den Rütimeyerplatz, wo der 34-er Bus hält. Gegen Abend, als der Mord passierte, waren von der Bushaltestelle sicherlich viele Pendler zurück ins Bachlettenquartier geströmt. Jeder davon würde als Verdächtiger in Frage kommen.

»Detektiv Rötheli ist nahe dran«, sagte Schläfli und jetzt sprach ganz der Politiker. »Ich habe volles Vertrauen in ihn.«

Kommissar Baumer sagte nichts, musste auch nichts sagen. Es war alles klar zwischen Schläfli und ihm.

No problem.

Rötheli hingegen hatte eine überhebliche Haltung angenommen. Seine Mundwinkel schauten nach unten, zwar nur minim, doch umso herablassender. Seine leicht zusammengekniffenen Augen verstärkten den arroganten Eindruck zusätzlich. Das ganze Gesicht sagte: »Na, Baumer, Du Arschloch. Wer ist hier der Macker?«

Andreas Baumer hätte Beat Rötheli in die Fresse hauen können. Der hatte eindeutig zu viele dumpfe Machos im Schundfernsehen geschaut. Wären sie allein gewesen, hätte Baumer kurzen Prozess gemacht und ihm die Schnauze poliert. Irgendwann war einfach genug. Zwar war der Zivilfahnder früher akzeptabel gewesen, fand Baumer. Er machte seine Arbeit. Das erkannte er an. Aber in letzter Zeit hatte Rötheli sich immer mehr an der eigenen Macht erregt. Kam dazu, dass der karrieregeile Zivile zwar intelligent war, aber nicht wirklich gescheit, dafür umso giftiger. Diese spezielle Kombination von Halbwissen und aggressivem Machtstreben kotzte Baumer an.

Dieser Rötheli brauchte dringend eine Abreibung. Die stellte sich Baumer in allen blutigen Einzelheiten vor.

Schläfli unterbrach Baumer in seinen Mordphantasien. Er beugte sich zu ihm hin und führte seinen ausgestreckten Zeigefinger der rechten Hand bis an den Solarplexus von Baumer heran. »Und was gibt es Neues von Ihnen?«

»Leider nichts.«

»Keine Spur? Gar nichts?«

Andi Baumer schüttelte den Kopf und bemühte sich, nicht erneut in Röthelis Visage schauen zu müssen. Er hätte sich nicht beherrschen können.

Der Regierungsrat wich einen Schritt aus und ging an Baumer vorbei, der unbeweglich in seinen Stöcken hing. Er klopfte ihm auf die Schulter und sagte deutlich, so dass es seine Begleiter hörten. »Schon recht, Baumer, machen Sie nur weiter.«

Der Kommissar antwortete nicht, starrte auf den Boden.

Fast schon vorbei, trat Markus Schläfli ganz nah an ihn heran, schob seinen Mund bis auf wenige Zentimeter an sein Ohr. »Ich will Resultate sehen, Baumer«, flüsterte er ihm aus verkniffenem Mund zu. »Ihr Schätzeli kann warten. Ich nicht.«

Baumer roch ein scharfes Rasierwasser.

Dann löste sich Schläfli wieder von ihm, drückte ihm seine Hand nochmals auf die Schulter. »Machen Sie weiter, Baumer«, rief er jovial. Er hob die Hand zum Gruß weit über seinen Kopf und ging endlich davon.

Rötheli und der Adjutant huschten hinterher. Beide fuhren die Ellenbogen aus und drängelten sich um den Sonnenplatz an der Seite des Regierungsrates.

Als die kleine Prozession vorbei war, stakte Baumer in den Eingangsbereich des Spiegelhofs, dort wo ein Kaffeeautomat war. Er setzte sich auf eine freie Bank daneben, nahm sich aber keinen Becher heraus. Diesen Plastikkaffee trank er nur, wenn er mit Heinzmann unterwegs war. Allein würde er sich nie eine solche Brühe hinunterkippen.

Baumer zog sein Handy aus der Tasche, schaute aufs Display. Keine Nachricht eingegangen. Er seufzte tief, dann versuchte er abermals mit Anna in Verbindung zu treten. Es piepste in der Leitung, die Elektronik versuchte, eine Verbindung aufzubauen. Wie bereits den ganzen Tag über, als Andi sich bemüht hatte anzurufen, kam nach sechsmaligem Summton eine Computerstimme.

This service is temporarily unavailable. Please call back later.

Andi wollte nicht glauben, dass eine Verbindung unmöglich sei. Verkrampft hielt er das Telefon, hörte sich die Stimme mehrere Male an. Mit jedem Mal schien sie ihn stärker zu verhöhnen. Sie sagte: »Jetzt ist es zu spät, du dummer Bauer.«

Immer wütender werdend, ließ Andi den Spott noch ein letztes Mal über sich ergehen. Dann biss er brutal auf seine Unterlippe und schlug wie wild mit seinem Zeigefinger auf die Taste mit dem roten Telefonsymbol. Wieder und wieder hackte er darauf. Dann rumpelte er sich aus seinem Stuhl hoch und hangelte sich zum Automat. Beide Krücken fielen scheppernd zu Boden. »Scheiße«, rief er laut und hielt sich mit beiden Händen oben am Selecta Automaten fest. Dann riss er seine Geldbörse aus der rechten hinteren Hosentasche, klaubte ein Zweifrankenstück daraus hervor und warf die Münze in den Geldschlitz. Er drückte eine Taste, dann noch eine andere. Voller Zorn schlug er diesen zweiten Knopf gleich mehrmals so kräftig, als wolle er ihn in den Automat hinein- und am anderen Ende wieder herausdrücken. Die Maschine kreischte wie von Schmerzen gepeinigt auf, heulte jaulend, und spuckte schließlich den gewünschten Kaffee aus.

Kaffee schwarz.

Extra Zucker.

12

Sogleich nach dem Treffen im Café Fortuna hatte sich Danner mit seiner Redaktion in Zürich in Verbindung gesetzt. Er hatte den Chefredakteur verlangt und ihm berichtet. Natürlich hatte er nur so viel verraten, dass er an einem ganz heißen Fall dran war. Nichts weiter. Danner war ein Profi, und die Abmachung, die er mit Baumer hatte, galt. Er würde keiner Sterbensseele irgendetwas von ihrem Geheimtreffen berichten, oder von dem, was er da gehört hatte. Ihm war klar, dass er wählen konnte zwischen einer großen Geschichte oder einer Furzstory. Auf keinen Fall durfte er etwas in die Zeitung bringen, bevor die Machenschaften der Klinik recherchiert und nachgewiesen waren. Es gäbe sonst mit hoher Wahrscheinlichkeit gerichtliche Unterlassungsklagen und Schadenersatzforderungen.

Wenn er aber die Schnauze halten würde, bis alles abgesichert wäre, könnte er bei einem großen Coup dabei sein. Und »groß« hieß ein paar Tage tolle Titelseiten. Wenn die Medikamentenstory tatsächlich so abgelaufen war, wie Baumer dachte, würde er es ohne Zweifel mehr als drei Tage auf die Frontseite schaffen. Sieben Ausgaben wären genial. Dann aber wäre es sicherlich langsam vorbei, wie selbst die größte Welle auf Hawaii sich irgendwann bricht und ihre Kraft verliert. Alles was Danner, der in Basel stationiert war, an seine Heimatredaktion in Zürich also berichtete, war, dass er an etwas ganz Großem dran sei. Er brauche Handlungsfreiheit und Cash für Nachforschungen.

»Wie viel?«, war die einzige Frage des Chefredakteurs gewesen.

»Weiß noch nicht genau. Ein paar Tausend sollten genügen«, hatte Danner geantwortet.

»Okay. Ich erhöhe das Limit auf deiner Kreditkarte. 15.000 Franken pro Tag. Sag es, wenn du mehr brauchst.«

»Danke«, antwortete Danner.

»Zeit?« Damit meinte der Chefredakteur, wann sein Reporter liefern würde.

»Kann ich nicht sagen. Kann schnell gehen.«

»Okay. Ab sofort täglicher Bericht, was Stand.«

»Klar, geht in Ordnung.«

»Okay. Ciao.«

»Ciao.«

In der Leitung knackte es.

15.000 pro Tag. So viel war Danner auf den Franken genau Wert. Er selbst hatte zwar gewusst, dass er beim Chefredakteur einen Stein im Brett hatte. Sein letzter Erfolg, als er zusammen mit Baumer, Heinzmann und Regazzoni zwei Mordfälle aufgelöst hatte, hatten aus ihm so etwas wie einen Star in der Redaktion gemacht. Aber 15.000 »Stütz« pro Tag für die freie Recherche! Das hätte selbst er nicht für möglich gehalten.

Viel Zeit, sich über so viel Vertrauen zu freuen, hatte er nicht. Es gab einiges zu tun. Also machte er sich sofort an die Arbeit. Zuerst telefonierte er mit Leuten, die unlimitierten Zugang zu den Computern der Fremdenpolizei hatten. Solche Typen gibt es in der Schweiz, wie in allen Staaten. Und es waren beileibe nicht nur Hacker. Viele waren ganz einfach beseelt von ihrem Schaffen für die Transparenz. Die Informationen flossen rasch und reichlich.

Der Journalist freute sich, wie einfach das war. Früher waren um solche Behörden dichte Mauern gezogen. Am Tor stand ein Büffel in Uniform, der einen nicht hineinließ. Heute konnte man an jeder Straßenecke CDs mit Informationen zu allem und jedem kaufen. Alle norddeutschen Benutzer eines bestimmten Handynetzanbieters? Die bekam man für 700 Euro. Eine Liste der Russen, die bei einer spezifischen französischen Bank ein Konto haben? 2.900 Euro. Solcherlei Daten wurden in rauen Mengen, fast inflationär, auf CDs gebrannt. Die Preise solcher Informationen fielen daher beinahe ins Bodenlose. Zu erfahren, wer Dr. med. Firsov war, war folgerichtig ein Kinderspiel. Es dauerte kaum eine Stunde, dann hatte Danner gesammelt, was er wollte. Einzig bei ein, zwei Newsagenturen musste er eine geringe Gebühr entrichten, aber sie ersparten ihm die Zeit einer eigenen Recherche im Netz.

Zusammengefasst ergab sich aus den Daten folgendes Bild:

Anatoli Firsov. 34 Jahre alt. Unverheiratet. Nationalität: Russe. Geboren in Sevastopol auf der Krim. Dort Studium der Medizin. Promotion an der Universität Bochum in Deutschland. Seit drei Jahren in der Schweiz. Zuerst für ein Jahr am Merian-Iselin-Spital in Basel. Seither in der Klinik Alpensonne. Firsov spricht anständig Deutsch, weil seine Großmutter Wolgadeutsche war.

Neben diesen Fakten spuckten die Informanten von Rolf Danner auch noch weitere interessante Neuigkeiten aus. Der Assistenzarzt kehrte erstaunlich oft auf die Krim zurück. Zumeist nur für ein paar Tage. Dabei stieg er immer in den teuersten Ferienhotels ab.

Danner schien das sehr verdächtig. Ein Assistenzarzt verdient nicht alle Welt. Warum konnte er es sich leisten, so viele Kurztrips in teure Hotels zu machen? Waren das vielleicht gar keine Ferien? Handelte es sich nicht eher um Besprechungen mit Drogenlieferanten? Fungierte der Mann etwa als Kurier zwischen Russland und der Schweiz? War er der Schleuser, der die Medis im Gepäck hatte? Aufgefallen wäre das dem Zoll wahrscheinlich nicht. Ein Arzt kann immer Medikamente mit sich führen, ebenso wie ein Lastwagenfahrer auf der Route durch den Balkan nebst Ersatzreifen und Schraubenschlüssel immer auch Johnnie Walker Whisky, Euros, Dollars, Schweizer Franken, ein Frottiertuch, ein Necessaire, ein Stellmesser und genügend Kondome dabei hat.

»Wie einfach doch alles ist«, dachte Rolf Danner, Journalist eines Zürcher Revolverblattes. Er machte eine grobe Überschlagsrechnung in seinem Kopf. Kaum dreihundert Euro ausgegeben. Sieben Informanten in drei Ländern angezapft, wobei sechs von diesen noch nicht einmal Geld für ihre Auskünfte genommen hatten. Und auch beim siebten war alles ganz legal. Ein Anwalt aus Warschau. Ein Geheimtipp für allerlei Informationen. Er würde sogar eine offizielle Rechnung für eine »Informationsberatung« senden. Die konnte der Blick von den Steuern abziehen. Als Gegenleistung bekommen: Alles, was er über Dr. med. Anatoli Firsov hatte wissen wollen.

Danner nahm seine Sonnenbrille mit den großen Gläsern ab, betrachtete sie kritisch. Dann ging er in sein Badezimmer, um sie unter warmem Wasser und mit Flüssigseife zu reinigen. Während er sie gedankenverloren mit einem Kleenex wieder trocken rieb, schaute er auf und in den Spiegel.

Rolf Danner sah sein eigenes Gesicht, so wie es nur wenige Leute sehen. Nur äußerst selten nahm er in Gesellschaft seine Brille ganz ab und zeigte sein wahres Gesicht. Dieses Versteckenspielen half ihm Distanz zu den Leuten zu wahren und ein noch besserer Journalist zu sein. Jetzt hingegen starrte ihn sein eigenes bleiches Gesicht an.

»Ja, du«, sprach er mit seinem Spiegelbild. »Das nähme mich schon wunder, wie viel einer für alle Informationen über uns zwei ausgeben müsste.«

Dann ging er in die Küche, holte sich einen Powerdrink aus dem Kühlschrank. Er öffnete die Büchse und trank gierig. Das Koffein im Drink würde ihn wachhalten, denn bald würde es dunkel sein, und in dieser Nacht würde er seine Kräfte brauchen. Heute Nacht würde es so richtig abgehen. Heute Nacht gäbe es Action auf dem Friedhof.

*

Baumer hatte einen langweiligeren Tag als Danner. Er verlief für ihn, wie so viele seiner Tage verlaufen. Er musste sie irgendwie hinter sich bringen, wenn möglich sinnvoll. Auch heute gelang es kaum. Es war mehr ein Verdrängen der großen Leere als ein bewusstes Leben im Hier und Jetzt. Er hatte zwar eine Freundin, sogar zwei. Aber beide waren weit weg, unerreichbar.

Als er am späteren Nachmittag im Spiegelhof keine Ideen mehr hatte, wie er die Zeit totschlagen könne, verließ er sein Büro und ging zum Rhein.

Rechts vom Hotel Drei Könige lag die Schifflände, dort bei der Mittleren Brücke, dem alten steinernen Übergang über den Rhein, wo die Ausflugsboote anlanden. Andreas Baumer stand an der Balustrade oberhalb der Kaimauer. Da gab es einen kleinen Brunnen, der frisches Leitungswasser spendete. Er streifte seine Ärmel hoch und kneippte. Zuerst tauchte er den Unterarm der Herzseite ein, danach den rechten. Schließlich beugte er sich so weit über den Brunnenrand bis beide Arme bis fast zu den Achseln ins kühlende Wasser eingetaucht waren. Wie von Dr. Sebastian Kneipp vorgeschrieben, bewegte er sie sanft im Wasser. Das kühlte noch zusätzlich. Nach einer Minute – Baumer maß die Zeit mit Hilfe seiner Omega Seamaster – richtete er sich auf, strich das Wasser ab und schlenkerte seine Arme an der Seite seines Körpers. Alle Kopfschmerzen, die ihn den ganzen Morgen geplagt hatten, waren verschwunden.

Nachdem die Haut von der weiterhin milden Märzensonne einigermaßen getrocknet war, krempelte er die Ärmel wieder hinunter und zog seine Jacke an. Er nahm die Stöcke auf und überquerte die Mittlere Brücke, die älteste der Stadt, und ging ins Kleinbasel. In den Rhein schaute er nur knapp. Der stand hoch und war schmutzig braun. Einzelne Äste und Blätter schwammen in der trüben Sauce, die an den Brückenpfeilern verwirbelte. Oben in Richtung der Berge war starker Regen gefallen. Der hatte den alten Schnee verflüssigt. Diese vereinten Wassermassen füllten nun den Flusslauf und wühlten das Flussbett auf, so dass Dreck und Schlamm hochkamen und den Rhein eintrübten. Es würde noch ein paar Wochen dauern, bis hier aller Schmutz ausgewaschen wäre. Dann würde der Wasserstand zurückgegangen sein und sich der Strom wieder beruhigt haben. Der Rhein wäre wieder so sauber, wie das chemisch gereinigte Hemd eines Prokuristen auf der Bank. Auf der Kleinbasler Seite, wo der Strom nicht ausgebaggert war für die Schifffahrt, würde bei tiefem Pegelstand der kiesige Grund wieder sichtbar werden, mit den grünen Glasscherben von Bierflaschen, die Jugendliche achtlos in den Rhein werfen, wenn sie am Ufer des Rheins ihre ganz persönliche Freiheit genießen. Gelegentlich entdeckt man auch einen kaputten Kinderwagen oder einen verbeulten Pfannendeckel.

Einen Haarföhn.

Ein Mountain Bike.

Auf der Kleinbasler Seite des Rheins angekommen, trat Baumer in das große Kaufhaus gleich an der Mittleren Rheinbrücke. Dieses Haus hieß früher selbst auch Rheinbrücke. Im Zuge der Globalisierung hatte dieser lokale Namen nicht mehr genügt. Der Konsumtempel hieß nun Manor, wie all die anderen Filialen dieser Genfer Kette, die in allen großen Schweizer Städten die gleichen Waren aus Sri Lanka, Indien und China und Vietnam und Südkorea anbot.

Im Warenhaus war emsiges Treiben. Bereits am Eingang wurden die Besucher mit allerlei Sonderaktionen und Punktesammeleien überrascht. Es war – wie jeden Tag – irgendein Aktionstag. Einzigartige Verkaufsaktionen wurden lautstark angepriesen. Der Sprecher sprach in breitestem Baseldeutschem Dialekt wie man es sonst nur noch in Radiokonserven aus der Steinzeit hört. An den Wühltischen drängelten und schubsten sich Trauben von Leuten. Die meisten waren Türken. Viele Frauen mit Kopftuch, aber ohne Interesse am Baaseldyytsch.

Baumer ging rasch an diesen Menschen vorbei, denn er hatte ein wenig Angst, das Blaulicht, das über dem Wühltisch angebracht war und wie verrückt drehte, könnte erlöschen und ein anderes würde angehen – nochmals 50 % auf diese Ware hier! Dann wären die Kunden wie 100-Meter-Läufer beim Startschuss an diesen neuen Tisch gerast und hätten ihn dabei glatt umrennen können.

Vorne an der Rolltreppe stieg er auf und ließ sich in den ersten Stock hieven. Da war die Männermode. Baumer schlenderte durch diese Abteilung, beschaute und fühlte den einen oder anderen Stoff. Letztlich waren ihm die T-Shirts und Jacken und Hosen, das ganze Zeugs, ziemlich egal. Er musste Zeit hinter sich bringen, bis zur Nacht, und hier konnte er abhängen, ohne von jemandem belästigt zu werden. Seine teuren Baumwollhemden kaufte er sowieso nicht hier. Später ging er in den obersten Stock des Kaufhauses, dort wo das Restaurant war. Er genehmigte sich einen frisch gepressten Fruchtsaft und verspeiste irgendein Junkfood dazu. Das brachte erneut 34 Minuten, die er hinter sich gebracht hatte. Sinnvoll, wenn man denn so sagen will.

Aber was könnte er mit den nächsten Stunden anfangen? Ein Kinobesuch hätte ihm zwei, drei Stunden Ablenkung gebracht, doch es gab keinen Streifen, der ihn irgendwie interessiert hätte. Also ging er weiter zur ehemaligen Kaserne und kehrte in der Kneipe ein, die darin untergebracht war. Dort gab es allerlei Zeitschriften zu allen möglichen Themen. Er blätterte einige davon durch und las ein wenig darin. Damit brachte er weitere 78 Minuten hinter sich.

Mittlerweile war es bereits zu spät, als dass er nochmals in seine Wohnung hätte gehen können, um noch ein wenig zu liegen. Aber weiter irgendwo hocken und Däumchen drehen, langweilte ihn.

Immer noch hatte Anna kein Lebenszeichen von sich gegeben, und er hatte sich auch gar nicht mehr getraut anzurufen. Es war offensichtlich, dass Anna den Rest ihrer Ferien ohne Baumer verbringen wollte. »Soll sie doch«, dachte er. »Wieso muss ich ihr hinterherrennen?« Dass es genau umgekehrt war, versuchte er zu verdrängen.

Nach einer weiteren sinnlosen Runde irgendwo im Kleinbasel war endlich genug Zeit verplempert, dass er in den 31er Bus steigen konnte, der ihn zum Hörnli bringen würde. Es war erst elf Uhr abends, also noch ein wenig zu früh für das, was sie auf dem Friedhof vorhatten. Doch Baumer hatte genug von gewissen Stellen im Kleinbasel. Dort, wo ihm, allen Integrationsbemühungen zum Trotz, erneut zwei völlig verschleierte Frauen begegnet waren, denen nur ein kleiner Sehschlitz geblieben war, durch den sie die Welt betrachteten. Diese freudlose Begegnung hatte bei ihm ein bleiernes Unbehagen ausgelöst. Er konnte den Blick der einen Frau, der ein Mann in langem weißem Gewand und Käppi wie ein Pflug vorausging, nicht einschätzen. War er verstohlen? Wollte die Frau ihm etwas sagen? Stimmte etwas nicht mit ihm?

Baumer war zornig. Wie sollte sich hier ein respektvolles Miteinander entwickeln? Ein freudiges Zusammenleben? Ein Zusammenleben überhaupt? Wie konnte man voneinander lernen, wenn man nicht einmal miteinander sprach und sich nicht einmal richtig ins Gesicht schauen konnte? Wie sollte er so die Stimmung und die Gefühle einer solchen Frau einschätzen?

Der Kommissar fühlte sich ganz plötzlich falsch am Platz hier. Er entschied den Rest der Wartezeit lieber an einem anderen Ort zu verbringen. Er wollte ganz einfach nicht zornig sein. Zorn und Wut, erst recht nicht Hass, waren keine guten Ratgeber, wie sich diese alte Stadt der Aufklärung gegen die drohende Verdunkelung wehren konnte.

Zum Glück kam der 31er Bus bald und Baumer konnte diesem ihm immer fremder werdenden Teil der Stadt entfliehen, deren Eliten den gemeinen Leuten bei jeder Gelegenheit den Humanismus predigen.

Der Stadtbus fuhr ihn direkt an den Fuß des Hörnlis, diesen hügeligen Ort zwischen Riehen und Basel, auf dem Tausende Bürger in Reih und Glied ihre letzte Ruhestätte haben. Dort fühlte er sich sogleich wohler, friedlicher. Es schien alles wieder eine Ordnung zu haben. Baumer stieg aus und setzte sich in der Nähe des Friedhofs auf eine Sitzbank.

Der Eingangsbereich dieses größten Gottesackers von Basel wurde gebildet aus zwei kleineren Gebäuden, in denen ein Verwaltungs- sowie ein Informationsbüro untergebracht waren. Zwischen diesen beiden Bauten öffnete sich ein gepflasterter Vorplatz, der zu den Gräbern hin von eisernen Toren abgegrenzt wurde. Nicht parkieren, Autos werden kostenpflichtig abgeschleppt, stand auf einem Schild.

Kommissar Baumer saß müde auf der Bank und wartete auf seine drei Kumpane, die ihn bald abholen würden. Gefahr, dass er einschlief, bestand nicht. Die Nacht war sehr kühl und er begann zu frösteln. Nach kurzer Zeit stand Baumer vor Kälte wieder auf und bewegte sich. Um sich vom Frieren abzulenken, sah er auf die großen schmiedeeisernen Gittertüren, die am Tag offen standen. Jetzt waren sie zu und fest verschlossen. Dahinter lag alles still, friedlich, unbefleckt.

*

Der Friedhof Hörnli war in den dreißiger Jahren des letzten Jahrhunderts gebaut worden und 1932 als Zentralfriedhof der Stadt

Basel eingeweiht worden. Die Gottesacker in Basel waren überfüllt, und die neue Anlage war daher sogleich großzügig geplant worden. Die Grabreihen befanden sich auf mehreren terrassierten Stufen. Es gab für jeden Platz. Großzügig gestaltete Sektionen mit Familiengräbern wechselten sich mit Reihen von Einzelgräbern ab.

Ganz oben auf dem Hörnli, dem größten Gottesacker in der Schweiz, gab es schließlich eine freistehende Urnenwand mit halbtransparenten Verglasungen. Wenn das Licht durch diese Fenster hindurchschien, leuchtete die Wand als hinterleuchtetes Mosaik auf und erinnerte an die bunten Fasnachtslaternen am Basler Morgestraich. Noch weiter oben gab es weitere Wände mit Urnengräbern. Hier war alles ein wenig lieblos, billig. Beton bestimmte an dieser Stelle das Bild. Die allermeisten Gebinde waren hier verwelkt, ebenso vergessen wie die hier abgelegten Seelen.

Die unscheinbarsten Gräber lagen aber in der Hauptachse der Anlage. Es waren Rasenflächen, die als Gemeinschaftsgräber genutzt wurden. Hier bestattete man Menschen, deren Identität man nicht mehr kannte oder feststellen konnte. Selbstmörder etwa, die nackt und aufgedunsen am Kembser Wehr ohne Sinn und Zweck im Strudel rotierten und von denen keiner wusste. Deren Urnen wurden vom Friedhofsgärtner jeweils einfach irgendwo in aller Stille in diesem Feld vergraben. Keiner würde es später wissen, wo genau die Wasserleiche lag, wo die vereinsamte alte Kommunistin, wo der verarmte Handlanger. An den Seiten lagen allerlei Gebinde und Blumen, viele frisch und gepflegt, ja sogar Fotos von Verstorbenen und kleine Briefe wurden dort liegen gelassen. Es gibt für jeden Menschen doch immer irgendwo einen anderen, der sich erinnern und festhalten möchte, was schon längst vergangen ist.

Baumer kannte diesen Friedhof, seit seine Großeltern väterlicherseits hier in den siebziger Jahren begraben worden waren. Damals war er erst etwa 6 Jahre alt. Zu dieser Zeit bahrte man die Toten noch häufiger auf als heute, und selbst Kinder wurden an die Scheibe geführt, hinter der sie ausgestellt waren.

Baumer erinnerte sich an seinen Großvater, wie er hinter der großen Scheibe in einem schmalen Bett lag. Er trug ein Totenhemd aus weißer Baumwolle. Leuchtend weiße, mit gestärkten Spitzen verzierte Kissen fassten ihn ein. Für den kleinen Andi sah er aus wie eine Puppe. Sie war gleichmäßig hellrosa im starren Gesicht. Sein Vater nahm ihn zwischen die Beine und befahl: »Sag deinem Großvater Adieu!« Aber es war doch gar nicht sein Großvater, der da lag. Es war eine fremde Puppe. Wie konnte er einer Schaufensterpuppe, die mit einem lustigen Hemd von D'Artagnan, dem Musketier, angezogen war, Adieu sagen?

Die Beerdigung seiner Großmutter war ebenfalls in kleinen Erinnerungsfragmenten für immer in seinem Gedächtnis eingebrannt.

Fragment 1: Vater weint am offenen Grab.

Fragment 2: Vanilleglacé mit Schlagrahm im Restaurant Hörnli.

Bei späteren Beerdigungen, etwa wenn Leute aus dem Polizeikorps gestorben waren, nahm Baumer den Friedhof bewusster wahr. Er ging aus Anstand und nicht aus Interesse zu diesen Begräbnissen. Während man dem Sarg zu seinem Grab folgte, sprach er selten mit anderen Trauergästen, las lieber die Inschriften auf den Grabsteinen, an denen man vorbeizog: Beatrice Herzog. Stephanie Wartmann. Max Fritschi. Franz Müller. Fausto Melchiore. Die Namen waren ein Abbild der Basler Bevölkerung. Die Leute lagen eng beieinander, wie sie auch in den Basler Mietshäusern neben- und manchmal miteinander gelebt hatten. Neuerdings fand man hin und wieder auch einen Dejan Vujicic oder einen Benedikt M'Bango. Basel entwickelt sich und mit ihm das Hörnli. Muslimische Gräber gab es inzwischen auch, aber er hatte noch keine gesehen. Wahrscheinlich lagen sie ein wenig abgelegen. Separiert von allen anderen. Dort, wo der Staat die Erde metertief ausgegraben hatte, damit ein toter Muslim nicht in »entweihte« Erde zu liegen kommt. Es sind eben nicht alle gleich. Im Leben nicht und nicht im Tod.

Andi Baumer setzte sich wieder auf die Bank. Wie anders die Beerdigungen seiner Großeltern auf dem Land doch gewesen waren. Es gab kein Durcheinander an Namen wie hier in der Stadt, alles war seit ewig klar geregelt. Vorne das kolossale Grabmal des alten Pfarrers. Hinten dran die Gräber der Bauern und

Handwerker, eng aneinander gedrängt, wie sie auch in der Kirche gesessen waren.

Er erinnerte sich an die Beerdigung seiner Zeglinger Großmutter mit den über hundert Trauergästen. Die vielen Leute passten kaum in die Kirche, als der dicke Pfarrer von der harten und ungerechten Welt sprach. Von einem Leben voller Hingabe und Bescheidenheit. Und harter, täglicher Arbeit, die man klaglos hinnahm, ein Leben lang, bis hin zum Tod.

Amen.

Andi Baumer erinnerte sich auch an die vielen gestandenen Männer, die seiner Großmutter das letzte Geleit gegeben hatten. Viele im Sonntagskittel, aber mit klobigen Militärschuhen, in der Hand meist eine Mary Long oder eine Brunette ohne Filter.

Wenn man einem dieser Männer die Hand schüttelte, war es, als würde man eines der spröden Holzscheite fassen, wie sie bei Andis Großmutter getrocknet neben dem Holzofen in der Küche gelegen hatten. Auch nach dieser Beerdigung würden sie noch arbeiten gehen, sich bei einem Großbauern verdingen, um Holz aufzuschichten oder Mauersteine zu schleppen. Das Leben war hart und jeder einzelne Batzen war wichtig. Sie würden beim Leichenmahl unten im Gasthaus Rössli nur kurz ein Bier und einen Schnaps hinunterstürzen und würden nicht bis zum traditionellen Schüfeli – einem gekochten Schinken – und Kartoffelsalat bleiben können, geschweige denn bis zu einem Stück Torte oder einer Meringue-Glacé wie in der fernen großen Stadt.

Ein Kaffee Schnaps, das täte jetzt auch gut, dachte Baumer, als er den Streifenwagen von Heinzmann erblickte.

*

Heinzmann fuhr in seinem Dienst-Mercedes vor. Er hielt halb auf dem Bürgersteig auf der Höhe von Baumer an. Der Beifahrersitz war von Rolf Danner belegt. Baumer stieg daher hinten ein und setzte sich neben Dr. Regazzoni. Der Mediziner hatte seinen edlen

Sakko hochgeschlagen und schaute stur geradeaus, als Baumer zustieg, sagte nichts.

Danner hingegen drehte sich in seinem Vordersitz sofort nach hinten. Er begrüßte Baumer freudig und versuchte, ihm über die Sitzlehne hinweg die Hand zu reichen.

Heinzmann schaute bereits in den linken Rückspiegel, als Baumer die Tür schloss. Er hatte für ihn nur ein kurzes »Sali« übrig, das Baumer mit einem »Sali zämme« quittierte.

An der Friedhofsmauer entlang fuhr Heinzmann bis zum nahen Otto-Wenk-Platz, wo es Parkplätze gab. Alle hielten sich zurück. Kaum war der Motor abgestellt, ging ein wildes Durcheinander los. Danner wollte Baumer unbedingt erzählen, was er über Firsov erfahren hatte, und plapperte los. Regazzoni schaute immer noch stur geradeaus. Er hatte es bis jetzt nicht geglaubt, dass man tatsächlich Leichen schänden ginge, und platzte Danner ins Wort: »Ich will das schriftlich! Schriftlich, Baumer! Ich mache nur mit, wenn das hier wirklich ein Notfall ist.«

Andreas Baumer hingegen war genauso erregt wie seine Hilfssheriffs und rumpelte ebenfalls los. »Stefan, warum kommst du im Polizeiwagen? Willst du grad noch die Sirene einschalten?«

So sprach jeder für sich, aber keiner hörte dem Anderen wirklich zu.

Moderne Welt.

Einzig Heinzmann schien die Situation unter Kontrolle zu haben. »Ruhe jetzt«, sprach er beherrscht aus. Es war, als einte Kapitän Ahab seine aufmüpfigen Matrosen für den Kampf. »Der weiße Wal, Männer. Der weiße Wal! Den wollen wir erlegen.« Augenblicklich verstummten die Mitfahrer. Stefan Heinzmann legte den linken Arm über das Steuerrad, drehte sich zu seinen drei Kumpels hin.

»Heute Nacht«, fuhr er fort, »gehen wir in den Friedhof. Dort holen wir Proben von einer Leiche. Das muss sein. Wir müssen einer Mörderbande das Handwerk legen. Es gibt keinen anderen Weg. Noch Fragen?«

Danner blickte sich interessiert um. Er selbst hatte nichts zu meckern. Er schaute daher auf Regazzoni, der sich keinen Millimeter bewegt hatte. Es schien, als wäre er in dieser Position eingefroren. Dann sah er Baumer an. Der hingegen knirschte erneut: »Warum dieser Wagen, Stefan? Und warum bist du in Uniform?«

»Ich erkläre es Ihnen, Herr Kommissar. Ich habe heute Nachmittag ausgekundschaftet, wie wir unbemerkt in den Friedhof kommen können. Die Tore am Haupteingang sind zu hoch und verschlossen. Die Tore beim Hintereingang sind niedrig, aber mit Kameras beobachtet. Große Teile des Hörnlis sind mit hohen Mauern eingefasst. Am Grenzacherweg ist der Friedhof mit einem zwei Meter fünfzig hohen Maschendrahtzaun gesichert. Und oben drauf noch Stacheldraht.«

»Ich steige über keinen Stacheldrahtzaun«, nuschelte Regazzoni.

»An dieser Seite liegen jedoch Wohnungen«, gab sich der Wachtmeister verschwörerisch. »Das ist unser Glück.«

»Glück? Da sieht uns doch einer, wenn wir dort einsteigen«, bemerkte Danner.

Baumer schwieg.

Heinzmann verdrehte sie Augen. »Also«, erklärte er in aller Ruhe. »Es ist ganz einfach. Entlang des Grenzacherwegs hat es nicht nur Häuser, sondern auch einen großen Parkplatz. Darauf haben ein paar Jugendliche einen Basketballkorb aufgestellt. Dort spielen sie am Abend, wenn es keine Friedhofsbesucher mehr hat und also dort auch keine Autos abgestellt sind.«

»Ja, und?«, wollten Regazzoni und Danner fast gleichzeitig wissen.

»Die Jungs müssen schlechte Schützen sein, werfen den Ball wahrscheinlich oft daneben. Der landet dann im Friedhof. Also haben sie - sind ja nicht dumm - ein verstecktes Loch in den Maschendrahtzaun geschnitten. So können sie hinein und den Ball rasch wieder holen.« Heinzmann machte eine Pause. »Ich hab das Loch im Zaun heute entdeckt.«

»Cool!«, freute sich Danner.

»Und deshalb kommst du mit dem Polizeiauto?«, insistierte Baumer.

»Genau, Monsieur. Das ist unsere beste Tarnung. Wir halten vor dem Loch, steigen dort ohne Zeitverzug ein. Sieht uns einer, dann sieht er vor allem ein Polizeiauto. Warum die Schmier rufen? Sie ist ja schon da!«

Danner lachte auf, »Genial. Der Spanner denkt dann, aha, endlich kommen einmal ein paar Polypen und suchen nach diesen Leuten, die in der Nacht einsteigen.«

»Wenn uns überhaupt jemand sieht«, frohlockte Heinzmann.

»Genial, Heinzmann, du bist ja ein richtiger Intelligenzbolzen«, lobte Danner den Wachtmeister.

»Ja. Unglaublich gute Idee«, stänkerte Regazzoni, aber nur halbherzig. Er hatte einfach Schiss bei dieser Aktion, musste aber anerkennen, dass dieser Plan gar nicht mal so schlecht war.

Baumer sagte nichts.

»Also, gut, Männer, hergehört«, dröhnte Ahab und erklärte seinen Matrosen, was ablaufen würde. Sie würden nun also direkt vor das Loch im Zaun fahren. Dann sofort einsteigen. Danach zur Grabstätte einer bestimmten Anita Kägi gehen. Sie würden das Grab ausheben. Regazzoni dann Proben nehmen. Warum Anita Kägi? Weil die Kägi die einzige Leiche von den Freundinnen der Amadio war, die in der Alpensonne gestorben waren und die man überhaupt noch untersuchen konnte. Die anderen waren alle bereits kremiert worden. Anita Kägi war vor sechs Tagen gestorben. Vorgestern war ihre Leiche hier beerdigt worden. Das hatte Heinzmann herausgefunden, als er mit ihrer Tochter telefoniert hatte.

»Jetzt hört zu«, sagte der Wachtmeister energisch. »Die Tochter sagte mir, dass sie richtiggehend darum hatte kämpfen müssen, dass ihre Mutter im Sarg beerdigt wurde. Die Leute in der Alpensonne hatten die Frau unbedingt kremieren wollen, hatten alles schon veranlasst. Aber die Tochter war nicht einverstanden.« Heinzmann hob seine Stimme um sie nachzuahmen. »Meine Mutter wird nicht kremiert!«

»Gott sei Dank gibt es noch echte Katholiken«, meinte Regazzoni.

»Ja, ohne sie gäbe es nur noch Staub für Sie zu analysieren«, schmunzelte Danner.

»Oh, glauben Sie nur nicht, dass wir nicht auch aus oxydiertem organischem Material Spuren …«, begann der Professor zu dozieren.

Baumer schnitt ihm das Wort ab. »Schon gut, Regazzoni. Trotzdem. Wir sollten endlich was schaffen.«

Regazzoni war beleidigt, nuschelte: »Ich will das schriftlich.«

Danner sagte: »Los jetzt, bevor wir alle durchdrehen.«

Heinzmann spürte auch, dass es Zeit war, vorwärts zu machen. Er drehte sich rasch zum Steuerrad. Energisch drehte er den Zündschlüssel um, und der getunte Motor sprang sofort an. Er setzte zügig zurück und fuhr die kurze Strecke zum Hintereingang des Friedhofs hinauf und hielt schon bald am besagten Loch im Maschendrahtzaun. Die Vier stiegen aus. Danner und Baumer packten je eine Schaufel und eine Spitzhacke, die im Kofferraum bereitlagen. Sie hielten die Geräte den Häusern abgewandt vor ihre Körper und versuchten so, die sperrigen Geräte vor neugierigen Blicken zu verbergen. Heinzmann hielt den aufgerissenen Maschendraht zur Seite. Regazzoni, Danner und Baumer schlüpften hindurch, während er einen Blick über die Häuserzeile am Grenzacherweg streichen ließ.

Alles blieb ruhig. Kein Fenster war mehr erleuchtet, wahrscheinlich waren sie auch geschlossen, denn die Nacht war noch sehr kalt. Ein letzter Blick, dann stieg Heinzmann den anderen hinterher.

Niemand schien etwas gehört zu haben.

13

Heinzmann ging voran, die anderen folgten ihm gespannt. Keiner redete etwas. Endlich deutete Heinzmann auf ein Grab vor sich. »Anita Kägi«, zeigte er mit dem Daumen auf die mit frischen Blumen bepflanzte Stelle.

»Hm«, sagte Baumer.

»Ich weiß nicht, ich weiß nicht«, flüsterte Regazzoni und kratzte sich seine linke Handoberfläche mit den Fingernägeln der anderen Hand wund.

Danner hingegen trat unbekümmert an das neue Grab und begann sogleich, die Blumengebinde zu packen und wegzutragen. An einem Gestell hing ein großer Kranz. Die silberne Inschrift auf der Schleife – In ewiger Dankbarkeit. Deine Tochter – konnte er selbst jetzt in der Dunkelheit lesen. Es war nur wenige Nächte nach Neumond und seine Augen hatten sich bereits an das wenige Licht gewöhnt. »Komm, hilf mir mal!«, forderte er den Gerichtsmediziner auf. »Das Ding ist schwer.«

»Ich weiß nicht, ich weiß nicht«, schüttelte dieser den Kopf aber packte dann doch an, als er sah, wie Danner sich abmühte. Dass der ihn einfach per du angesprochen hatte, hatte ihn nicht gestört. Irgendwie passte das zu dem, was sie hier machten.

Dann kamen die Spitzhacke und die Schaufel zum Einsatz.

Baumer selbst war durch seine noch nicht absolut verheilte Verwundung lahmgelegt. Niemand erwartete von ihm, dass er beim Graben mit anpackte oder gar in das immer tiefer werdende Loch stiege.

Heinzmann legte sich dagegen umso mehr ins Zeug. Er trieb den Pickel mächtig in den Boden und riss am Stiel, so dass große Schollen aus der nur wenige Tage zuvor festgeklopften Schicht brachen. Er wollte allen anderen zeigen, wer hier die größte Energie hatte, und schuftete gleich für zwei.

Insgesamt ging es nicht so schwer wie befürchtet. Die sandige Erde hatte sich noch nicht richtig verdichtet und gab gut nach. Abwechselnd gruben sich Heinzmann, Danner und Regazzoni in den Boden hinein. Sie gaben sich Mühe, den Aushub nicht allzu sehr zu verstreuen, sondern schaufelten ihn akkurat vor das Grab auf den Gehweg, um es, ohne Spuren zu hinterlassen, später wieder ordentlich herrichten zu können. Auch wenn es nicht perfekt würde, die Blumen obenauf würden alles überdecken. Und selbst wenn jemand etwas entdeckte, so würde er annehmen, dass hier Wildtiere gescharrt hätten.

Der Professor half beim Pickeln und Schaufeln intensiv mit. Das war logisch. Wenn er mit anpackte, wäre man schneller fertig. Also lief er selbst ein kleineres Risiko entdeckt zu werden. Trotzdem war ihm weiterhin nicht wohl bei der Sache und immer wieder flüsterte er halblaut »Ich weiß nicht, ich weiß nicht«, bis ihn Danner einmal genervt anfuhr, er solle doch endlich damit aufhören. Regazzoni stoppte augenblicklich sein Meckern, aber trieb seinen Pickel dafür umso wütender in das Erdreich hinein. Mit dieser Wut im Bauch war er doppelt so kräftig wie zuvor, doch immer noch nicht einmal halb so effektiv im Graben wie Heinzmann und Danner. Es war ihm egal. Er hob den Pickel zornig hoch und schlug ihn schnaubend in die Grube. Die Spitze schlug auf etwas Hartes, und ein dumpfes »Klong« ertönte.

Regazzoni hielt sofort inne. Er schaute verdutzt aus der Grube hoch, in der er schon deutlich mehr als einen Meter tief stand. Die drei anderen kamen sogleich näher heran und sahen zu ihm hinunter. Keiner sprach ein Wort. Reihum schauten sie sich an.

Schließlich sagte Danner: »Mach noch mal!«

Regazzoni drehte sich wieder ins Grab, hob die Spitzhacke und ließ sie noch einmal herunterfahren. Erneut ertönte das verräterische Geräusch, als die Pickelspitze auf den Deckel des Sarges schlug und den darunterliegenden Hohlraum zum Zittern brachte.

Anita Kägi.

Sie hatten angeklopft.

Dann räumten die vier Männer den letzten Dreck vom Sarg der Kägi Anita, stolzer Besitzerin der Mittleren Reife und des Diploms einer Handarbeitslehrerin, zur Seite. Wieder abwechslungsweise arbeitend, legten sie den Eichensarg soweit frei, dass man ihn aufbrechen konnte. Dazu stellte Danner sich breitbeinig über den Sarg und schob das abgeflachte Ende des Pickels zwischen Deckel und Seitenwand. Er schaute zu Baumer hoch.

Baumer nickte.

Zunächst zog Danner ganz vorsichtig am Stiel. Das Holz knirschte. Dann ging er mit mehr Kraft vor und brachte die Eiche zum Ächzen. Ein letzter starker Ruck und der Sargdeckel brach mit einem lauten Knacken weg.

*

Noch vor kurzem hätte sich Anita Kägi über jeden Besuch gefreut, besonders von vier jungen, hübschen Männern wie es Baumer, Heinzmann, Regazzoni und Danner waren. Sie hätte ihnen, wenn sie an ihr Spitalbett getreten wären, ihre dürre Hand hingehalten und sie verschämt wie ein Teenager angelächelt. Sofort hätte sie alle ihre Schmerzen vergessen und sich über die Veilchen und Nelken hocherfreut gezeigt, die ihr die jungen Besucher ins Spital gebracht hätten.

Jetzt kamen vier Männer und störten sie in der unendlichen sternlosen Nacht. Sie brachten auch keine Blumen mit. Nein, sie nahmen ihr die Blumen sogar weg, hatten sie achtlos zur Seite geworfen, waren darauf herumgetrampelt! Sie mussten nicht einmal Angst haben, sie würde sich beschweren. Aber daran dachten sie jetzt nicht.

Es war Regazzoni, der als Erster zu sprechen begann.

»Einfach durch den Mund atmen, nur das Nötigste reden«, empfahl er den anderen.

Es hätte der Anweisung des Professors nicht bedurft. Es war nicht die erste verwesende Leiche, welche die drei sahen. Aber Marco Regazzoni – so hieß der Tessiner mit Vornamen – musste einfach zeigen, dass nun er allein an der Reihe war. Das waren seine fünfzehn Minuten. Dafür war er hergekommen. Dafür brauchte ihn Baumer.

»Aalso«, sprach der Gerichtsmediziner gedehnt um anzuzeigen, dass er nun das weitere Vorgehen erläutern würde. Die anderen drei hörten zu, während sie weiße Taschentücher vor ihren Mund und ihre Nase gepresst hielten. Wie sie so zusammenstanden, sahen sie aus wie Chirurgen, die Hygienemasken trugen und die über den Operationstisch gebückt bereit zum Schnipseln waren.

»Es geht so«, erklärte der Mediziner. »Ich werde Haare sowie mehrere Proben von unterschiedlichen Körpergeweben nehmen. Die Leber ist dabei besonders interessant, weil sich in ihr die verschiedensten Abbauprodukte finden lassen.«

Baumer dachte nur »Mach schon, mach schon.« Er staunte, wie der »Professor« jetzt plötzlich Zeit hatte zu quatschen.

»Ich werde auch Fingernägel abnehmen. Ich bin sicher, dass Sie eine Analyse der längerfristigen Einlagerungen interessieren wird.«

Baumer nickte rasch mit dem Kopf.

Dann fragte Regazzoni, ob sonst noch jemand einen Wunsch habe?

Der Blick-Journalist fragte sich, ob man nicht zuerst ein kleines Gebet für die Tote sprechen solle? Er wollte es anregen, aber dabei hätte er wohl den Mundschutz herunterlassen müssen, wenn es wirklich pietätvoll sein sollte, und das wollte er nun auch nicht. Also ließ er es lieber bleiben. Jedoch bat er leise für sich um das Seelenheil der Toten.

»Merci, Danner«, freute sich Anita Kägi. »Du bist ein lieber Mensch.« Das hörte nur Danner. Die anderen hörten nichts.

Regazzoni beugte sich tief im Grab über die Leiche. Auch er stand breitbeinig über dem offenen Sarg. Seine teuren Halbschuhe staken knapp neben den Längsseiten des Sarges im feuchten Dreck. Er versuchte das Hemd der Toten zu öffnen, kam aber nicht genau dahinter, wie es funktionierte. Es war auf der Vorderseite kunstvoll verknüpft. Wahrscheinlich waren diese Bändel nur Zier und man müsste das Hemd von hinten aufmachen, aber Regazzoni wollte die Leiche nicht drehen. Also schnitt er das Hemd kurzerhand mit einem Skalpell der Länge nach entzwei. Sipp, sipp, sssipp machte das Skalpell leise Geräusche, bis alle

Schnüre durchgeschnitten waren. Dann legte er die beiden Flügel des Hemdes akkurat zur Seite. Anita Kägi lag da in Unschuld, weiß wie eine Jungfrau, die Beine keusch zusammengepresst.

»So, meine Herren. Ich werde jetzt ...«, begann Regazzoni aus der Grube heraus seinen drei Kollegen zu dozieren, als ein greller Lichtstrahl die Dunkelheit zerfetzte und die Gruppe mit voller Wucht traf. Alle vier rissen die Köpfe herum und blickten sogleich in gleißende Lichter. Die blendeten sie gewaltig, und sie schrien »Aahrr« oder »Eiii« und rissen die Hände hoch, um sich zu schützen. Für einen Moment sahen sie gar nichts mehr.

Die Lichter schwankten in einiger Entfernung, etwa 150 Meter weiter weg, aber sie kamen rasch näher. Von dort hörten die frechen Grabschänder zugleich laute Rufe. »Halt! Polizei! Stehen bleiben!«

Es war Heinzmann, der als Erster reagieren konnte. »Weg hier!«, brüllte er.

»Los. Weg hier!«, schrie jetzt auch Baumer, der schon seine Krücken gepackt hatte und losstöckelte.

»Scheiße, Scheiße, Aiih, Aiih«, schrie und stammelte Regazzoni. Er warf sich mit der Brust an die eine Seite des aufgeworfenen Grabes und versuchte, sich hochzustemmen. Mit den Füßen strampelte er in der Luft. Heinzmann zog den Professor am feinen Kragen hoch, stellte ihn auf die Beine und schubste ihn vorwärts. »Mach, verschwinde!«

Regazzoni lief wie von der Tarantel gestochen los. Heinzmann fluchend hinterher.

Rolf Danner blieb als Einziger cool. Er packte seine Kamera und stand breitbeinig am Sarg. Geschwind machte er eine Serie Fotos von der Toten. Das Blitzlicht seiner Kamera leuchtete die ganze Szene taghell aus. Er kontrollierte ruhig die Einstellungen, fotografierte zur Sicherheit nochmals. In den Pausen zwischen den Blitzen fuhren zitternde Lichtkegel in den Schauplatz, hingeworfen von den Taschenlampen der Gestalten, die vom unteren Plateau her immer näherkamen.

»Stehen bleiben! Polizei!«, rief es aus der Gruppe, doch sie hörten alle schon gar nicht mehr hin.

Regazzoni hatte Baumer überholt und sprintete keuchend davon. Baumer selbst legte einen neuen persönlichen Rekord mit Krücken hin. Er wurde von Heinzmann eingeholt, der helfen wollte. »Lass, lass mich!«, schrie Baumer aber nur. Es ging tatsächlich ohne seine Unterstützung besser. Heinzmann lief aber bei seinem Freund nebenher, sich immer wieder umblickend um zu sehen, wie nah die Verfolger schon waren. Er blieb bei Baumer, weil dieser ihn sicherlich noch brauchen würde, wenn er irgendwo über den Zaun klettern müsste.

Danner stand derweil stoisch am Grab und fotografierte noch einmal und noch einmal die Leiche der Anita Kägi. Er tat es mit größtem Interesse, lange und ausführlich und irgendwie frech, so als ob Anita Kägi die Mona Lisa wäre und als gäbe es keine Aufseher im Louvre und keine Touristen, die von hinten drängeln. Endlich, endlich, raste auch er mit kurzen Schritten und in gebückter Haltung davon. In den Händen hielt er die Kamera wie einen geraubten Kunstschatz. Es war offenbar nicht das erste Mal, dass der Journalist vom Blick einer Handvoll Häschern entkommen musste.

Er hetzte die Gräberreihe hinunter in Richtung Heinzmann und Baumer. In der Mitte der Abteilung führte ein kleiner Durchgang rechtwinklig in die nächste Reihe. Heinzmann und Baumer waren voraus, aber Danner nahm diese Abzweigung nach rechts und hastete weiter. Hinter sich hörte er die bellenden Rufe der Meute.

»Weiter, weiter«, raste nur noch der Gedanke an Flucht durch Danners Kopf und er rannte mit Vollgas parallel zu Baumer und Heinzmann seine Gräberreihe hinunter. Er überholte die Zwei, als sie in ihrer Spur eine Abzweigung nach links nahmen und verlor sie so aus den Augen. Am Journalisten flogen Grabsteine vorbei. Ritter Anita - Widmer Karl - Piaggesi Carlo - Raatz Ingrid. Danner hatte keine Zeit, ihnen einen Guten Abend zu wünschen. Am Ende der Gräberkolonne - Dubach Erika - rannte er im Schuss an einem etwa zwei Kubikmeter großer Brunnentrog vorbei, so hoch wie eine Sitzbadewanne. Daraus schöpften die Friedhofsbesucher mit extra für sie bereitgestellten Gießkannen Wasser, um die Blumen auf den Gräbern ihrer Angehörigen zu gießen. Jemand hatte vergessen, den Wasserhahn ganz zu zudrehen. Der Trog war übergelaufen und die Setzsteine darum herum feucht. Danner rutschte auf der nassen, leicht moosigen Fläche vor dem Brunnen aus. Er schlug wuchtig auf die Seite, knallte mit dem Oberschenkel in die Kante des Steintrogs. Mit dem Ellenbogen zuerst und gleich danach mit dem Kopf prallte er auf den Steinboden. Seine Brille flog wirbelnd davon. Die Kamera hielt er noch immer geschützt wie ein Kleinkind in seinen Armen. Er schrie auf und blieb verkrümmt liegen. Mit geblähten Backen wie Louis Armstrong beim Furioso, presste er stoßweise den Atem aus und versuchte verzweifelt, den Schmerz zu verbeißen. Es gelang nicht.

Hinter ihm verlangsamten die Verfolger ihre Schritte. Sie riefen nicht mehr. Sie lachten nur noch höhnisch, als sie sich um den nunmehr stöhnenden Danner scharten.

*

Andi und Stefan hatten sich in ein Gebüsch verkrochen, weil Baumer doch zu langsam war und sie befürchteten, dass die Häscher sie einholten, noch bevor sie den rettenden Wagen erreichen würden. Als sich die Verfolger - zwei Wächter des Friedhofs, ein Friedhofsgärtner der Stadt, sowie zwei Dorfpolizisten aus Riehen – tatsächlich nur um Danner kümmerten und dort stehen blieben, keimte in ihnen die Hoffnung auf, gerettet zu sein. Vielleicht würde die Polizei ja die Verfolgung aufgeben.

Von weitem hörten sie, wie Danner pulsierend atmete, immer wieder aufstöhnte. »Mein Arm, mein Arm«, stammelte er, während sich auf seiner Stirne eine gewaltige Beule bildete. Sein rechter Ellenbogen schien so stark lädiert zu sein, dass er selbst den starken Schmerz im Oberschenkel nicht wirklich wahrnahm.

Die Verfolger standen um ihn herum und sagten wenig. Sie mussten nach dem Lauf zuerst ein wenig Luft holen. Der Grabschänder, der sich vor ihnen am Boden krümmte, hatte sich offenbar verletzt, aber, na ja, er war immerhin ein Mensch. Es dauerte daher nur einen kurzen Moment, bis die zwei Dorfpolizisten sich um den Grabräuber zu kümmern begannen. Als sie sich zu ihm hinunterbeugten, wurden auch die Wächter wieder lebendig. Sie begannen den Mann mit der Kamera mit wüsten Flüchen und Verwünschungen einzudecken.

Gemeinsam halfen die beiden Polizisten aus der Vorstadt - ein alter Dicker und ein junger Dürrer - dem Blick-Journalisten auf. Sie waren erstaunt, keinen Jüngling vorzufinden. In letzter Zeit hatten ein paar Grufties nachts den Friedhof besucht und okkulte Messen gefeiert. Die waren immer völlig in Schwarz gekleidet gewesen und wie Dracula geschminkt. Der Mann hier sah aber ganz normal aus. Die Polizisten halfen ihm auf eine nahe Bank und mussten den Fotografen dabei stützen, denn er konnte auf dem lädierten Bein kaum stehen und humpelte mehr, als dass er ging. Mittlerweile hatte er den Höllenschmerz verbissen und setzte sich zerknirscht auf die Bank. Seinen Ellbogen hielt er vor seiner zusammengekrümmten Brust fest, die Kamera weiter eingeklemmt. Den Kopf hatte er tief gesenkt. Ob er diese Haltung aufgrund der Schmerzen einnahm, oder ob er einfach den Blick der Leute um ihn herum meiden wollte, war nicht zu entscheiden.

Der dicke Polizist hatte die Brille aufgehoben, reichte sie dem Verletzten. »So, jetzt bleiben Sie mal hier sitzen«, sagte er und legte Danner seine Pranke auf die Schulter. Auch bei dieser Geste war nicht klar, ob sie aus Anteilnahme geschah oder ob er dem Mann mit der Fotokamera zeigen wollte, wer hier der Chef war. »Wir holen schnell noch Ihre feinen Kollegen und dann plaudern wir ein bisschen miteinander.«

Rolf Danner entgegnete nichts, hoffte nur, dass seinen Kumpeln die Flucht gelungen war. Zugleich wünschte er, dass die zwei Polizisten nicht allzu lange fernbleiben würden, denn so ganz traute er den drei Friedhofsangestellten nicht, die jetzt unablässig auf ihn einzureden begannen, was das denn solle, was er sich dabei nur gedacht habe, ein feines Bürschchen sei er, so eine Sauerei. Und, und, und.

Die beiden Dorfpolizisten ließen Danner in seinem Schmerz und mit seinen Befürchtungen zurück und schlenderten gemütlichen Schrittes die Stufen von der Terrasse hinunter, auf der Anita Kägi in ihrem offenen Sarg lag und still den Mond betrachtete. Sie tat dies ausführlich, lange. Der in der kühlen Märzenluft glitzernde Mond gefiel ihr. Sie könnte ihn ewig betrachten.

Auf einer entfernten Rasenfläche standen alte Bäume und ein großes Gebüsch. Die Riehener Dorfpolizisten gingen zu diesem Buschwerk hinüber und stellten sich vor den Strauch hin. Es war der etwa 60-jährige Polizist, dessen steifer Hut ihn größer erschienen ließ, als er tatsächlich war, der als Erster zum Busch sprach. »Na, wollt ihr nicht rauskommen?«, fragte er freundlich.

Keine Antwort.

»Rauskommen!«, pfurrte der jüngere der Beamten.

Keine Antwort.

Der ältere Polizist sagte mit Langmut in der Stimme. »So kommt doch bitte raus, es wird langsam kalt.«

Nichts bewegte sich im Busch.

Also zündete der Dicke seine Taschenlampe an. Sofort blitzten die Reflektoren an Heinzmanns Polizeijacke auf und warfen das Licht in grellen Streifen zurück. Obwohl von dichtem Geäst verdeckt, erkannte man doch sofort die Konturen dieser Person, welche die Jacke trug. Heinzmann sah aus wie mit einem Dutzend Leuchtstäben behangen. Auf seiner Brust leuchtete groß das Wort POLIZEI. Baumer hingegen war im Dickicht überhaupt nicht zu erkennen.

»Ihre Polizeijacke leuchtet aber schön«, sagte der Dicke anerkennend.

Keine Antwort.

Dann hörte man eine giftige Stimme im Gebüsch zur Leuchtjacke sprechen. Sie war offenbar zwischen bleckenden Zähnen hervorgedrückt. »Super Idee, Stefan! Eine supergeile Idee, deine Scheißjacke zu tragen.«

»Zwei mehr im Netz«, freute sich der erfahrene, alte Streifenpolizist. Dann dachte er an den vierten im Bunde, den sie beim Grab beobachtet hatten. Er begann, sich suchend umzuschauen. Wo könnte sich der wohl versteckt haben?

*

Regazzoni hatte sich eine echte Chance zur Flucht erarbeitet. Er war von allen am weitesten gekommen und hatte sich einen uneinholbaren Vorsprung ersprintet. Jedoch war er dummerweise in seiner Angst einfach geradeaus gerannt. Jetzt stand er vor dem Maschendrahtzaun, der die Kohlistiegstraße entlanglief und der ihm den Weg auf die offene Straße versperrte. Wenn er dieses Hindernis überwinden könnte, dann käme alles gut.

Also kletterte er auf eine kleine Buche, die nahe am Zaun stand. Von einem hohen Ast hängend, hangelte er sich hin zu einem der Betonpfosten, die in wenigen Metern Abstand voneinander in den Boden gerammt waren und den Maschendraht hielten. An den oberen Enden der Pfosten entlang liefen drei Stränge Stacheldrahtzaun. Regazzoni schob sich vorsichtig hin zu einem Pfosten. Nur noch wenig und dann wäre er gerettet.

»Schön vorsichtig, schön vorsichtig«, murmelte er und versuchte mit seinem linken Fuß über den Draht zu kommen und auf der anderen Seite Halt zu finden. Mit seinem rechten Bally-Halbschuh, dessen flache Ledersohle von Dreck verschmiert war, behielt er Halt auf einem unteren Ast.

»Schön ...«, nuschelte er gerade, als er das Gleichgewicht verlor und sein ausgestrecktes linkes Bein zwischen zwei Drähten wegrutschte. Er rotierte in der Luft mit schwingenden Armen und stürzte kopfüber hinunter. Die teure Hose – Regazzoni besaß nur Businessanzüge und er war einfach im Anzug zur Nachtschicht gekommen – verfing sich in den Drähten, die sich stramm um seine Beine zogen. Spitze Zacken bohrten sich in seine Waden, seine Oberschenkel, sein Knie und stoppten seinen Fall. So hing er mit dem Kopf nach unten, versuchte verzweifelt, sich mit seinen Händen irgendwie im Maschendraht festzukrallen. Natürlich schrie er sich das Leben aus dem Leib.

»Komm mit, Stefan«, rief der Ältere der Riehener Polizisten der Leuchtjacke im Gebüsch zu und rannte zu dem Schreienden hin, dem jüngeren Kollegen hinterher, der bereits losgespurtet war.

Stefan Heinzmann tat wie ihm befohlen und sprang den zwei Berufskollegen nach.

Sie fanden Regazzoni im Stacheldraht gefangen. Mit vereinten Kräften gelang es ihnen, den Doktor aus seiner misslichen Lage zu befreien. Sogleich brachten sie ihn ins Verwaltungsgebäude, wo bereits Danner und die Friedhofsangestellten waren.

Dort, am Haupteingang des Friedhofs, hatte die Gärtnerei ein ganz ordentlich ausgestattetes Krankenzimmer. Das war immer wieder mal im Gebrauch, wenn ein Gartenarbeiter eine Schnittverletzung erlitten hatte oder wenn ein betagter Friedhofsbesucher zusammengeklappt war und versorgt werden musste. Für solche Situationen hatte es in diesem Zimmer einen großzügig ausgestatteten Medikamentenschrank. Diese Einrichtung nutzte der Friedhofsgärtner nun, um die Wunden von Regazzoni zu desinfizieren und zu verbinden.

Zuerst schnitt der Gärtner die Hosenbeine des Verletzten entzwei. Sie waren von der Schaufelei ohnehin völlig verdreckt und zerschlissen und würden in den Müll wandern. Regazzoni sah nun aus wie eine Tunte, die sich als Marilyn Monroe im Abendkleid gab. Seine schlanken Beine traten aus den in Streifen geschnittenen anthrazitfarbenen Hosen keck hervor und suchten die Blicke der Männer. Nur die schwarzen Haare auf den unrasierten bleichen Waden und die feinen roten Fäden, die daran hinunterliefen, störten den Genuss des Anblicks.

Der Gärtner, der den Unglücklichen verarztete, hatte keine Ader für solche Feinheiten. Er sprayte eine beißende Desinfektionslösung auf jede Wunde im Bein seines Patienten und klebte dicke Wattepumps darauf. Der Mann konnte sich nicht daran erinnern, je so viel Verbandsmaterial verbraucht zu haben. Auch die Verletzungen an Regazzonis Händen wurden desinfiziert. Geschickt wickelte ihm der Gärtner einen Verband um beide Hände. Die notwendige Tetanus-Spritze würde ihm später ein Arzt geben müssen.

Danner hingegen bekam einen Schlingverband. Dieser erlaubte ihm, seinen Ellbogen in einem Dreiecktuch ruhig zu halten. Das reduzierte ein wenig seine Pein. Er bekam allerdings keine Medikamente. Später müsste er ins Spital zum Röntgen geführt werden und würde den Ärzten Auskunft über die Art seiner Schmerzen geben müssen. Deshalb durfte sein Empfinden nicht schon durch Schmerzmittel gedämpft worden sein. Auch der Oberschenkel und der Fußknöchel müssten untersucht werden. Das eilte aber nicht unbedingt. Zuerst wollte der nette, gemütliche Riehener Dorfpolizist mit den vier Spitzbuben einen kleinen Schwatz halten.

14

Im großen Zimmer im Verwaltungsgebäude des Friedhofs Hörnli wurde es langsam gemütlich. Es roch nach Desinfektionsmittel und Kaffee mit einer Herznote von Angstschweiß. Während sich der Friedhofsgärtner weiter um den armen Regazzoni kümmerte, hatte der jüngere der zwei Wächter eine große Kanne Filterkaffee aufgesetzt. Der wurde jetzt verteilt.

Der dicke Dorfpolizist betrachtete die Szene. Ein kümmerliches Häufchen hatten sie hier eingesammelt. Drei Typen lädiert, einer davon schon von Beginn weg an Krücken, sowie noch ein weiterer, der sich nicht getraute, ihn anzusehen. Er stellte sich vor ihn hin und schaute auf den schweigsamen, stattlichen Mann hinunter, der seinem Blick auswich und die Tasse Kaffee in der Hand drehte, aber daraus nicht trank.

»Na, Heinzmann, keine Lust?«, fragte der Dorfpolizist.

Heinzmann antwortete nicht.

»Du trinkst doch sonst gerne Kaffee, Stefan«, neckte ihn der Dicke und schob sein Hemd, das ihm hinten aus der Hose gerutscht war, in den Bund zurück. Dann strich er es von hinten den Gürtel entlang, um es zu straffen. Es sah aus, als würde er eine riesige Pauke, die er vor seinem Körper hielt, in Segeltuch einpacken.

Der Basler Wachtmeister antwortete dem Dicken nicht. Er, der sonst doch so gerne plauderte.Das erstaunte selbst Baumer und er sah abwechselnd von Heinzmann zum runden Dorfpolizisten und zurück. Schließlich sah der ertappte Wachtmeister zum Beamten auf, der wuchtig vor ihm stand. »Hör zu, Walti«, sagte er zum Bauch vor sich. »Mach's schnell, wir haben noch zu tun.«

»Hört, hört. Der Mössiö muss noch schaffen gehen. Was hast du denn heute Abend noch vor, Heinzmännli, wollt ihr noch ein weiteres Grab ausheben?«

»Schweinerei, so was«, zischte einer der Nachtwächter. Er war offensichtlich in seinem Berufsstolz getroffen und musste auch zeigen, dass er Beamter war.

Stefan richtete sich auf und versuchte zu erklären »Walti, du kennst mich.«

»Oh ja«, entgegnete Walter Zumstein sofort jovial. Er drehte sich zu den anderen Leuten im Raum. Es sah aus, als drehe sich ein Elefant. »Ja, ja, Leute. Ich kenne diesen Stefan. Gestern noch hat er in die Hose geschissen und heute gräbt er schon Leichen aus.«

»Walti!«, stöhnte Heinzmann, indem er den Kopf senkte, die Augen schloss und sich mehrmals mit der Faust an die Stirn schlug.

»Was hast du denn, Stefan?«, trompetete der Elefant vor ihm. »Kannst du keinen Spaß mehr ertragen?«

»Walti, hör jetzt einmal zu!«, sprach Heinzmann ernsthaft zum Fußboden vor seinen Füßen und bemühte sich, ruhig zu bleiben. Das hielt er aber nicht aus, denn er sprang auf und positionierte sich direkt vor den Bauch von Zumstein. Er redete nun auf die Brust vom Dicken ein. »Es geht um eine extrem wichtige Sache.«

»Das habe ich schon gemerkt«, bemerkte der, sich zu seinen Kumpanen umdrehend. Es sah aus, als ob ein Lehrer alter Schule die Schüler fragt, was sie zur Antwort von Klein-Stefan meinen. Ob die wohl richtig sei? Prompt begann der Musterschüler von Wächter höhnisch zu lachen.

Heinzmann ignorierte den Wadenbeißer und sah Zumstein verärgert an. »Walti, verdammt. Hörst du jetzt endlich zu? Es geht um Mord.«

»Richtig«, mischte sich Baumer ein. »Es geht um Mord.«

»Schau, schau«, tat Zumstein erstaunt. »Da ist ja noch einer wach geworden. Tut Ihnen der Kaffee also gut? Welche Art Vogel sind denn Sie?«

Baumer spürte, dass diese Sitzung noch lange dauern würde. Er sagte nichts, nahm einen Schluck Kaffee.

Heinzmann sprach für ihn. »Das ist Andreas Baumer, mein Kollege. Er ist Kriminalkommissar.«

»So, so. Sie sind also dieser berühmte Herr Kommissar Baumer – lizenziert in *Basel*. Gratuliere! Schön gemacht. Diese Aktion steht Ihrem Ruf in nichts nach.«

Baumer sank in seinem Sessel zusammen. Das könnte noch ewig dauern heute Nacht.

Heinzmann hingegen ließ sich nicht beirren. Er begann wieder von ganz vorne. »Also hör mir jetzt einmal ganz genau zu, Walti«, bat er Wachtmeister Zumstein, seinen allerersten Patrouillenchef, mit dem er in der Stadt Streife gefahren war, um Aufmerksamkeit. Er hoffte, dass ihre gemeinsame Zeit noch zu irgendetwas nützen könnte.

Das war jedoch schon eine Ewigkeit her. Zumstein war in Frühpension gegangen. Aber er hatte es dann doch nicht lassen können. Es war ihm bald langweilig geworden, und er hatte als Dorfpolizist in Riehen angeheuert. Dort konnte er sein geliebtes Métier erneut ausüben, denn er war Polizist mit Leib und Seele. Insgesamt war es in dieser reichen Vorstadt auch weniger stressig als im Kleinbasel. Das war ihm in seinem fortgeschrittenen Alter grad recht. Natürlich waren einige seiner neuen Kunden durchaus aggressiv. Allerdings töteten kriminelle Riehener eher mit Worten denn mit Kugeln. Und selten im Affekt, sondern nach fein ziselierter Strategie.

Zumstein genoss den Moment, da endlich wieder einmal etwas Interessantes los war in seinem Vorstädtchen. Ein Kriminalkommissar, ein Basler Polizeiwachtmeister, ein Journalist vom Blick und ein promovierter Gerichtsmediziner hatten eine Leiche ausgegraben. In seinem verschlafenen Riehen, dieser Schlaf- und Steuerspargemeinde neben Basel! Das war schräg und obskur zugleich. Andererseits wusste er nicht recht, wie weiter. Störung der Totenruhe war kein leichtes Vergehen. Und diese vier Figuren hatten ja nicht nur ein paar dunkle Beschwörungen gemurmelt. Sie hatten die Leiche von oben bis unten aufgeschlitzt. Na ja. Das Kleid immerhin. Der Journalist hatte sogar noch Fotos von der nackten Frau geschossen. Kaltblütig dieser Mann. Das musste man ihm lassen. Wenigstens hatten sie nicht irgendein muslimisches Grab geschändet. Das hätte der berühmte Funke in Basel sein können. Zumstein wollte gar nicht daran denken, wie das hätte enden können.

Trotzdem.

»Da kommt einiges zusammen. Stefan. Das ist nicht Nichts«, warf Zumstein mit Bass in der Stimme seinem alten Kameraden vor.

»Ja, ich weiß. Aber es ging nicht anders.«

»Ich muss euch anzeigen.«

»Das sehe ich auch so«, bemerkte der zweite Riehener Dorfpolizist, der bis dahin geschwiegen hatte, trocken. Er legte die Arme ineinander.

Baumer stemmte sich hoch. Er war erregt. »Nein, kein Aufsehen jetzt!«

Der eine Wächter sprang hinzu. »Kein Aufsehen? Ihr habt doch für das Chaos gesorgt. Ihr ... ihr ...«

Baumer stieß den Wächter mit einem tödlichen Blick zurück. Er wandte sich an die Pauke.

»Bitte. Ich bitte Sie inständig. Es geht um Mord. Es muss sein. Regierungsrat Schläfli ist informiert. Rufen Sie ihn an!«

»Was? Der Schläppli ist auch dabei?«, höhnte einer der Nachtwächter und schnitt eine Grimasse.

Baumer ignorierte den Wächter, sprach weiter zum Dicken.

»Schläfli leitet die Aktion. Es geht um mehrere Todesfälle.«

Walter Zumstein rieb sich mit der rechten Hand das Kinn, auf dem seit der fernen Morgenrasur bereits wieder graue Stacheln glitzerten. Sein linke stützte er derweil auf der Hüfte auf, das heißt, aufgrund seines Umfangs lag die Hand mehr auf den Schwimmringen, die er ständig mit sich führte. Der Dorfpolizist wandte seinen Kopf einem Gauner nach dem anderen zu, die sie hier im Zimmer versammelt hatten. Für ihn sah es aus, als ob sich kleine Planeten um ihn drehen würden. Diese Planeten bildeten ein lustiges Sonnensystem. Es bestand aus: Erstens einem wimmernden Gerichtsmediziner, zweitens einem lädierten Reporter, drittens einem Kommissar auf Krücken und viertens einem Stefan Heinzmann, einem Kollegen und Freund, der sich nicht mehr getraute hatte, ihm richtig in die Augen zu blicken. Die Sonne selbst war Zumstein. Er bildete in all dem Chaos den Fixstern und musste jetzt entscheiden, wie es weiterging.

»Bitte Walti, ruf Schläfli an«, wiederholte Heinzmann.

Baumer schwieg, sah Zumstein aber in die Augen.

Der Riehener Dorfpolizist fasste unter seine riesige Trommel. Er hob sie an, wie ein Pauker einer »Guggenmusik« an der Basler

Fasnacht sein Instrument anhebt, um für einen kurzen Moment seinen Schultern Entlastung zu geben. Dann ließ Zumstein den Fettbauch wieder fallen. Er fasste sich ans Hemd hinten, strich es wieder in die Hose, fuhr mit dem Hemd den Hosenbund entlang und wickelte die Pauke erneut ein. Er tauschte einen Blick mit seinem Patrouillenkollegen. Der sah ihn fragend an. Schließlich schnalzte Walter Zumstein einmal laut und murmelte irgendetwas Unverständliches. Er setzte sich ans Telefon und wählte eine ganz bestimmte Nummer.

*

Allmählich wurde es eng im großen Zimmer im Verwaltungsgebäude des Friedhofs Hörnli. Obwohl alle müde waren, es war schon nach drei Uhr nachts, wollte niemand nach Hause gehen. Die Wächter und der Gärtner hatten keine Lust, sich die Show entgehen lassen. In wenigen Minuten würde ein Regierungsrat hier aufkreuzen. Das würde lustig werden.

Zumstein hatte Schläfli angerufen. Schläfli würde kommen. In der Zeit bis zu dessen Eintreffen wurde wenig geredet. Der junge Dorfpolizist hatte es besonders auf Danner abgesehen. Er konnte Journalisten nicht leiden und solche vom Blick schon gar nicht. Also zündete er ihn immer unverhohlener an. Quatschte auf ihn ein, machte sich lustig über ihn.

Der nahm es gelassen. Nun würde er selbst einmal Teil der Show sein. Er hatte es auf die Titelseite bringen wollen. Jetzt würde er es schaffen. Anders natürlich, als er gedacht hatte. Vielleicht würde sogar die NZZ ein paar Zeilen für ihn opfern. Danner machte sich nichts vor. Sein Kredit bei seinem Chef würde ganz schnell ins Minus rutschen.

Regazzoni hatte die ganze Geschichte wohl am meisten mitgenommen. Er wimmerte ohne Ende und bejammerte sein Elend. Die Stiche im Fleisch, die der Stacheldraht verursacht hatte, schmerzten höllisch, aber mehr noch ängstigte ihn der befürchtete Verlust seines Rufes. Ein Ruf, den er sich als Eingewanderter so hart hatte erarbeiten müssen, weil ihm nie etwas geschenkt worden war. Regazzoni war keiner, hinter dem altes Geld stand. Für ihn würde keine gutbezahlte Stabs- oder Direktorenstelle in einer der vielen Institutionen in Basel neu geschaffen, wenn er in seinem Job über die eigenen Füße stolperte oder einfach Pech hatte. Dr. Regazzoni, würden seine Kollegen murmeln, wenn sie den Entlassenen zufällig beim Zeitungsaustragen sehen würden, ehemaliger Gerichtsmediziner und geprüfter Grabschänder – Professor! Beim Gedanken daran jaulte Regazzoni erneut elendiglich, so dass der Gärtner, der sich um ihn gekümmert hatte, sich besorgt vor ihn hinkniete. »Was ist denn, haben Sie starke Schmerzen?« Die freundlich offerierte Fürsorge des ihm Unbekannten traf Regazzoni nur noch empfindlicher, und ein paar Tränen kullerten seine Wangen hinab.

»Na, na? Es ist doch nicht so schlimm«, versuchte der drahtige Gärtner mit den vielen Falten im wettergegerbten Gesicht, den Weinenden zu beruhigen und legte seine Hand auf die Schultern des Mediziners.

Endlich schellte es.

Einer der Wächter ging nach unten. Die Tür wurde geöffnet. Kurz darauf trat Schläfli ins Zimmer. In seinem Schlepptau der hämisch grinsende Rötheli.

Im Raum sprach keiner ein Wort. Alle sahen zum Regierungsrat hin. Jeder erwartete, dass der jetzt sprechen würde, aber Markus Schläfli schaute sich den kunterbunten Haufen zuerst lange und ausgiebig an. Es machte ihm Mühe. Schläflis Augen waren tief umrändert und seine Lider schwer. Auch ein Politiker hat es nicht gerne, inmitten der Nacht aus dem Bett gerüttelt zu werden. Nicht für das hier. Das waren keine zehn Wählerstimmen. Dafür lohnt es sich nicht, eine Nachtschicht einzulegen.

Schließlich trat Schläfli zu Zumstein und streckte ihm seine Hand entgegen. Er lächelte dabei reflexartig sein Politikerlächeln. »Sie müssen Wachtmeister Zumstein sein.«

Zumstein lächelte nicht, sagte brav »Guten Tag, Herr Schläfli«.

»Also, noch einmal. Worum geht es hier genau?«, bat der Regierungsrat um Aufklärung. Er tat es in leisem Ton und mit gequältem Gesichtsausdruck. Er wollte nur mit dem dicken Polizisten reden und wollte vermeiden, mit den anderen überhaupt in Berührung zu kommen, grad so, wie sich ein ungebildeter Tourist in Bangalore verhält, dem auf der Straße ein Leprakranker über den Weg läuft.

»Eine Grabschändung!«, erwiderte Zumstein und schob seine Mütze aus der Stirne. »Sie sollen offenbar die Leitung dieser Aktion haben?«

Markus Schläfli sperrte die müden Augen weit auf. »Was habe ich?«

Baumer hatte sich erhoben, aber noch bevor er etwas sagen konnte, pfurrte ihn Schläfli laut und mächtig an. »Sie sagen mal gar nichts!«

Baumer setzte sich wieder, starrte leer vor sich hin, nippte gelangweilt an seinem Kaffee. Das könnte noch lange dauern, mein Gott. Röthelis triumphierenden Blick nahm er zum Glück nicht wahr.

Der Regierungsrat wandte sich wieder an Zumstein. »Ich weiß von keiner Aktion. Was ist hier eigentlich los? Also?«

Der Dorfpolizist erklärte es ihm in wenigen Sätzen. Schläfli nahm die Geschichte auf, so wie man die Nachricht wahrnimmt, dass ein geliebter Onkel gestorben ist. Das Gesicht wird einem starr. Man atmet in kurzen Zügen. Ab und an presst man ein knappes »Ja« hervor, um dem Sprecher zu zeigen, dass man gehört habe, was geschehen ist.

Während Zumstein erzählte, wimmerte Regazzoni immer wehleidiger. Er hörte aus fremdem Munde noch einmal, was er gesündigt hatte. Das ließ bei ihm die letzten Schranken fallen und alle Schleusen öffneten sich. Der Mediziner fiel in sich zusammen und weinte kümmerlich.

Danner, der direkt neben ihm saß, tat sein Kumpel leid. Er sprach leise zu ihm und versuchte, ihn zu beruhigen. »Komm, Marco, es wird nicht so schlimm sein.« Er saß zu ihm und legte den Arm um seine Schultern.

Der Gärtner dachte immer noch, dass es die physischen Schmerzen seien, die den Verarzteten so heulen ließen. Also sagte er, »Wollen Sie ein Aspirin oder vielleicht ein Ponstan?«

»Ja, nimm ein Schmerzmittel«, flüsterte Danner. »Echte Schweizer Ware. Das tut dir gut.«

Marco Regazzoni schniefte und fuhr unbewusst mit der nackten Hand unter seiner tropfenden Nase durch. Der »Professor« wimmerte noch ein paar Sekunden. Dann stoppte er unvermittelt sein Wehklagen, zuckte auf, als hätte ihn ein Stromschlag getroffen. Die Augen öffneten sich weit, das Kinn fiel ihm hinunter.

Danner und der Gärtner erschraken über den Anblick, den der »Professor« bot. Er sah aus, als hinge er noch immer am Strom. Mit irren Augen starrte er in den Raum. Erst langsam begann sein Mund, sich zu bewegen. »Echte Schweizer Ware«, murmelte er, mehr zu sich als zu den anderen.

Alle Leute im Raum schauten nun Regazzoni an. Der Typ schien völlig zusammenzubrechen.

»Schweizer Ware, Schweizer Ware«, wiederholte er, und es war, als würde ein Roboter mit starrem Plastikgesicht plappern.

Plötzlich sprang Regazzoni wie von der Tarantel gestochen auf, japste nach Luft. Sofort stieß er hervor, »Ich hab's, ich hab's.« Immer wieder schrie er diese Worte, »Ich hab's, ich hab's.« So laut, dass alle im Raum erschraken. Der Mann mit den zerschnittenen Hosen sprang auf und schlug sich mit den bandagierten Händen vergnügt auf die Beine, die er ekstatisch in die Luft warf. Mit seinen Pompons auf den nackten Schenkeln erinnerte er an eine Kreuzung zwischen Harlekin und Revuetänzerin. Regazzoni lachte irr und schrie: »Ja, ja, ich hab's. Ich hab's!«

»Was, was hast du?«, schrie Danner zurück, der aufgesprungen war und sich echte Sorgen um seinen Freund machte.

»Schweizer Ware! Schweizer Ware!«, rief Regazzoni und schüttelte dessen Oberarme bis er vor Schmerzen – sein Ellbogen! – aufschrie. Was war bloß in den Typen gefahren?

»Danner, schnell! Deine Kamera!«, rief der Tessiner.

»Was? Warum brauchst ...?«, dem Journalisten versagte die Stimme.

»Her mit den Bildern, los! Verdammt. Zeig deine Bilder!« Regazzoni schrie dies so herrisch und verzweifelt zugleich, dass keiner wagte, ein Wort zu sprechen. Irgendetwas sehr Wichtiges passierte hier.

Der perplexe Danner begriff endlich, was Regazzoni wollte. Also nahm er seine Kamera, schaltete sie ein. Er hielt sie dem Mediziner hin, der das Display der Profi-Digitalkamera betrachtete und die Bilder der Leiche der Anita Kägi untersuchte, wie sie nackt und bleich und mit Totenflecken verziert in ihrem Sarg lag.

»Da, da! Siehst du das«, rief er und zeigte auf das Display. Er wurde immer erregter. »Weiter! Nächstes Bild. Weiter, weiter!«

Danner klickte für Regazzoni durch die Bilder, die er geschossen hatte.

»Ja! Ja! Da, schau! Das ist es. Schweizer Ware!«, schrie Regazzoni mit schriller Stimme

Die anderen begriffen gar nichts mehr. Sie sammelten sich schweigend in einer Traube um Danner, wollten endlich auch sehen, was Regazzoni in Aufruhr versetzte hatte. Gemeinsam starrten sie auf das hinterleuchtete Display und schauten die kleinen Bilder der Anita Kägi an. Vergeblich versuchten sie zu entziffern, was nur das geschulte Auge des Mediziners hatte erkennen können.

15

Am Abend desselben Tages saßen Baumer und Heinzmann, halb liegend, mit dem Gesäß nur knapp auf der Sitzfläche, todmüde auf Baumers Sofa in der Wohnung an der Hochstraße 31A. Ihre Köpfe lehnten oben auf der Rückenlehne, ihre Beine hatten sie auf das Sofatischchen vor ihnen gelegt. Heinzmann hatte Baumer noch ein Kissen geholt und ihm untergelegt, so dass ihm die Kante des Tischchens nicht ins Fleisch schnitt. Beide waren ausgepowert und lagen schlapp da, als wären sie eben erst aus einer 110-Grad-Sauna gekommen, in der sie viel zu lange geschmort hatten.

Vor ihnen lief der Fernseher. Es kam »7 vor 7«, das Nachrichtenmagazin des Lokalsenders TeleBasel. Der große Aufmacher der Sendung war eine Razzia, die die Basler Kriminalpolizei in der Privatklinik Alpensonne am Morgen des gleichen Tages durchgeführt hatte. Die Polizei war gleich mit zwei Dutzend Beamten und einem Spürhund - Prinz Hasso von Ehrenburg - in die Klinik eingedrungen. Sie hatten die Räumlichkeiten auf den Kopf gestellt.

Im Bild sah man den Regierungsrat Schläfli, wie er die ganze Aktion majestätisch leitete. Im Off-Ton des Sprechers bekam man die Informationen zur Aktion: »Regierungsrat Schläfli, der die Aktion leitete, teilte mit, dass …«

Markus Schläfli hatte für sein gutes Aussehen gesorgt und demonstrierte, wie er alles voll im Griff hatte. Er gab Anweisungen, hörte sich die Berichte von hohen Beamten an, die ihm vor der Kamera über den Fortgang der Aktion berichteten, zeigte mit dem ausgestreckten Arm auf irgendetwas Wichtiges. Er tat es natürlich so, dass die Kamera seine Geste gut einfangen konnte. Schläfli gibt einen kurzen, knappen Befehl. Die Polizisten um ihn herum springen in Aktion. Schläfli dreht sich zur Kamera. Er wird interviewt.

»Herr Regierungsrat, warum wird die Klinik Alpensonne durchsucht?«, hielt ihm eine junge Reporterin das Mikrofon hin.

Schläfli antwortete mit sonorer Stimme. »Es liegen uns konkrete Verdachtsmomente vor, dass in dieser Klinik mit Gewebeteilen von Verstorbenen gehandelt wurde.«

»Handel mit Leichenteilen? Wie ging das vonstatten?«, fragte die junge unerfahrene Reporterin, die ihren Kopf beim Sprechen in Richtung Mikrofon hinabsenkte. Nachdem sie die Frage in den Schaumgummi aufgesagt hatte, hielt sie diesen wieder ihrem Interviewpartner hin.

Schläfli war der geborene Rhetoriker. Er sah die Frau milde lächelnd an und sagte: »Den verstorbenen Personen wurde ohne ihre vorherige Zustimmung und ohne Wissen ihrer Angehörigen Gewebe entnommen. Diese wurden an ausländische Forschungslabors verkauft – wir sichern noch die entsprechenden Beweise.«

Die Reporterin schaute auf ihren Zettel.

»Wie viele Personen sind involviert?«

»Sie werden verstehen, dass ich aus ermittlungstaktischen Gründen keine Information darüber geben kann.« Schläfli machte ein undurchdringliches Gesicht.

Blick der Reporterin auf Zettel, dann Mikrofon vor den Mund geführt. »Stimmt es, dass der Chefarzt der Kopf der Bande ist?«

»Dazu kann ich keinen Kommentar geben. Die Untersuchungen laufen noch«, antwortete Schläfli. Dann fügte er gönnerhaft an: »Ich kann aber bestätigen, dass wir bereits zwei Verhaftungen vorgenommen haben. Diese Personen sind dringend verdächtig, die 85 Jahre alte Baslerin Helen Amadio-Meier ...« – Schläfli machte eine Kunstpause und setzte ein betroffenes Gesicht auf – »... ermordet zu haben.«

»Ganz der Politiker«, murmelte Heinzmann zu seinem Kollegen, der neben ihm ausspannte.

»Schhht«, zischte Baumer, der nichts vom Interview verpassen wollte.

Die Reporterin zog das Mikrofon wieder zu sich, senkte den Kopf und fragte den Regierungsrat, wie man den Verdächtigen auf die Spur gekommen sei.

Schläfli nickte der unsicheren Interviewerin freundlich zu. Das bedeutete so viel wie: »Ja, ich habe Ihre Frage verstanden. Ich beantworte sie gerne, denn ich bin ein kompetenter Mann, der alles voll im Griff hat. Ich bin der geeignete Führer. Wählen Sie mich wieder zum Regierungsrat! Wählen Sie Schläfli!« Sagen tat er: »Diese Untersuchung läuft seit einiger Zeit. Ich selbst habe die Sonderkommission gebildet und geleitet. Wir haben hart gearbeitet ... im Team gearbeitet ... und jetzt Erfolg gehabt. Ich bin stolz auf unsere gut funktionierende Polizeiarbeit und bin stolz, dieser ... erfolgreichen ... Truppe vorzustehen.« Markus Schläfli lächelte die Frau von TeleBasel an.

Schnitt.

Das war's.

Baumer und Heinzmann wurden mit keinem Wort erwähnt. Es war ihnen recht so. Das war ihr Deal mit Schläfli gewesen. Der Regierungsrat schöpfte den Rahm ab, und sie hatten in Ruhe ihre Arbeit tun können. Ebenso wichtig, Schläfli würde ihre nächtliche Sonderschicht decken. Schläfli hatte auch den Gärtner und die beiden Wächter zum absoluten Stillschweigen verpflichtet, und weil alle Beteiligten Staatsbeamte waren, würden sie den Schnabel halten - zumindest vorerst. Eine Rückstufung in eine untere Lohnklasse wollte keiner riskieren. Solange die Ermittlungen noch liefen, das hatte Schläfli ihnen unmissverständlich klargemacht, würde ein dummes Wort von ihnen genügen, und man würde ihnen Behinderung der Ermittlungsarbeit anhängen. So kurz vor der Pensionierung - der eine Wächter hatte nur noch müde 18 Jahre abzusitzen - würde keiner einen fristlosen Rausschmiss riskieren. Wie lange die Drohung aber wirken würde, war ungewiss. Vielleicht würde doch einmal einer von ihnen weich werden und ein paar Hundert Franken von einer Zeitung für seinen Bericht ergattern wollen.

Auch Regazzoni, obwohl er den entscheidenden Hinweis gegeben hatte, war nicht sonderlich scharf auf eine namentliche Erwähnung. Natürlich hätte er es ganz gern gesehen, wenn im Fernsehen erwähnt worden wäre, dass man den Verbrechern von der Alpensonne nur dank seiner Beobachtungs- und Kombinationsgabe auf die Spur gekommen war - na gut, ihm und den anderen drei von der Hörnli-Aktion. Aber er allein war es, der gemerkt hatte, dass Anita Kägi ausgeschlachtet worden war. Ja, richtiggehend ausgeschlachtet. Das war sein Verdienst. Ohne ihn wäre der Fall nie gelöst worden. Aber dann hätte man auch der ganzen Welt erzählen müssen, dass er nachts um halb drei an einer nackten alten Toten herumgeschnipselt hatte. Das hätte ein wenig peinlich werden können.

Trotzdem.

Er hätte seinen Fachkollegen schon wahnsinnig gerne erzählt, wie er draufgekommen war. Das war eine echte Meisterleistung, die nicht jedem gelungen wäre. Seinem geschulten Auge war nicht entgangen, dass die Leiche etwas Unnatürliches, selbst im Tod, hatte. Es hatte einen Moment gedauert, bis er eins und eins hatte zusammenzählen können. Auf den Fotos hatte er es dann erkannt. Die Augäpfel fehlten! Und zwar komplett. Die Augenlider waren deshalb tief in die leeren Augenhöhlen gefallen. Das konnte aber unmöglich in den wenigen Tagen nach der Beerdigung geschehen sein. Kein Augapfel verwest so rasch und spurenlos. Selbst die gierigsten Maden und Insektenlarven können nicht so schnell fressen. Die Augäpfel fehlten, weil sie eindeutig von Hand entfernt worden waren. Und auch die Beine waren abnormal eingefallen. Die beiden Oberschenkel waren nur noch Haut – keine Knochen. Er sah das deutlich und folgerte richtig. Diese Frau war ausgenommen worden, wie man einen alten Bentley ausschlachtet. Fein säuberlich. Die wichtigen Teile waren herausoperiert und einer Wiederverwertung zugeführt worden. Klassische Schweizer Markenware, die auf dem Schwarzmarkt Höchstpreise erzielte.

Die Mediziner in der Alpensonne arbeiteten bei den Operationen sehr präzise. Echte chirurgische Feinarbeit, das musste Regazzoni anerkennen. Nur, wie sich herausstellte, entnahmen sie in den allermeisten Fällen die Gewebe ohne Einwilligung der Spender. Und weil sie damit auch noch Handel betrieben, verstießen sie gleich gegen mehrere Artikel des Schweizer Transplantationsgesetzes. Wer so etwas tut, verliert unweigerlich seine Approbation, wird nie wieder als Arzt arbeiten.

Natürlich waren viele »Spenden« der alten Leute kaum mehr zu verwenden. Aber trotz des Nachschubs an jugendlichem Material aus ein paar ganz dunklen Gegenden auf dieser Welt, herrschte an menschlichem Gewebe oder Körperteilen vor allem zu Forschungszwecken immer Mangel. Knochen, Sehnen, Hautstücke, Herzklappen, Gehörknöchelchen, Augenhornhäute, alles konnte man verwenden.

Eine Leiche war bis zu 100.000 Franken wert.

Augäpfel nutzte man etwa zum Test neuartiger Laserbehandlungen, Hautgewebe war sowieso immer gut zu gebrauchen und auch Knochenmarkszellen waren heiß begehrt, in alten Menschen jedoch kaum mehr vorhanden. Aber selbst spröde Knochen setzte man zum Test neuer Operationsmethoden oder zum Herstellen von Knorpelextrakten und Knochengranulat ein. Wer würde schon nachforschen, ob die von einem jungen oder alten Menschen kamen. Obskure Institute in ganz Europa waren scharf auf echtes Menschenmaterial, egal wie alt es war. Hauptsache man konnte daran noch irgendwelche medizinischen Experimente durchführen oder *Anti-Aging*-Forschung betreiben und die von den Kontrollbehören gewünschten Protokolle mit halbwegs sinnvollen Daten füllen.

Der beste Handelspartner aber war Russland. Die Knorpelextrakte liefen spitzenmäßig. Firsov hatte erst kürzlich den Preis erhöhen müssen. Ein privates Institut, das Arthrosetherapien erforschte, bemühte sich sogar um die alleinigen Nutzungsrechte. Auch Knochenmasse ließ sich bestens verkaufen. Mit solcherlei Material reiste Firsov nach Russland und spritzte kranken Russen extra zusammengestellte Hormon- und Proteinbomben. Einmal Knieschmieren kostete 800 Euro. An Patienten mangelte es nicht, und Firsov bediente bei jeder Reise immer eine große Anzahl. Die Gefahr, erwischt zu werden, war dabei gleich Null. Bei der Ausreise wurde er von den Schweizer Zöllnern nicht kontrolliert. Bei der Einreise in sein Heimatland halfen genügend Dollars zur sicheren Fahrt. Scharf durchsucht wurde er einzig von den Schweizer Zöllnern, wenn er wieder zurückkam. Aber da hatte er seine Schweizer Ware längst an den Mann gebracht.

Firsovs Businesstrips waren äußerst lukrativ. Die gutbetuchten Russen und Ukrainer standen Schlange um ihre Spritze zu erhalten. Botox war out, echte, frisch isolierte Proteine für allerlei Kuren dagegen in. Stammzellen waren der letzte Schrei. Die Kunden zahlten gern und viel, Schweizer Markenware war unbesehen beliebt.

In Zukunft müssten die Kunden allerdings auf den »Schweizer Doktor«, wie sie Anatoli Firsov nannten, verzichten. Dr. Firsov saß wegen Mordverdachts an Helen Amadio-Meier hinter Gittern. Ebenso wie Dr. Freundlieb. Zwar war das im TeleBasel noch nicht gemeldet worden, aber es hatte bereits die ersten Verhöre gegeben. Morgen würde Markus Schläfli erneut eine Pressekonferenz einberufen können und das frohe Resultat seiner Ermittlungen bekannt geben. Sicherlich würde er mehr als dezent darauf verweisen, dass er selbst die Zeugen vernommen habe. Und natürlich würde er dann den Mörder der Helen Amadio-Meier präsentieren wollen. Denn einer der beiden Doktoren war der Täter. Nur welcher?

*

Tatsächlich war es natürlich Baumer, der die Befragungen durchgeführt hatte. Als erstes hatte sich der Kommissar den Klinikdirektor Freundlieb gegen 14 Uhr dieses ereignisreichen Tages vorgenommen. Er ließ ihn sich im Waaghof vorführen, dem Untersuchungsgefängnis von Basel, wo auch die Staatsanwaltschaft war.

Der einst so hochnäsige Direktor sah noch mitgenommener aus als Kommissar Baumer, der selbst ziemlich angeschlagen wirkte. Baumer hatte in der Nacht kein Auge zugetan. Stattdessen war er mit Grabschändung, Überzeugen von Schläfli und schließlich Vorbereiten und Durchführen einer Razzia beschäftigt gewesen. Trotzdem sah er immer noch frischer aus als der Arzt vor ihm. Andi hatte schon ein halbes Dutzend Espressi intus.

Freundlieb erinnerte nur noch entfernt an einen allwissenden Arzt. Wer ihn jetzt gesehen hätte, würde eher auf einen verlumpten Schreinermeister getippt haben. Er trug Hemd (ohne Krawatte) sowie eine Hose (ohne Gürtel). Baumer schaute nicht hin, aber er wusste, Freundlieb hatte auch keine Schnürsenkel in seinen Schuhen. Der hochgeschossene Arzt war innerhalb nur eines Tages um mindestens 15 Zentimeter geschrumpft. Sein schütteres Haar stand ihm in allen Himmelsrichtungen um den Kopf. Als er sich setzte, versuchte er, seinen zersausten Haarkranz wieder zu richten. Es gelang ihm nicht.

Freundlieb wusste nicht, dass er der Erste war, der vernommen wurde. Baumer tat aus taktischen Gründen aber so, als wäre Firsov bereits verhört worden. Er schoss gleich los mit seiner Anklage gegen den Mediziner. So hatte es Kojak immer gemacht. Baumer hatte dessen cooler Stil immer gefallen.

»Sieht nicht gut aus für Sie, Herr Direktor«, schoss Baumer seinen ersten Pfeil ab. Er fühlte sich wie der New Yorker Lieutenant, wenn er einen Gauner zusammenstauchte, der ihm dumm kommen wollte. Es fühlte sich gut an.

Der Doktor zuckte bereits bei diesem generellen Anwurf zusammen. Er hatte jegliche Selbstsicherheit verloren und war mehr als verängstigt.

»Mord!«, zog Andi Baumer den Mund verächtlich breit. Er spürte, dass dieser Mann nur ein bisschen geschüttelt werden müsste, dann würden die süßen Pflaumen vom Bäumchen fallen.

Der scharfe Vorwurf des Kommissars gab Freundlieb bereits den Rest. »Nein, nein. Ich war das nicht«, rief er verzweifelt und klagte mit erstaunten Augen die ganze Welt an.

Baumer ignorierte den Blick des Arztes, »Sie wollen es nicht gewesen sein?«, tat er irritiert, »Firsov hat uns aber etwas ganz anderes erzählt.«

»Um Himmels willen. Nein, nein. Er lügt! Ich bin doch kein Mörder«, rief Freundlieb und fuchtelte verzweifelt mit den Armen, als wolle er ein Gespenst von sich fern halten.

Baumer sagte nichts.

Der Untersuchungshäftling Freundlieb zitterte so stark, als ob er Schüttelfrost hätte. »Glauben Sie mir, bitte«, kroch er Richtung Baumer. »Ich war das nicht. Ich habe mit dem Mord an der Amadio nichts zu tun«, flehte er mit erschreckten Augen.

»Amadio? Welche Amadio?«, fragte Baumer.

»Die … die Frau, die ermordet wurde.«

»Wer ist ermordet worden?«, tat Baumer verwundert, und es begann ihm zu gefallen, dass er den großen Fisch am Haken hatte.

»Die Amadio ist doch tot!«, rief Freundlieb und merkte nicht einmal, dass er, ohne danach gefragt worden zu sein, die tote Rentnerin erwähnt hatte.

»Sie waren das also?«, tat Baumer verwundert. Ein erneutes Schütteln am Bäumchen.

»Nein«, flehte Freundlieb bereits verzweifelt. »Das war ich nicht.« Der Direktor mit dem schütteren Haar schlug seine Hände ineinander und zitterte wie eine 90-jährige Nonne in ihrem Rollstuhl, wenn der Papst im Papamobil vorbeifährt. Nur zitterte der große grauhaarige Mann nicht vor Freude. »Der Firsov war's. Der Firsov war's«, schrie Freundlieb und brach endgültig zusammen.

Baumer schaute auf den großen kleinen Doktor hinunter, wie er wimmerte. Wie dünn der Firnis doch ist, den ein Titel einer Person verleiht, dachte er. Ein kleiner Mord und schon verliert man die Contenance.

Freundlieb hatte also seinen Assistenzarzt des Mordes beschuldigt. Vielleicht war das so. Vielleicht war es auch nur der verzweifelte Schachzug eines Mörders.

Der Kommissar ließ dem Dr. med. ein paar Minuten, dann nahm er das Protokoll auf. Das heißt, Madame La Roselle tat dies. Die ein wenig verhärmte Elsässerin war vom Stützpunkt Spiegelhof hinzugerufen worden und stenographierte das Gespräch zwischen Baumer und Freundlieb. Danach würde sie es ins Reine tippen. So ging es am Schnellsten.

Baumer musste dem Klinikdirektor nur wenige weitere Fragen stellen. Freundlieb war bereits weichgekocht, noch bevor Baumer die Gasflamme richtig hochgedreht hatte und erzählte bereitwillig über das kleine Geschäft mit der Schweizer Ware. Andi Baumer begnügte sich deshalb, ihn reden zu lassen. Er fragte nur ab und zu nach, wollte, dass er einen bestimmten Sachverhalt in seiner Aussage präzisierte. Baumer war wie ein Bachbett, der einer sprudelnden Bergquelle im Frühling hilft, ihren geordneten Weg zu finden.

Der Klinikchef Dr. Freundlieb, der große Manager, gab zu, über den Handel mit Leichenteilen Bescheid gewusst zu haben. Ja, er selbst habe sogar Gewebe entnommen. Laut seiner Aussage war in der Klinik aber kein Patient ermordet worden, um an mehr Material zu kommen.

Baumer glaubte Freundlieb das sogar, denn Freundlieb erklärte überzeugend, dass es gar nicht notwendig gewesen war, dem Sterben nachzuhelfen. Die alten Leute starben sowieso von allein. So gab es immer Nachschub.

Aber trotzdem würde Regazzoni alle jene Menschen exhumieren, die in letzter Zeit in der Alpensonne gestorben waren und bei denen ein Angehöriger oder auch der Hausarzt einen begründeten Verdacht auf Fremdeinwirkung äußern würde. Wenn im einen oder andern Fall dem Sterben doch nachgeholfen worden wäre, würden sie es mit einer Obduktion unzweifelhaft herausfinden.

Doch Baumer glaubte der Beteuerung Freundliebs, dass es gar nicht notwendig gewesen sei, das Sterben zu beschleunigen. Eine unglückliche Häufung der Todesfälle war es wohl nur, drei in kurzer Zeit. Die hatten aber dummerweise die Neugier der alten Amadio geweckt, da es alles gute Freundinnen von ihr waren. Weil sie von ihrem Sohn keine Hilfe bekommen hatte, stellte sie, so nahm Baumer an, selbst Nachforschungen an. Sie musste dem einträglichen Nebengeschäft der beiden noblen Mediziner irgendwie auf die Spur gekommen sein. Dadurch war sie Freundlieb und Firsov eindeutig zu gefährlich geworden.

»Und die Amadio? Wer hat sie ermordet?«

Freundlieb hatte sich, als er erzählte, wie er und Firsov in der Alpensonne gearbeitet hatten, wieder ein wenig beruhigt. Seine Haare lagen jetzt einigermaßen in Form, weil er sie während der Aussage immer und immer wieder zurecht gestrichen hatte. Er wiederholte seine Aussage von zuvor. »Firsov war's. Ich habe damit nichts zu tun.« Er blinzelte, als er das sagte.

Baumer nahm es wahr, insistierte aber nicht.

Als schließlich auch diese Aussage von Freundlieb notiert war, wurde er in seine Zelle zurückgeführt.

Nachdem Baumer dann per Telefon die Bestätigung erhalten hatte, dass der große Untersuchungsgefangene wieder schön versorgt sei, ließ er den russischen Assistenzarzt kommen. Als der in den Verhörraum eintrat, als wäre er ein russischer Graf auf Durchreise, wusste der Kommissar sofort, dass er hier eine härtere Nuss zum Knacken bekommen hatte.

Firsov stritt alles ab, hatte von nichts eine Ahnung. Mord an Helen Amadio-Meier? Die habe er kaum gekannt. Es gibt so viele Besucher. Ob er je in ihrer Wohnung gewesen sei? Sicher nicht! »Wo wohnt die denn, die Frau Meier, Herr Kommissar?«

»Amadio-Meier.«

Der Russe lächelte nur.

Baumer erkannte, dass er hier einen schweren Brocken bewegen musste. Das würde einigen Schweiß kosten, aber er ließ nicht locker.

»Firsov!«, platzte er heraus. »Sie waren am Tatort.«

»An welchem Tatort?«

Baumer sagte es ihm. »Sie waren an der Rotbergerstraße.«

»Wo ist die genau? Ich kenne die gar nicht. Das ist in Basel?« Er blickte gelangweilt zum Fenster hinaus.

Baumer war erstaunt, wie zäh der Mann mit den schwarzen Locken war. Er ließ sich dennoch nicht aus der Ruhe bringen. »Firsov. Wir haben Speichelspuren an der Leiche der Amadio gefunden«, hielt er dem Russen vor.

Firsovs Augen gingen auf. Regazzoni hätte es nicht gesehen. Danner vielleicht. Heinzmann hingegen sicherlich. Und Zumstein. Der sowieso. Auch Baumer sah diese Regung im Gesicht des Russen so sicher wie ein Filmagent in Hollywood sofort sieht, dass das Muttermal auf der Backe einer Marilyn-Monroe-Kopie nur aufgemalt ist.

Baumer wusste, dass er dem Russki jetzt keine Zeit zum Nachdenken lassen durfte. »Diese Spuren«, riss er das Heft an sich und schoss die nächste Breitseite ab, »wir haben sie im Nacken der Amadio gefunden, dort, wo der Mörder der alten Frau mit seinem Mund zu nahe gekommen ist, als er sie von hinten würgte. Haben Sie gekeucht, Firsov, oder haben Sie sie sogar berührt, na?«

Der Russe antwortete nicht. Aber Baumer sah wie sich sein Gegenüber überlegte, ob das so gewesen sein konnte. Hatte er die alte Amadio mit dem Mund am Nacken touchiert, als er sie zu sich gezogen hatte? Gekeucht, ja, das hatte er sicherlich.

Baumer ließ Firsov diesen kurzen Moment des Nachdenkens. Dann flog die nächste Artilleriegranate auf den ungeschützten Russen.

Baumer sagte: »Ihre DNA ist identisch mit den Speichelspuren an der Leiche.«

Der Kommissar sagte es so, als ob er das passende Puzzleteil gefunden hätte, nach dem er so lange gesucht hatte. Er sagte es erstaunt und erfreut zugleich. Nicht triumphierend, sondern einfach eine glückliche Tatsache feststellend, so wie einer, der ein schwieriges Motiv legen will, erfreut bemerkt: »Schau mal einer an. Das Teil hier. Das passt ja.«

Firsovs harte Schale hielt, auch wenn er als Mediziner um die Beweiskraft eines DNA-Tests wusste. Als sie ihm am Morgen gleich mit einem Wattestäbchen im Mund herumgewischt hatten und dieses sofort ins Labor gebracht hatten, konnte es nur darum gehen, sein DNA-Profil zu bestimmen. Ihm war natürlich bekannt, dass ein gutes Labor den PCR-Test, durch den man das Erbgut analysieren kann, mittlerweile in wenigen Stunden durchführen kann. Dass er nachweisbar DNA-Spuren am Tatort hinterlassen hatte, erschreckte ihn, doch er hatte sich längst darauf vorbereitet.

Hämisch lachte er auf. »Pah. Diese Spuren beweisen gar nichts. Die Amadio-Meier, diese alte Schachtel, war in Klinik bei uns. Ich habe die Alte dort getroffen. Sie können das nachprüfen.«

»Ja?«

»Sie war bei uns in Klinik, dafür es gibt Hundert Zeuge«, höhnte der Russe.

Baumer legte den Kopf schief.

»Ich habe dort diese Frau getroffen, Kommissar. Ihre Hand geschüttelt, vielleicht sogar wie Franzosen auf die Gesicht geküsst. Ihr Scheiß DNA-Test beweisen gar nichts. Wissen Sie überhaupt, wie extrem sensitiv diese Test ist?«

Firsov machte hin und wieder einen Grammatikfehler. Trotzdem war das, was der Russe sagte, ein echter Schmetterball zurück über den Tisch, an dessen Ende ein Kommissar stand, der immer noch an Stöcken ging.

»Sensitiv?«, fragte Baumer, als ob er nicht genau wisse, worauf Firsov hinauswollte.

»Ja, sensitiv, Kommissar. Wie genau eben. Dieser Scheiße Test findet ein Milliardstel von eine Milliardstel Grams. Die Spuren von mir hat sich Amadio bei mir in Klinik geholt und dann selbst nach Hause gebracht.« Firsov verzog einen Mundwinkel extrem nach oben. »Pah!«, stieß er schließlich aus und entbot dem Kommissar mit einer obszönen Bewegung seine Ehrerbietung.

Andi Baumer tat dem Russen die Freude und blickte erstaunt. Aber er musste sich nicht strecken, um den Schmetterball zu erwischen, der auf ihn zugeflogen war. »Wir haben aber noch weitere Beweise«, schlug er den Ball mit voller Wucht übers Netz zurück.

Bumm.

Der Russe richtete sich wieder auf. Sein Gesicht war nicht mehr fröhlich, aber immer noch aggressiv.

»Sie wurden am Tatort von mehreren Zeugen gesehen«, sagte Baumer kühl.

Anatoli Firsov sah verloren drein. Er sagte nichts. Jetzt war es Baumer, der lächelte. Sein Lächeln zeigte dem Assistenzarzt überdeutlich an, dass das Wasser, in dem er stand, langsam heiße Blasen zu bilden begann.

»Wissen Sie, Anatoli«, wandte er sich an den Russen. »Unsere Polizei ist hartnäckig und ausdauernd. Sie hat alle Leute dort in den Straßen gefragt, was sie gesehen haben. Dabei ist ein Mann immer wieder aufgetaucht. Er wird beschrieben als etwa 1 Meter 75 groß. Schwarze krause Haare. Platte Knubbelnase. Hohe, breite Backenknochen. Könnte also aus dem Osten stammen. Sollen wir eine Gegenüberstellung machen?«

Der Assistenzarzt wusste, dass das nicht nötig war, er war nicht dumm. Sehr rasch hatte er seine Situation überschlagen. Er nahm

Haltung an, sagte feierlich: »Ja, ich war da. Aber ich habe nur den Wagen gefahren.« Er machte eine Pause, senkte seinen Oberkörper leicht. Dann fügte er an. »Freundlieb hat sie umgebracht.«

Baumer schaute dem Russen ins Gesicht. Alle Arroganz war daraus verflogen.

»So? Freundlieb war's also?«

Hatte Firsov jetzt die Wahrheit gesagt? War es wirklich der Klinikchef, der die Amadio umgebracht hatte? Ein Profi, ein absoluter Profi, ging es Baumer durch den Kopf.

»So könnte es tatsächlich gewesen sein, Firsov«, machte Baumer schließlich. Doch zuerst ganz unmerklich, dann immer offensichtlicher lächelte er und blickte seinem Gegenüber direkt ins Gesicht.

Firsov erbleichte. Er sah in den fast unmerklich zusammengekniffenen Augen des Kommissars, dass dieser ihm nicht glaubte. Der Russe bewegte sich erschreckt nach vorne und schrie: »Der Freundlieb war's. Glauben mir Sie doch. Er war's.«

»Oh, nein, Anatoli, mein Freund«, winkte Baumer sofort ab. »Das kann nicht sein.« Baumer schüttelte milde seinen Kopf, wie zur Entschuldigung, dass er seinem Gefangenen widersprechen musste. Dann schaute er in die Notizen der Zeugenaussagen, die Rötheli mit seinen Männern akribisch zusammengesucht hatte. Eine gute Arbeit, dachte Baumer. Dafür konnte man Rötheli tatsächlich brauchen. Aber Baumer tat nur so, als lese er die Beschreibungen. Er wusste längst, was drin stand. »Nein«, erklärte er schließlich, während er um Verständnis bittend mit der Schulter zuckte und den Kopf zur Seite legte. »Einen hoch aufgeschossenen, älteren Mann mit Halbglatze und Spitzbart (grau, mit schwarzen Strähnen) hat überhaupt niemand in der Nähe des Tatortes gesehen.«

»Freundlieb. Er war's«, insistierte Firsov, aber man hörte deutlich, dass er selbst nicht mehr daran glaubte, Baumer könne ihm seine Geschichte abnehmen. Er presste die Kiefer zusammen. In seinen Augen blitzte es und er platzte los. »Sie haben gar nichts. Nichts Sie haben! Freundlieb und ich. Wir hätten beide es sein können. Aber nur einer kann morden. Nur einer zugestochen hat.

Der andere muss unschuldig sein. Niemand unschuldig muss in Gefängnis. Wir beide kommen frei.« Er lachte höhnisch, bitter.

Und Baumer?

Baumer schürzte den Mund und führte eine Hand an die Lippen. »Hhm … ja, Anatoli. Es hätte sein können. Freundlieb ist – wie Sie – perfekt im Umgang mit medizinischen Werkzeugen. Auch er hätte sicherlich ebenso präzise zustechen können, wie Sie das taten.« Baumer legte die Akten weg und beugte sich hin zum Russen. »Was für ein Werkzeug haben Sie eigentlich benutzt, Firsov? Ein Skalpell, oder war es ein Stachel? Wahrscheinlich ein Stachel, richtig?«

»Sie haben nichts. Nichts Sie haben! Gar nichts«, schrie Firsov und sprang auf, aber der junge bullige Polizist, der bisher scheinbar unaufmerksam an der Wand neben dem Tisch gestanden hatte, machte eine schnelle Bewegung zu ihm hin und warf ihn grob in seinen Stuhl zurück.

Baumer stand gemächlich auf und stellte sich auf seine beiden Beine. Er war nicht erstaunt, dass er keinerlei Schmerzen mehr spürte. Er schaute auf den Russen hinunter, der verängstigt zu ihm hochblickte.

»Du hast Recht, mein Freund. Das alles steht auf schwachen Beinen. Es kommen einige Verdachtsmomente zusammen, sogar ein Motiv. Doch immer noch könnte es so, aber genauso gut anders gewesen sein.« Baumer machte eine Pause, drehte dann eine Hand zu sich und begann gelangweilt seine Fingernägel zu inspizieren. »Aber … hhm«, sagte er, während er mit verächtlich heruntergezogenen Mundwinkeln konzentriert einen einzelnen Nagel betrachtete, »es gibt da ein Puzzleteil, an das schließt alles nahtlos an, und man sieht das ganze Bild.«

Der Russe schien sich zu fragen, was ihn verraten haben könnte. Oder war das nur ein Bluff des Kommissars?

»Na, was ist?«, sagte Baumer zu Firsov, der sich am Kopf zu kratzen begann. »Glaubst du etwa, ich könne es nicht beweisen?« Andi Baumer tat erstaunt. »Kommst du denn wirklich nicht drauf, welchen Fehler du gemacht hast?«

*

Gab es einen stichhaltigen Beweis für die Schuld Anatoli Firsovs am Mord der 85-jährigen alten Rentnerin? Gab es irgendetwas, was der Russe übersehen hatte?

»Welchen Beweis hast du, Baumer?«, schienen sich sowohl Firsov als auch der junge Polizist, der ihn bewachte, zu fragen. Aber keiner der beiden traute sich, dem Kommissar diese entscheidende Frage zu stellen. Der eine nicht, weil er die Antwort fürchtete, der andere nicht, weil er dem Kommissar nicht in seine Show hineinfunken wollte. Zum Glück war der so nett, die nicht gestellte Frage zu beantworten.

»Sie haben doch Chirurgenhandschuhe getragen, als Sie die Amadio erstochen haben? Richtig?«, sagte Baumer.

Firsov antwortete nicht. Das war auch eine Antwort.

»Schlau, Firsov. Das war geschickt. Der Gummi hinterlässt keine Fingerabdrücke.«

Der Russe lachte nicht mehr. Er wusste, dass hier noch etwas Entscheidendes kommen musste.

»Tja, Firsov«, sagte Baumer. »Und dann, nachdem du die Amadio ermordet hast, hast du die Handschuhe abgestreift, so wie du es immer tust nach einer Operation.«

Der Gefangene riss die Augen auf und erbleichte, als er sich zu erinnern versuchte, ob es so gewesen war.

Baumer half ihm dabei. »Der Mord hat dich vielleicht unerwarteterweise doch ein wenig erschüttert. Nicht ganz das, was der Hippokrates im Sinn hatte, was, Firsov? Morden in echt ist halt nicht so einfach. Das kann einen ganz schön mitnehmen«, sagte er leise und fast schien es, als spürte er Mitleid mit dem Assistenzarzt. Dann sagte er mit wieder stärkerer Stimme: »Du hast die Handschuhe ausgezogen, so wie du es immer tust. Hast den Gummi am Handgelenk gefasst, nach vorne über die Finger weggezogen. Schnapp! Die Handschuhe dann in der Jackentasche verstaut.«

Firsov blickte mit großen Augen und offenem Mund ins Nichts. Erinnerte er sich wieder?

Andi Baumer kostete den Moment aus. »Und dann, Anatoli, mein lieber Freund, hast du den entscheidenden Fehler gemacht.«

Der Russe verzerrte sein Gesicht, sein Herz pochte wild. Baumer sah die pulsierenden Schlagadern an seinem Hals.

»Unten, an der Haustür«, fuhr Baumer ohne Rücksicht auf die Gefühle des Russen fort, »da hast du, fast schon wie ein guter Schweizer, das Kettchen an der Tür wieder eingehängt. Wahrscheinlich hast du es selbst gar nicht bemerkt, als du das tatest. Man wird so schnell zum guten Schweizer.«

Firsov spannte alle Muskeln an, verzerrte das Gesicht, dann brach er ein. Er atmete beinahe so tief aus, wie es Baumer beim Exitus der Sophia Rüdiger gesehen hatte. Der Russe wusste, dass er jetzt ein gestellter Mörder war. Ein einziger Fingerabdruck, hinterlassen an einem Knopf an der Innenseite einer schweren Tür an der Rotbergerstraße bewies, dass er dort war. Drinnen, und nicht draußen wie der Pöstler – oder Freundlieb im Wagen.

Ein Fingerabdruck.

Alle anderen Fakten waren Beilagen, welche die bereits geschlossene Beweiskette nur zierten. Es waren Details. Schön zu haben – »Nice to have« – aber den entscheidenden Beweis hatte der Chirurg eigenhändig hinterlassen.

»Eine Frage noch«, schob sich Baumer zum Russen hin. »Wie ist sie euch auf die Schliche gekommen?«

Firsov saß da, wie ein alter Kutscher auf seinem Bock. Er hatte seine Augen geschlossen, schien mit den Gedanken weit weg zu sein, sah vielleicht seine nächsten 12 Jahre vor sich. Er antwortete nicht.

Baumer insistierte. Er musste es endlich wissen, ob er mit seiner Vermutung richtig lag, dass die vife Rentnerin auf eigene Faust Nachforschungen angestellt hatte. »Hat die Amadio euch bei einer Unterredung überrascht? Vielleicht hat sie dich auch gesehen, als du ein paar Proben verwurstet hast. Die Amadio ist eine kontaktfreudige Person gewesen. Hat viele Leute gekannt, mit allen gesprochen. Vielleicht gab es schon Gerüchte im Haus. Also hat sie einmal eine bestimmte Tür aufgemacht, die sie nicht hätte aufmachen dürfen. Na?«

Der Russe schaute in Zeitlupe zu Baumer auf.

»Sie ist bei dir hereingeplatzt, richtig?«

Firsov senkte den Kopf im selben Tempo. Dann nickte er.

»Hat also zu viel gesehen?«

Firsov schürzte die Lippen, zuckte mit den Schultern, wackelte mit dem Kopf. Vielleicht hatte sie was gesehen, vielleicht nicht. Er wusste es selbst nicht.

»Das Risiko, dass die Frau was bemerkt haben könnte, war dir aber zu groß. Deshalb musste sie dran glauben.«

Der Russe nickte heftig. »*Da*«, antwortete er in seiner Muttersprache. Ja, so war es. Er hatte keine andere Wahl mehr gehabt, war er überzeugt. Er hatte die Alte töten müssen. Es ging nicht anders. Es war sein Recht, diese schrumplige Alte zu töten. Ja. Es war sein Recht. Sein Recht!

Firsov richtete sich noch einmal auf, riss Augen und Mund auf, zuckte mit dem Kiefer, als wollte er etwas sagen. Dann wurde ihm endlich bewusst, dass er sich verzockt hatte. Sein Spiel war verloren. Jetzt ging es ans Bezahlen. Er erstarrte. Dann – übergangslos – fiel er in sich zusammen.

»So, das war's«, kicherte die alte Amadio und hob vergnügt ihre Schultern. »Jetzt bin ich aber froh.« Sie streckte ihre Fäustchen weit von sich, atmete erleichtert aus. »Danke, Baumi, danke.« Und sie drehte sich, wie sich eine 85-jährige vitale Alte dreht, und stapfte davon. Ihr Körper schwankte bei jedem Schritt ihrer Stummelbeine leicht.

Baumer hörte sie noch sagen. »Jetzt kann ich endlich schlafen.«

Schlafen.

Ewig schlafen.

Schlafen.

*

Baumer und neben ihm Heinzmann waren auf dem Sofa eingenickt. Ermattet von der anstrengenden Aktion auf dem Friedhof in der Nacht zuvor, von Streifendienst und Verhören am Tage. Sie hatten geschlafen, bis Heinzmanns Bein auf dem Glastisch zu schmerzen begann. Da hatte er zucken müssen, dabei Andi angestoßen, der davon erwachte.

Andi richtete sich mühsam auf. Sein Genick schmerzte. Auch Heinzmann wurde wieder wach, wand sich aus dem Sofa heraus, gähnte so laut, dass die Wände wackelten. Er stellte sich hin. Seine Knie knackten dabei.

»Kaffee?«, fragte ihn Baumer. Sein Freund nickte und folgte ihm im Halbschlaf und mit schlurfenden Schritten Richtung Küche. Dort setzte er sich an das Küchentischchen, lehnte den Rücken an die Wand, stützte den Ellbogen auf und legte den schweren Kopf auf die Hand.

Andi bereitete einen Espresso zu. Er benutzte dazu die kleinste Maschine seiner Kollektion, diejenige, welche nur drei Espressi machen würde. Genug Kaffee für beide, um wieder wach zu werden. Zu wenig Koffein aber, um völlig aus dem Tagesrhythmus zu kommen.

»Was haben sich die Typen nur gedacht?«, murmelte Heinzmann.

»Welche Typen?«, nuschelte Baumer. Er schlief im Stehen wieder ein.

»Freundlieb und Firsov. The Swiss and the Russ.«

»Keine Ahnung«, hätte Baumer antworten können. Er sagte nichts.

»Ich verstehe nicht, wie man seine Karriere so verzocken kann. Die zwei stehen an der Spitze, werden von allen bewundert, haben Geld wie Heu und wollen doch immer nur mehr.«

Baumer brummte.

»Was meinst du? Gibt es noch Mittäter?«, wollte Heinzmann wissen und gähnte erneut.

»Gut möglich. Die Geschichte wird einigen Staub aufwirbeln. In Russland ist die Kacke bereits am Dampfen. Aber sie haben gleich angefangen aufzuräumen«, antwortete Baumer.

»Wie es Danner wohl in Russland gehen wird?«, fragte Heinzmann.

Das fragte sich Baumer auch. Danner war sofort auf die Krim geflogen, nachdem er den ersten Teil seiner Serie zu den Klinikmorden fertiggestellt hatte. Der würde morgen auf Seite 1 gebracht werden. In Russland würde er dann – den Arm immer noch in der Schlinge – weiterrecherchieren und Bilder und Berichte von den Orten, an denen Firsov gewirkt hatte, zurück in seine Redaktion schicken. Die Story um eine Schweizer Klinik, die ohne Wissen der Angehörigen, ja manchmal entgegen den ausdrücklichen Wünschen dieser Menschen, den Toten Gewebe stiehlt, könnte noch lange gemolken werden. Die Arbeit Danners würde zwar nicht ungefährlich sein. Aber der Kommissar war sich sicher, dass der Journalist sich schon zu helfen wissen würde. Ob er sich wohl eine neue alte Brille in Russland kaufen würde? Die letzte war bei der Aktion auf dem Hörnli arg verschrammt. Dennoch würde er sie weiter benutzen, wenn er nicht irgendwo auf einem Flohmarkt tief im russischen Hinterland eine andere Fliegenaugenbrillen fände.

»Was denkst du?«, machte sich Heinzmann Gedanken. »Gibt es auch hier in Basel noch weitere Täter?«

»Hhm«, murmelte Baumer, als er die zwei Teile der Espressomaschine, die er zuvor gereinigt und neu mit Kaffeepulver gefüllt hatte, wieder zusammenschraubte und auf den Herd stellte. »Denke schon. Wahrscheinlich aber nur wenige.«

»An wen denkst du?«, fragte Heinzmann mit geschlossenen Augen, während er sich den Nacken rieb.

»Irgendein Lieblingslaborant von Dr. Freundlieb wird sicher auch dabei gewesen sein. Einer, der dem Direktor seit Jahrzehnten in den Arsch kriecht. Einer, für den der Direktor ein Gott ist, der nur Gutes tut.«

Heinzmann schnaufte aus. Ja, so sah er es auch. Lieblinge von Professoren waren eine eigenartige Spezies.

»Aber mach dir keine Gedanken, Stefan. Um diese Typen brauchen wir uns nicht zu bemühen. Die kommen immer von selbst und beichten.«

»Oder sie springen aus Scham von der hohen Rialtobrücke direkt in die Todesanzeige.«

»Ja genau«, murmelte Baumer. »Da steht dann: Nach einem Leben voller Hingabe und Verantwortungsgefühl ...«

»...ist er tragisch aus dem Leben gerissen worden ...«, sekundierte Heinzmann.

»... hat er in den Beton unter der Rialtobrücke gebissen ...«, witzelte der Kommissar.

»Oder, oder ...«, prustete Heinzmann, »... hat er den Dackel von Frau Müller erschlagen.«

»Ha, ha, ha«, lachte Baumer laut auf und zusammen lachten und witzelten sie sich allen Ärger von der Seele und übertönten dröhnend das Blubbern und Zischen des fertigen Kaffees, der sie wieder wach machen würde, damit sie neue Mörder finden könnten, in diesem Basel, das immer so schön ist auf den Postkarten mit dem roten Münster, dem blauen Himmel und dem flaschengrünen Rhein. Dieser Strom, der nach schweren Regenfällen anschwillt und braun vor Dreck nach Deutschland zieht und immer weiterfließt, bis nach Holland, wo er sich endlich endlich im weiten blauen tiefen Meer verliert.

16

Am nächsten Morgen war der Kommissar mit Robert Amadio im Café Fortuna verabredet. Der Direktor würde zurück nach Paris in sein Unternehmen fahren, Baumer wollte ihn verabschieden. Zusammen tranken sie zwei Espressi.

»Ich danke Ihnen, Herr Baumer.«

Baumer sagte nichts.

»Hm«, sagte Amadio, nahm einen Schluck, blickte durch die große Scheibe hinaus auf die Straße.

»Es tut mir leid um Ihre Mutter.«

Amadio drehte den Kopf. »Danke.« Er schaute ins bereits leere Tässchen. »Es ist ein Unglück. Und doch, irgendwie ist es mein persönlicher Glücksfall.«

Baumer saß da, ließ Amadio sprechen.

»Meine Firma, Sie haben es vielleicht schon vermutet, geht nicht gut. Die Finanzkrise, Sie verstehen?«

Der Kommissar verstand.

»Dank der Erbschaft kann ich jetzt überleben.«

Baumer nickte, führte das Tässchen langsam an seine Lippen.

»Es ist viel Geld da. Ein anderer hätte dafür vielleicht gemordet.«

Aber nicht Robert Amadio, das hatte Baumer immer gespürt, auch wenn er ihn als Verdächtigen hatte behandeln müssen.

»Ich bin froh, dass es vorbei ist. Die ... äh ... Leiche meiner Mutter wird jetzt sicher bald freigegeben werden. Sie kommen doch auch zur Beerdigung?«

»Ja.«

Amadio nahm sein Portemonnaie, drehte sich zur Bedienung.

»Lassen Sie es gut sein«, beeilte sich Baumer, seinem Gast den Espresso zu spendieren, und nicht nur, weil Amadio in Eile war, seinen TGV noch zu erwischen.

Der Direktor freute sich über dieses Zeichen von Baumer und bedankte sich herzlich. Er stand auf und verabschiedete sich. Dann fügte er an: »Wissen Sie, ich habe in der Wohnung meiner Mutter auch das Fribourger Bauernmädchen gesehen.«

»Die kleine Porzellanfigur?«

»Ja. Sie ist aus dem 18. Jahrhundert.«

Baumer sagte nichts.

»Ich kenne diese Figur, seit ich Kind war. Ich fand sie herzig, habe sie nie als äußerst seltenes Schweizer Souvenir gesehen. Jetzt habe ich zufällig in einen neuen Katalog geschaut, den meine Mutter auf dem Buffet liegen hatte.«

Baumer erinnerte sich.

»Diese Figur hat in den letzten Jahren unglaublich an Wert gewonnen. Möchten Sie wissen, wie viel die heute wert ist?«

»Ja.«

»Nun, sagen wir mal so. Dafür hätte sich ein Mord gelohnt.«

*

Andreas Baumer stand im Ankunftsbereich des Flughafens Basel-Mulhouse. Er stützte sich mit beiden Händen auf das Metallgeländer vor dem Tor, durch das die ankommenden Passagiere herauskommen. In einer Hand hielt er auch das Stielende einer weißen Rose, die in durchsichtiges Zellophan eingehüllt war. Das war bereits ein wenig lädiert.

Immer, wenn die Schiebetür aufging, spienzelte er in die Halle dahinter, wo die Reisenden auf ihre Gepäckstücke warteten und wo Baumer versuchte, sie irgendwo bereits zu erkennen.

Anna.

Er wusste, mit welchem Flugzeug sie kommen würde. Air Berlin Flug 2341. Abflug vom Airport Nikos Kazantzakis in Iraklion, Kreta, um 15:55 Uhr. Geplante Ankunftszeit in Basel-Mulhouse war um 18:10 Uhr gewesen, das Flugzeug war aber mit einer Stunde Verspätung gelandet. Baumer hatte sich extra von der Arbeit losgeeist und war mit dem Taxi – 56 Franken! – an den Flughafen gefahren. Es nervte ihn, dass er diese Extrastunde warten musste, denn immerhin hatte er viel zu tun. Um sich die Zeit zu vertreiben, hatte er sich einen Café au Lait an der Stehbar nahe dem Kiosk einverleibt, danach noch einen Espresso. Gesellschaft hatte er durch den Arbeitslosen gehabt, den er beim letzten Besuch an dieser Bar schon gesehen hatte. Gesprochen hatten die beiden aber nicht miteinander.

Schließlich war er nervös den Gang auf und ab gegangen und in der überdimensionierten Flughafenanlage ein wenig verloren herumgeirrt. Es gab hier ja nicht einen einzigen Shop, in dem Baumer wenigstens ein teures Baumwollhemd hätte kaufen können. Auch keinen Schuhladen. Sowieso hätten sie höchstwahrscheinlich die Übergröße nicht gehabt, die Baumer für seine Riesenfüße gebraucht hätte.

Als die Anzeige endlich kam, dass die Boeing 737-800 gelandet sei, war er sofort zum Ankunftsbereich gegangen. Jetzt wartete er gespannt. Baumer wollte seine Freundin - seine Freundin? - auf keinen Fall verpassen. Er wusste zwar, dass es noch eine Viertelstunde oder länger dauern würde, bis Anna aus dem Flugzeug war, dann durch die Passkontrolle, dann den Koffer holen und schließlich am Zoll vorbei zum Ausgang gehen konnte. Aber Baumer war nervös und wollte Anna nicht noch in einem Pulk von Leuten verpassen. Also drückte er sich schamlos durch bis an das kleine Geländer, das die Wartenden vor der automatischen Schiebetür auf Distanz hielt.

So würde Anna ihn sofort sehen, wenn sie ihren Koffer gepackt hätte und durch den Ausgang kommen würde. Er war froh, dass das Warten endlich ein Ende nahm. Interessiert lehnte er an der Absperrung wie ein Pferd am Zaun, wenn der Bauer den Hafersack schüttelt.

Die Schiebetür ging auf. Ein Geschäftsmann kam schnellen Schrittes hindurch, den Blicken von mehr als einem Dutzend Wartenden irritiert ausweichend. Durch das geöffnete Portal sah Baumer in die Ankunftshalle, wo die riesigen Förderbänder Koffer und allerlei Reisegepäck aus dem Untergeschoss nach oben beförderten. Die Gepäckstücke drehten sich wie Sushis auf einem Fließband. Die Reisenden griffen gierig zu. Anna sah er nicht. Die Tür schloss sich wieder. In immer kürzeren Abständen öffnete sie sich wieder, weil mehr und mehr Leute ihren Koffer hatten und dem Ausgang zustrebten. Anna war immer noch nicht zu sehen. Baumer wurde unruhig. Die automatische Tür ging wieder zu.

Auf.

Zu.

Auf.

Zu.

Baumer schaute sich nervös um. Gab es noch weitere Ausgänge? Hatte sie etwa den falschen Ausgang genommen, auf diesem von Frankreich und der Schweiz gemeinsam genutzten Provinzflughafen? Wenn man hier ankam, musste man immer aufpassen, in welches Land man ausreiste, wenn man die Ankunftshalle verließ.

Dann stand sie da.

Die Tür war mit einem »Schhht« aufgegangen. Anna hatte noch zwei Schritte gemacht, am ausgefahrenen Bügel ihren Rollkoffer nach sich ziehend. Sie hatte Andi entdeckt und war mitten im Gang stehen geblieben. Nun legte sie den Kopf auf die Seite und blickte ihn über das Absperrgitter hinweg an.

Andi richtete sich auf, erwiderte den Blick und versuchte zu lächeln. Er hob die Rose. Weder er noch Anna sagten ein Wort. Beide schauten sich nur fragend an.

Hinter Anna kam ein älterer Mann mit seiner Frau, die gemeinsam einen Gepäckwagen mit ihren Koffern schoben. Sie fuhren Anna fast in die Fersen. »Achtung«, krächzte der Mann heiser und Anna machte erschreckt ein paar Schritte vorwärts, um den Weg freizugeben.

Sie drehte sich wieder zu Baumer. Jetzt stand sie ganz nah vor ihm. Nur das im Boden fest verankerte Geländer war auf Hüfthöhe zwischen ihnen.

Anna schaute auf die Rose. »Ist die für mich?«

Andi gab ihr die Blume. »Ich habe dich vermisst«, sagte er und schaute sie von oben bis unten an. »Wie braun du geworden bist.«

»Ich hatte viel Zeit, in der Sonne zu liegen.« Anna lächelte.

Vorsichtig lächelte Baumer zurück. Dann sagte er nochmals: »Ich habe dich vermisst.«

Sie schaute ihn an, still und zugleich interessiert, die wunderschöne Anna, deren blonde Haare die gleißende kretische Sonne noch stärker aufgehellt hatte. Diese gleichen Sonnenstrahlen, die auch die Haare der schönen Helena zum Blitzen gebracht und alle Männer geblendet hatte, damals vor mehr als dreitausend Jahren, als jeder Mann von Welt die absolut schöne Frau besitzen wollte.

Auch Andi schwieg. Er betrachtete einfach seine eigene Helena und sein Gesicht begann, sich langsam, langsam zu entspannen.

Anna sah es wohl. Ihre Augen begannen aufzugehen, ja eigentlich zu strahlen. Dann folgte der Mund. Ihre schönen vollen Lippen wurden ein wenig schmaler, als sie zu lächeln begann. Dann sah man sogar ihre weißen Zähne. Schließlich lächelte sie von ganzem Herzen.

Dann läutete Baumers Handy.

Annas Lächeln fror ein. Sie versuchte noch tapfer, die Rose weiter hochzuhalten, dann wurde sie doch zu schwer. Die Blume knisterte hämisch, als sie sich nach unten senkte.

Baumer war erstarrt. Auf der anderen Seite des Geländers, aber ganz nah, stand Anna, seine Anna. In der Hosentasche läutete das Handy Sturm.

Baumer zögerte. Sollte er das Handy herausnehmen, auf die Taste mit dem grünen Telefonsymbol drücken und in die Muschel sprechen?

Er zog das Gerät aus der Tasche und blickte rasch auf die Anzeige. Seine Augen gingen auf. Er schnaufte tief. Dann schaute er Anna an.

Baumer musste sich entscheiden.

Baumer entschied sich.

ENDE

Vom selben Autor

Roger Aeschbacher, Kommt Schnee
236 Seiten, Paperback, Originalausgabe April 2010
3. Auflage 2011 / ISBN 978-3-935263-71-9 / 12,00 EUR

Amoklauf am Bahnhof Basel SBB.
Mit einem Samuraischwert wird ein Mann getötet. Der Täter verschanzt sich mit einer Geisel, einem jungen Mädchen, im Bahnhofsbistro. Kommissar Baumer ist sofort am Tatort und versucht, die gefährliche Situation zu deeskalieren. Zwar kann der Amoklauf gestoppt werden, aber es gibt einen weiteren Toten.
Baumer glaubt nicht an einen willkürlichen Gewaltausbruch mit zufälligen Opfern. Gegen alle Widerstände macht er sich auf die Suche nach der Wahrheit hinter den Bistromorden. Hilfe bekommt er von Wachtmeister Heinzmann, Gerichtsmediziner Regazzoni und Zeitungsreporter Danner, ein außergewöhnliches Team.